アメイジング・グレイス 魂の夜明け

Amazing Grac

神渡良平 *Ryohei Kamiwatari*

廣済堂出版

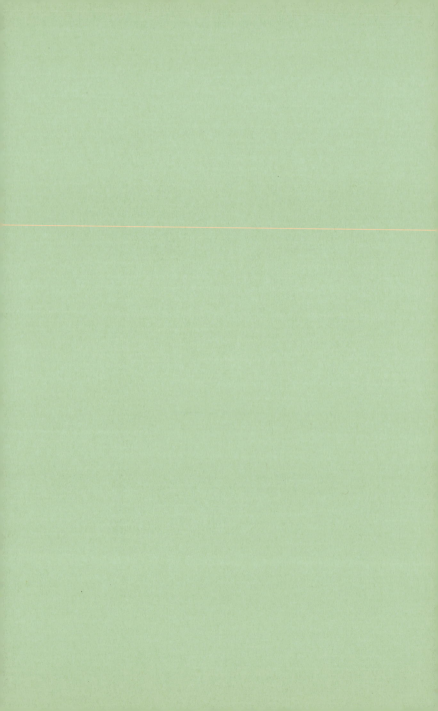

はじめに

「驚くほどの神の恵み……」

一日の仕事を終えて、書斎でくつろいでいる。ステレオからギリシャが生んだ世界的歌手ナナ・ムスクーリが哀愁を帯びた歌声で「アメイジング・グレイス」を歌っているのが響いてくる。讃美の声がまるでスパイラル状に天の高みに昇っていくようだ。

Amazing Grace how sweet the sound
That saved a wretch like me
I once was lost but now I'm found
was blind but now I see

驚くほどの神の恵み《アメイジング・グレイス》、なんと甘美な響きだろう
私のような恥ずべき人間も救われた
かつては道を踏み外していたが、今は救い出された

かつては盲《めしい》だったが、今は見えるようになった

この歌は私の身にも注がれている神の慈愛のまなざしを思い出させてくれる。ナナ・ムスクーリの絶唱を聴きながら、私は自分の人生をふり返っていた。

――確かにそうだ。私は不遇だったのではない。見捨てられていたのでもない。苦しみにあえいでいたあの時も、悲嘆に暮れていたこの時も、いつも神の御手《みて》の中にあったのだ。

「アメイジング・グレイス」は不思議な力を持った歌である。

一七四六年からの八年もの間、この歌詞の作者ジョン・ニュートンはイギリスとアフリカ、アメリカを行き来して、黒人奴隷貿易を行っていた。ところが一七四八年、イギリスに帰る途中、乗っていた〈グレイハウンド号〉が嵐に遭遇して難破しかけた。しかし幸いなことに北アイルランドに漂着して一命を取り留めた。

もう金輪際《こんりんざい》、奴隷貿易には携わらないと誓ったジョンは、大変な努力をして英国国教会の聖職者になった。そして人非人《にんぴにん》だった自分のような者も神は見捨てず救ってくださったと感謝して、「アメイジング・グレイス」の歌詞を書き上げた。この歌詞は多くの人々の共感を得てイギリス中に広がり、さらにアメリカに新天地を求めて渡った人々と共に新大陸に渡った。

そこにいたのは、アフリカから強制的に連れてこられた黒人たちだった。炎天下で重労働を

課せられ、貧困と差別にあえいでいた黒人たちはこの歌を聴いて共感し、「おれたちは見捨てられているのではない」と、いろいろな節をつけて歌った。そして一八二九年頃には現在歌われている作者不詳のメロディーに定着した。リンカーン大統領が黒人奴隷解放宣言をするのは、ジョン・ニュートンの死後五十六年後の一八六三年一月一日のことである。この流れは彼が作ったといっても過言ではない。

この歌を日本に紹介したさだまさしさん

日本でこの歌が知られるようになったのは、昭和六十二（一九八七）年、さだまさしさんがアルバム「夢回帰線」に「風に立つライオン」を発表したことからである。それまでも一、二のミュージシャンがレコードやCDを出していたが、ほとんどマイナーな人々だった。メジャーな人ではさださんが初めてだ。

さださんは一九六〇年代の終わり頃、ケニアのナクールにある長崎大学熱帯医学研究所で、医療活動に携わった柴田紘一郎《しばたこういちろう》医師をモデルに書いた名曲「風に立つライオン」の間奏とエンディングに「アメイジング・グレイス」の旋律を引用した。

キリマンジャロの白い雪、草原で草をはむ象のシルエット、ビクトリア湖の朝焼け、百万羽のフラミンゴを想起させる「風に立つライオン」は「アメイジング・グレイス」の旋律を引用したことで、茫漠《ぼうばく》たるサバンナで医療に従事している青年医師の「やはり僕たちの国は、残念だけれど、何か大切なところで道を間違えてしまったようですね」というつぶやきを、いっそう鮮明に浮き上がらせた。
「風に立つライオン」はその歌詞の内容から、医師や看護師、青年海外協力隊の隊員、あるいは海外で暮らす在留邦人の間に広まり、いつしか一人歩きするようになった。そして多くの人の共感を得て、平成二（一九九〇）年、第四十一回NHK紅白歌合戦で歌われた。さらには平成二十五（二〇一三）年、同名の小説（幻冬舎）が生まれ、平成二十七（二〇一五）年、三池崇史《たかし》監督、大沢たかお主演で映画化されるにいたった。

　さだささんはコンサートのアンコールで、自分のベスト曲の一つ「風に立つライオン」を歌うことが多いが、「アメイジング・グレイス」はさださんにとっても思い入れの強い曲なのだ。

　また「アメイジング・グレイス」は平成十五（二〇〇三）年十月九日から、フジテレビで半年二十一回に渡って放映された大河ドラマ「白い巨塔」（唐沢寿明主演）の主題歌として採用された。山崎豊子の『白い巨塔』（新潮社）はテレビドラマとして前後五回リメイクされたほどに人気の高い小説だが、この時も平均二十パーセントを超える高視聴率となり、最終回はなんと三十二・一パーセントにもなった。この主題歌を歌ったのはニュージーランドの歌姫ヘイリー・ウェステンラで、「アメイジング・グレイス」は日本人の心にいっそう染みこんだ。

白血病に倒れた本田美奈子さんも歌った！

こうして人々の共感を得るようになった「アメイジング・グレイス」がまた新たに人々の心に印象づけられたのは、白血病に苦しんで三十八歳の若さで亡くなった本田美奈子さんが歌ったことからだ。

昭和六十（一九八五）年、アイドル歌手として熱狂的に迎えられた本田さんはポップスから徐々に歌唱領域を広げ、平成二（一九九〇）年、ミュージカル「ミス・サイゴン」のキム役を一年半ロングランして、平成四（一九九二）年のゴールデンアロー賞演劇新人賞を贈られた。その後、ミュージカル「屋根の上のバイオリン弾き」にホーデル役で、「王様と私」にタプチム役で、「レ・ミゼラブル」にエポニーヌ役で出演し、実力派女優として不動の地位を築いた。平成十五（二〇〇三）年には、念願だった初のクラシック・アルバム「アヴェ・マリア」をリリースし、そこに「アメイジング・グレイス」を収録した。

ところが本田さんの幸せは長くは続かなかった。平成十七（二〇〇五）年一月、急性骨髄《こつずい》性白血病と診断され、緊急入院した。しかし、なかなか骨髄のドナー（提供者）が見つからず、臍帯血《さいたいけつ》移植を受けた。一時良くなったものの寛解《かんかい》には至らず、再び悪化し、同年十一月六日、とうとう帰らぬ人となってしまった。

本田さんは三十八歳の誕生日の前日、一時退院を許された時、ナースステーションで世話になった医師や看護師にお礼の気持ちを込めて「アメイジング・グレイス」を歌った。その歌唱に涙ぐんで聴き入る医師や看護師たちの姿は、後にテレビのドキュメンタリー「天使になった歌姫・本田美奈子」で放映され、多くの人の涙を誘った。

そんなこともあって、本田さんが歌う「アメイジング・グレイス」が収録されたアルバム「アヴェ・マリア」は売り上げが急上昇して十七万枚を突破し、オリコン・ヒットチャートの七位に入った。こうして本田さんの悲しすぎる死は「アメイジング・グレイス」のメロディーと共に日本人の心に刻み込まれ、最も愛される歌になった。

それから半年後、日本骨髄バンクはテレビでの支援キャンペーン（ACジャパン）に、故本田さんが歌う「アメイジング・グレイス」を流して多くのドナーを得た。

この日本骨髄バンクは白血病で苦しんだ大谷貴子《たかこ》さんが昭和六十三（一九八八）年、徒手空拳で組織作りを始めたものだ。本田美奈子さんなどの陰ながらの応援もあって、二十七年を経た今日、ドナー登録者数は有効な三十万人を突破して、四十五万人を超すまでになった。

人間存在の原点に導いてくれる歌

その後、「アメイジング・グレイス」はいろいろなアーティストがカバーし、企業のCMとしてテレビで流れ、もはや聖歌という域を超えて日本人の心に染み入る曲になった。

この本では主人公のジョン・ニュートン司祭のキリスト教信仰に従って、思考の原点に「神」

が多出する。しかしながらこれは私たち日本人にとって、決して違和感のある考え方ではない。

私たちも遠い昔から「大いなる存在」を感じ、人智を超えた「人生の仕組み」があることを知っていた。日本人の魂の故郷である伊勢神社では、新嘗祭《にいなめさい》にしろ神嘗祭《かんなめさい》にしろ、すべての神事は真夜中の十一時ぐらいから、真っ暗な中、松明《たいまつ》の灯りを頼りに儀式が執《と》り行われる。振り仰ぐと、黒々とした杉の木立のシルエットの向こうに、億万年の彼方の星々が輝いている。この時、私たちは宇宙の申し子であることを感じて厳粛な気持ちになる。

表現は違うけれども、キリスト教も神道も仏教、イスラム教も同じ「悠久なる存在」を感じ、それに相応して生きてきた。「アメイジング・グレイス」は私たちに「大いなる存在」を再発見させ、敬虔な気持ちにさせる何かを持っている。この歌に耳を傾けていると、心が昇華していき、神聖な気持ちにさせてくれる。「アメイジング・グレイス」はアメリカ人のみならず、日本人にとっても魂の故郷への導きの歌なのだ。

私はここに「アメイジング・グレイス」の誕生秘話を紹介できることを幸せに思う。

平成二十八年二月二十日

千葉県佐倉市の寓居で　著者記す

アメイジング・グレイス　魂の夜明け｜目次

おもな登場人物

ジョン・ニュートン（ジュニア）
この物語の主人公。奴隷貿易船の船長だったが、回心して聖職者になり、「アメイジング・グレイス」の歌詞を書く。また人類初めての奴隷貿易廃止法の成立に尽力し、米国の奴隷解放宣言に至る流れを作った。

ジョン・ニュートン（シニア）
ジョン・ニュートンの父。船乗りで、主に地中海航路を帆走している。

エリザベス・ニュートン
ジョン・ニュートンの母。信仰深い人だったが、若くして亡くなる。

ジョン・ソーントン
イギリスの大実業家。ニュートン司祭を高く評価し、スポンサーとして、その活動を支える。ニュートン司祭をロンドンに招聘した。

ウィリアム・ウィルバーフォース
ニュートン司祭を信奉している国会議員。ニュートン司祭の右腕として、奴隷貿易廃止法の成立に尽力する。

ジョージ・ホワイトフィールド
メソジスト派のリーダー。ニュートン司祭に大きな感化を与え、彼が聖職者になるのを励まし続ける。

アレクサンダー・クルーニー
〈エディンバラ号〉の船長で、ジョンに信仰上の感化を与える。

ジョセフ・マネスティ
ジョン・シニアの親友で、リヴァプールで貿易会社を経営している船主。ジョンを陰になり日なたになりして助ける。

トーマス・ホーウィス司祭
英国国教会の司祭で、ニュートン司祭の先輩として的確な助言をし、ニュートン司祭の自伝を出版する。

第一章

さすらいの西アフリカ

一

ロンドン地方の雲行きはあやしく、今にも降り出しそうだ。でも千年の昔から、イギリスの天気は移ろいやすいと相場が決まっていて、誰も気にしない。降ってもどうせ小ぬか雨だろうから、降られたら濡れるだけだ。

まだ口髭《くちひげ》も生えそろっていない十八歳の若者ジョン・ニュートンは、夜になって酒場で悪仲間と酒を飲んで騒いでいた。痩せ型でひょろりと背が高いジョンは、どう見てもうらなりで、意気がってはいるものの弱々しく見えた。

そこへ誰かが叫んだ。

「強制徴募隊《プレス・ギャング》だ。逃げろ！」

店の表をばらばら走る軍靴の音がする。イギリス海軍の強制徴募隊《プレス・ギャング》が新兵徴募のために酒場を急襲したのだ。

「やべえ！　逃げろ。捕まってたまるか」

ジョンたちはクモの子を散らすように逃げ出した。しかし裏口はすでに海兵隊でふさがれている。ジョンたちは有無を言わさず捕えられ、馬車で強制連行された。

この時期ヨーロッパでは一七四〇年から、いわゆるオーストリア継承戦争が始まっていた。

神聖ローマ帝国の皇帝位とオーストリア大公国（ハプスブルグ君主国）の継承問題を発端にし、主要国を巻き込んだ戦争だ。イギリスとオランダはオーストリアを支持し、これに敵対したのはフランス、プロイセン、スペイン、バイエルンで、一七四八年まで続いた。

ジョンが強制徴募された一七四三年は、イギリスは宿敵フランスやスペインに対抗して海軍の大幅な増強をしていたので、多数の水兵を必要としていた。しかし水兵は待遇が悪いので、志願者が少なかった。そこで強制的に徴募して水兵を集めていたのだ。

この時イギリスから強制徴募されたジョンをはじめ数十人の若者は、アイリッシュ海を渡り、アイルランドのノア川河口の海軍錨地《びょうち》に錨《いかり》を入れていた〈ハリッジ号〉に乗せられた。三本マスト九百七十六トン、乗組員三百五十人のバーケンティン型帆船のイギリス海軍戦列艦である。

〈ハリッジ号〉は係留中であるため縮帆《リーフ》されていたが、帆走中はフォアマスト（船首から一番前にある帆柱《マスト》）には三枚の横帆、メインマスト（一番高い帆柱）とその後方のミズンマスト（最後尾の帆柱）にはそれぞれ二枚の縦帆が張られている。その堂々たる雄姿には、大西洋のいかなる荒波をも乗り切っていくであろう頼もしさがあふれていた。

一月の疾風《はやて》はアイリッシュ海をゴーゴーと吹き渡っていた。〈ハリッジ号〉は三角波によって縦揺れ《ピッチング》や横揺れ《ローリング》をくり返し、帆桁《ヤード》（横帆を張る長い棒）を操作している錨索《ケーブル》や索具《リギン》（帆柱・帆桁・帆を支えるための金具）が風を切って鳴っていた。

ジョンの胸の中は、意思に反して強制徴募され、水兵として連れてこられたという不満で煮えくり返っていた。

乗組員は濃いマホガニー色に潮焼けしているのですぐわかる。だがこれらの新参者はただ色白だけではなく、やつれて青味がかっている。リヴァプールからアイリッシュ海を渡って〈ハリッジ号〉に連れてこられる間に、早くも船酔いを起こしたのだ。

当直士官が舷縁《ブルワーク》（甲板の周りの木柵）の陰で震えていた少年水兵に怒鳴った。

「ボーイ、こいつらを水兵居住区に連れて行け！」

「イエス・サー」

「馬鹿もん、何度言ったらわかるんだ。イエス・サーじゃない。アイ・アイ・サーだ。言い直せ！」

「アイ・アイ・サー！」

ロンドン東部の下町コックニー訛《なま》りの少年水兵も、水兵になってからまだ間がないらしい。

少年水兵は、前部《おもて》の中央昇降口から梯子《はしご》をぎこちなく降りて行った。それに続いてジョンたち新参者たちもおぼつかない足取りで、薄暗い砲列甲板《ガンデッキ》（大砲を搭載している甲板）へ降り、さらにもう一階下のツインデッキ（中甲板）へ降りて行った。

水兵居住区では、五、六人の髭面《ひげづら》の水兵がカードに興じていた。ジョンの鼻腔に、ローソク代わりに燃やしている獣脂の臭《にお》いが混ざり合った得体のしれない臭気が飛び込んできて、吐き気をもよおした。

その瞬間、艦外の吠えたける世界で急に風向きが変わり、〈ハリッジ号〉が傾《かし》いだので、ジョンはしたたかにテーブルの角にぶつかった。船の上ではごく普通のことだが、ジョンは世界の留め綱でもはずれたのかと驚いた。ジョンを受け止め、助け起こした髭面の中年の水兵が訊いた。

「おい、お前、年はいくつだ？」

「十……十八です」

「なんだ、十八か。まっとうな海の男になるには、十二歳から始めなきゃだめだ。やれやれ、新兵の訓練でしばらくは苦労させられそうだな」

一同から下卑《げび》た笑い声が上がった。それを聞いて、海軍はとても自分が来るところじゃないと思った。ここから脱出する方法は一つしかない。ジョンは父親に助けを求める手紙を投函した。

すでに地中海貿易で名を挙げて知られていた父親のジョン・ニュートン・シニアは、息子から強制徴募されたと知らせを受けて驚いた。

貿易商会の三階にある部屋の窓からは、ロンドン港の埠頭《ふとう》にずらっと並んでいる帆船の雄姿が見えた。上半身裸の人夫たちが荷の積み降ろしに汗を流している。ジョン・シニアはたばこに火を点け、荷役作業を見下ろしながら考えた。

〈海軍に強制徴募されたとは大変なことだ。しかし、ぐれてしまった息子の性根を叩き直すには海軍は最適だぞ。それに海軍に息子の釈放を願い出たら、海軍への非協力者とみなされて、まずいことになる。でも単なる水兵として徴募されたら、一生うだつが上がらない。これはなんとか手を回して、士官候補生として採用してもらうようにしなきゃいけないな〉

そこで貴族に八方手を尽くして、「ジョンを士官候補生として採用するように」という推薦状を書いてもらった。

艦隊本部からジョンの階級について命令を受けたトーマス・ジャクソン艦長は、仕方なくジョンを士官候補生として受け入れた。するとジョンの待遇はがらりと変わった。

一七四四年一月、〈ハリッジ号〉はアイルランドから、イギリス海峡に面したポーツマスに回航し、それから密命を帯びて、西インド諸島を目指すことになった。

〈ハリッジ号〉は艦隊に合流して、ポーツマスから出航してトーベイ湾に一時停泊し、イギリス南西部のリザード岬にさしかかった。しかし漆黒の闇の中、南風にあおられて、断崖にたたきつけられそうになった。加えて僚船《りょうせん》にぶつかりそうになって、ほうほうの体でプリマスに引き返した。短い航海なのに数隻が沈没し、艦隊司令官も負傷した。この恐怖の航海の経験がジョンに新たな行動を取らせた。

プリマスに投錨して陸《おか》に上がってみると、雨に濡れた舗道に青ざめたガス燈が光を投げかけていた。そこを二輪馬車が蹄《ひづめ》の音をパカパカ響かせて走り去って行った。新聞の売り子が新聞を掲げて、フランスとの海戦の模様を伝えていた。

ジョンは父が近くのトーベイ湾に来ていることを知った。沈没した何隻かの船の利権を持っていたことから、その処理のために来ているという。さらに父はアフリカ会社《カンパニー》にも関係していたので、そのほうの仕事を融通してもらえるかもしれない。西インド諸島へのどうなるかわからない長い航海よりも、そちらのほうがいいだろうと、ジョンは判断した。

何があっても海軍を脱出しようと決めたジョンはとうとう脱走し、父に会いにトーベイ湾を目指した。二日間歩き続け、あと二時間でトーベイ湾に着くところで、運悪く海軍の憲兵隊と出くわしてしまった。

誰何《すいか》され、たちまち逮捕されると、プリマスまで引き戻され、前科があるジョンは留置場にぶち込まれた。脱走の刑はムチ打ちである。裸にされ、足かせをはめられ、みんなの前で打ち据えられ、降格された。非常にみじめだった。

プリマスは十七世紀、多くの清教徒が〈メイフラワー号〉に乗って、希望の大陸アメリカを目指して出航した栄光の港だというのに、ジョンにとってはそうではなかった。

ジョンは士官候補生だった時、高慢に振る舞い、水兵を顎《あご》で使っていた。だからジョンが水兵に降格されたと知れわたると、仕返しが始まった。かつて同僚だった士官たちは、ジョンをかばうと自分たちも仕返しをされると恐れ、誰もかばってくれなかった。ジョンの心はどす黒い絶望感に閉ざされてしまった。

そんな時、ふとしたことから今度の西インド諸島行きの任務は五年間に及ぶと耳にして、ジョンは身震いした。そんなことは一般の水兵には極秘なのだ。

ジョンはその情報を聞いて、前にも増して脱走のチャンスを探した。ジョンが自由の身になりたい理由は、今の過酷な状況から逃れたいということだけではなかった。ジョンにはメアリーという幼なじみで初恋の人がいたのだ。

（恋しいメアリーに五年間も会えないなんて、そんなことがあってたまるか！　ここから何としてでも抜けださなきゃ）

メアリーとはその後伴侶となるが、そこに至るまでにさまざまな試練に見舞われることになる。

船はそれまで右舷方向に見えていた海岸から徐々に遠ざかり、やがて見えなくなった。イギリスを離れ、アフリカを目指して大西洋に乗り出した。

二

風は大男が真っ赤になって頬をふくらませて吹いているかのように強く吹いた。吹き飛ばされそうで立っていられない。ジョンは着古した長外套《なががいとう》の襟《えり》をかき合わせた。メインマスト左舷の投鉛台《チェーン》で、二人の水兵が手馴れた仕草で測程器《ログ》を海に投げて、速力を計っていた。

しばらくして〈ハリッジ号〉は一時停船し、船首を保つために、船首から海錨《シーアンカー》を流した。そのため船はガクンガクン縦揺れした。その異常な動きにジョンの胃袋はすっかり音を上げ、再び船酔いして吐いた。やっと船酔いに慣れたと思ったのに、元のもくあみだ。

うねりというやつほど始末におえないものはない。周期の長いうねりに乗って船がぐーっと押し上げられた後、谷間に向かって滑り落ちていく時、胃の腑がぎゅっとつかまれ、吐き気がウエッと込み上げてくる。もう吐くだけ吐いているから胃は空っぽのはずなのに、またゲエッと吐く。しかし何も出てこない。ジョンはのたうちまわる苦しさの中で、体が海に慣れるまでの辛抱だ、がまんしろと自分に言い聞かせた。

ヨーロッパとアフリカ大陸を分けているジブラルタル海峡は凪《な》ぎ、太陽の方角を見ると、陽光を反射してまっさらな銀の楯《たて》のように輝いている。その向こうにはアフリカの山々が、後方の水平線上にはスペインの山々が、黒ずんだ鋸《のこぎり》の歯のように浮かんでいた。今度は凪《な》ぎに遭遇し、船はさっぱり進まず、地中海へ押し込もうとする潮流に抗して、風上に間切って進まなければならない。

ジョンは南から吹いてくる軽風に頬を打たせ、新鮮な空気を胸いっぱい吸い込んだ。雪を被ったアトラス山脈で冷やされた風が心地よかった。海はいっそう濃紺色になっている。どこまで深いかわからない。

〈ハリッジ号〉はイベリア半島を離れて大西洋に乗り出し、モロッコのはるか沖合四百四十マイル（約七百キロメートル）にあるポルトガル領マデイラ諸島のマデイラに投錨した。艦隊はそこから大西洋を横断して、西インド諸島に向かう。食糧と水を積み込み、翌朝には出航することになっていた。

翌朝、士官候補生が水兵居住区に降りてきて、「起きろ！」と怒鳴った。ジョンはただちに起きて敬礼すべきだったが、ぐずぐずしていたので、士官候補生は怒ってナイフでハンモックの吊り綱を切った。ジョンは床にころげ落ちてしたたかに腰を打った。ジョンは怒って下士官を追いかけて甲板に駆け上がると、一人の水兵が自分の持ち物をボートに積み込んでいる姿が目に入った。

「何をしているんだ」とジョンが問いただすと、

「おれは〈ハリッジ号〉とギニア行きの商船〈ヨークシャー号〉の交換要員として、これから軍艦を離れて、商船に乗り移るんだ」

と、意外な返事が返ってきた。

「要員を交換するんだと？　そうか、その手で軍艦を脱出できるのか！」

「艦隊司令提督がこの艦船《ふね》のジャクソン艦長に、交換要員を二人出すように命令してきたんだ」

ギニア行きの商船からは、もうすでに交換要員が乗り移ってきているという。千載一遇のチャンスだ。ジョンは水兵にボートを数分とどめておくよう頼むと、当直大尉のところに駆け寄って、自分を交換要員として出してくれるよう、艦長にとりなしてくれと懇願した。民間船だったら軍艦のように階級が厳しくないから、誰に遠慮することなく、勝手気ままな生活を送ることができるだろうと思ったのだ。話はあっさり決まり、ジョンは父親の配慮をよそに〈ヨークシャー号〉に移った。

驚いたことに、〈ヨークシャー号〉のハンター船長は父のことをよく知っていたので、快く迎えてくれ、

「お前がニュートン船長の息子か。どうもオヤジほど出来は良くないようだな」

と言い、力になるから何でも相談しろとにやりとした。幸先《さいさき》は良かった。

〈ヨークシャー号〉は西アフリカのウィンドワード海岸（後のリベリアやコートジヴォワール）に向かった。北東貿易風に乗り補助帆を両舷に張って、この上ない速度で大西洋をつき進んだ。咆哮《ほうこう》する貿易風は安定した縦揺れ《ピッチング》と上下動《ヒービング》で、老朽化した哀れな木造帆船を駆り立てた。

時折り舳《へさき》が波に突っ込んで波しぶきをあげ、一瞬虹がかかった。索具《リギン》が風で鳴り、船体やマストや横桁《ヤード》がきしむ音と相まって、にぎやかな交響曲をかなでる。どこまでも澄みきった青い空には、はっとするほど白い雲が浮かんでいる。

太陽は陽気さを取り戻してギラギラ照りつけ、群青の海は光をキラキラ反射させている。船が方向転換《タック》して西に向かうと、まるで光の海に突入したみたいだ。

海の生活は刺激に満ちている。警戒することさえ怠らなかったら、自然の恵みは人間のがさついた心を癒やしてくれた。夜になると、頭上で満天の星の大パノラマがくり広げられた。見上げていると首が痛くなったので、ジョンは甲板に大の字に寝転んで、帆柱《マスト》や帆《セール》のはるか彼方できらめいている星々に見入った。

(あの星々まで何千、いや何万光年かかるんだろう。宇宙は気が果てるほど広い。そんな無限大の宇宙がおれの網膜に焼き付いて感動しているが、宇宙との対話をくり返していると、人間のしこりなんて吹き飛ばされてしまう！　船乗りは荒々しいけれど、気持ちがさっぱりしていて、小さいことにこだわらないのも、こんな星空を夜な夜な仰いでいるからだ……)

静かだ。帆《セール》や帆桁《ヤード》や索具《リギン》が風に鳴り、舷側《げんそく》(船べり)から帆船が波を切る音が聞こえてくる。まるで広大な星空が子守唄を歌っているようだ。それらの音以外は何も聞こえない。のどかで平和だ。すべて世はこともなし、だ。

(おれの命はアンドロメダ星雲からやって来たのかなあ？　このまま〈ヨークシャー号〉は大洋から浮かび上がって、あの銀河を渡っていきそうな気がする。宇宙はおれたちの故郷だ)

ジョンの思いはメアリーに向かった。

(おれの愛《いと》しのメアリー、今頃どうしてるんだろう？)

連れ立って牧草地《メドウ》を歩いた時のことがよみがえってくる。彼女が投げかけてくれた笑顔は、ジョンへの信頼の証だ。

（おお、メアリー。おれは君のすべてを愛してる。ああ、会いたい……）

彼女のうつむいた顔に浮かぶ翳《かげ》りは、両親の庇護《ひご》のもとから旅立ちはじめた少女の表情だ。

（おれのもとに来い。きっと守ってやるぞ。幸せにしてやるからな……）

船は星明りの海をカナリア海流に乗って、アフリカに向けてゆっくり南下していった。

三

ところが夜が明けると、ジョンは現実に引き戻された。一夜の星空との対話などで長年の習慣が治るはずはない。ジョンはハンター船長の気に入ることを素直にすることができないのだ。他の船員をあおっては自堕落な生活へ引き落とす。船長が統率を取れなくなって困ることはわかっているのに、どうしてもそうしてしまうのだ。

さらに悪いことには、船長のあることないことを戯《ざ》れ歌《うた》にして船内に広めた。すっかり気分を害したハンター船長は怒り狂い、ジョンを罵《ののし》った。

「これが庇護《ひご》してやったことへの返礼か。お前を見損なった。もう金輪際《こんりんざい》、応援するものか。恩を仇《あだ》で返しやがって、このクソ野郎！」

よせばいいのにジョンは言い返して、火に油を注いだ。

「バカヤロー、後見人面《づら》するな。おれはおれでやっていけらあ。もう子どもじゃねえぞ」

「くそっ、お前を船に乗せたのは失敗だった。この疫病神《やくびょうがみ》め！」

売り言葉に買い言葉で、ジョンは罵られるとますます悪態をつき、二人の仲はますます悪くなった。ジョンは疫病《えきびょう》に感染した人間のように、行く先々で害毒をまき散らした。仲間は初めは強面《こわもて》のジョンをおもしろがって悪役《ヒール》に祭り上げたが、そのうちジョンのひねくれた性格に辟易《へきえき》して、みんな遠ざかるようになった。だがジョンはそれに気づかず、ただおもしろおかしく過ごしていた。

〈ヨークシャー号〉は六か月間アフリカ海岸を行き来して交易をすませると、シエラレオネ川が南流して注ぎ込んでいるタグン湾の西端に開けた町（現在のフリータウン）から南に二十五マイル（約四十キロメートル）ほど下ったところにあるバナナ諸島に停泊した。ここからいよいよ大西洋を越えて、西インド諸島に行くのだ。

ところが予期しないことに、ハンター船長が急死してしまった。そこで航海士の男が昇格し、船の指揮を執ることになった。ジョンはこの航海士とも船長との関係に負けず劣らず、ひどい関係にあった。

西インド諸島にはたくさんの軍艦が停泊しているので、もしそのまま西インド諸島に行けば、ジョンは軍艦との交換要員として出されてしまうことは、火を見るよりも明らかだ。再び軍艦に乗ることは死よりも恐ろしいことだった。ジョンはこのままアフリカに残り、自分の運命を変える機会を見つけ出そうとやっきになった。

　バナナ諸島の唯一の集落リケッツの酒場には、意外な人種が集まってくる。いつの時代も酒場は、飲んだくれた男たちの自慢話と上司への悪口でわんわんしている。

　そこへ窓際のテーブルに陣取って、ラム酒をあおって盛んに管《くだ》を巻いていた男のだみ声が聞こえてきた。品はよくないが、金儲けはうまそうな小太りの小男だ。

「おれが十年前にバナナ諸島に来た時は、すっからかんの文無しだった。食べるにもこと欠き、懐具合がいい連中に取り入って仕事をもらい、なんとか食べていた。ところがどうだ、そいつらのやり方をまねて奴隷貿易をやるようになってから、おれにも運が回ってきた。

　今じゃおれは港に停泊しているあの〈ガーランド号〉の所有権を四分の一を持っている船主様だ。アフリカはいいところだ。おれにチャンスを与えてくれたもんな。これからおれは〈ガーランド号〉に乗ってロンドンに凱旋《がいせん》する。おれを見下していた連中を見返してやるんだ」

　バナナ諸島には意外に多くの白人が住んでいて、周辺地域から黒人奴隷を購入し、貿易船に高値で売りさばいていた。資本がなくてもひと儲けできそうだと興味を持ったジョンは、コールドウェルと名乗るその男のテーブルに移って話に加わった。

「コールドウェルさん、おれは〈ヨークシャー号〉に乗ってこの島に来たんだが、あんたの話を聞くと儲け話が転がっているような気がする。ここで下船して、あんたの仕事を手伝えば、おれもひと財産築けそうだが、雇ってくれないか」

「お前がその気なら〈ヨークシャー号〉の船長に話してお前の任を解いてもらい、おれんとこで働けるようにしてやろう」

話は即決し、ジョンはコールドウェルに雇われることになった。後にひどい目に遭うとも知らず、何も考えもせずに着の身着のままで上陸した。

四

ジョンの仕事は、イギリスやフランスから貿易船が来るまで、島の奴隷小屋に詰めこまれている黒人たちの世話だ。彼らはみんな、内陸部から拉致《らち》されてきたのだ。奴隷小屋は頑丈な太い木で柵を作り、それを横木でしばって、草で雨除けの屋根を葺《ふ》いただけの簡単な小屋だ。用を足すところは庭に掘った穴で、そこにいつもハエがたかっていて臭くてたまらない。まるで豚小屋だ。

黒人たちは機会を見つけて逃亡しようと必死だから、柵の中でも手かせ足かせを外さない。それに鎖《くさり》を通して数珠《じゅず》つなぎにしているから、逃げ出そうにも逃げ出せない。

ジョンは黒人たちに手ひどく当たったから、彼らからも疎《うと》まれた。

ジョンは黒人の扱いになれてくると、小さな舟に乗って黒人奴隷の買い付けに行かされるようになった。小さな舟は、外洋を航海する大型帆船と違って海岸から川を何マイルもさかのぼることができるので、交易には便利だった。

ジョンは舟に乗り、北はセネガルのヴェルデ岬からガンビア川、カシュー川、リオグランデ川、シエラレオネ川、プランティン諸島（現在のシエラレオネ）、シアーブロ川、シアーブロ島、キッタム川、マウント岬（現在のリベリア）までの広範囲を訪ねた。

うわべは強面《こわもて》にふるまっているが、その実内面はとてもナイーブなジョンは、黒人を奴隷にして売り飛ばすことになかなかなじめなかった。キッタム川をさかのぼりながら、仲間のティムに迷いを打ち明けた。ティムはもう三年も奴隷貿易に従事していて、奴隷貿易の裏も表も知り尽くしている。

「おれはこういうことは、あんまり良いことじゃないと思うんだ」

両岸にはガジュマルが密生していて、緑でおおわれている。シロサギが数羽、珍しそうにこちらを見ている。

「お前、何を言っているんだ。おれたちが奴隷として買い付けている黒人は、部族の戦いに負けて奴隷になっている連中だ。あるいは商売で負債を払えなくなって奴隷になっているか、罪を犯して服役している連中だぞ。もともと奴隷になっている黒人を買い付けているわけだから、違法でも何でもない」

ティムは川に噛みたばこをペッと吐いた。すぐさま餌かと思った魚がバシャバシャ食いついている。それを見やりながら、ティムは続けた。

「アメリカの植民地では、綿花畑で炎天下の労働に耐えられる黒人を求めている。需要があるから供給しているだけだ。こういうことは良いとか悪いとかで判断すべきじゃないんじゃないか」

「それはそうなんだけど、でも、黒人をムチでひっぱたいて強要するなんて好きじゃないな」

「そうしなきゃ動かないんだから、仕方ないじゃないか。まあそのうち慣れてくるよ。ムチでひっぱたくことも何とも思わなくなるよ。割り切ることったな」

そんな会話を乗せて、船は川をさかのぼっていった。

何十羽ものゴイサギに似たサギが汽水域《きすいいき》にぷかりぷかりと浮かんでいて、時折潜って漁をしている。そしてカニの足をくわえて上がってくると、それを振り回して足をもぎ、足がもげたら胴体だけを丸ごと飲み込んでいる。

（ここにも弱肉強食の世界があるということか……）

ジョンはサギの捕食行動をながめながら、黒人が奴隷として使役されるのは仕方がないことなんだと自分に言い聞かせた。自分の思惑に反して、いつのまにかずるずると奴隷貿易に携わるようになっていった。

五

　ジョンの新しい雇い主になった太っちょで禿《は》げ頭、しかもひげもじゃのコールドウェルは、プランティン諸島の三つの島の中の一番大きな島に住んでいた。その島はヤシにおおわれた低い砂地の島で、熱帯プランテーションの大きな農場があり、そこでは三、四十人の黒人が働いていた。コールドウェルは船主でもあり、農場主でもあったのだ。

　プランテーションとは熱帯や亜熱帯地方の大規模農園のことで、大規模工場生産の方式を取り入れて、先住民や黒人奴隷を使って単一作物を大量に栽培していた。

　島は周囲が三・二マイル（約五キロメートル）あり、島全体が彼の屋敷のようなもので、プリンセス・ピーアイと呼ばれて幅をきかせているジャネットという現地妻の黒人女性と、七人の召使いにかしずかれていた。

　ジャネットはジョンを嫌い邪険に接した。特にそれは主人のコールドウェルが不在の時に現れ、ジョンを犬猫のように扱った。ジャネットはヨーロッパ的な生活をしていて、テーブルの上には料理がところ狭しと並べられたが、ジョンには同席させなかった。

　ある時、コールドウェルがリオヌナ川沿いの集落に奴隷の買い付けに行った時、ジョンは病気で行けなかった。看病するのはジャネットの役目だったが、ジャネットは看病どころか、食事すら運ばなかった。ジョンはひもじさのあまり、プランテーションで栽培しているジャガイモや根菜類を引き抜いて食べ、飢えをしのいだ。

その上ジャネットは、寝込んでいるジョンを役立たずとか怠け者と罵り、無理やり働かせようとした。しかし立ち上がることも歩くこともできないとわかると、使用人に足を引きずって歩くジョンをまねさせてあざ笑い、ライムの実を投げつけては茶化していびった。

ジョンがようやく病気から快復したので、コールドウェルは買い付け航海について来るよう命令した。ところが乗船間際、ジャネットはコールドウェルを物陰に呼んで、こっそり耳打ちした。

「あんた、ジョンには気をつけな。あいつは商品を盗んでこっそり売りさばいているよ。とんでもない悪党さ」

「でも、裏でこそこそ悪事を働くようには見えないがな」

「な〜に、猫かぶっているんだよ。あんたの目が届かないところじゃ、ずるがしこいことをやっているんだから。このあたいが言っているんだから間違いないよ」

そこでコールドウェルはジョンを呼びつけて叱った。

「お前はおれの目が届かないところで、商品を転売しているそうだな」

「何ですか、それ。そんなことはしていません」

「しらばっくれるな。証拠はあがっているんだ。おれに拾ってもらっていながら、飼い主の手を噛むなんて、なんてことだ。今度やったら承知しないぞ」

ジョンが事実無根だと抗議しても、コールドウェルは聞く耳を持たなかった。

それ以来、コールドウェルは陸《おか》に上がる時、ジョンを船に捨て置いた。コールドウェルが帰船すれば夕食にありつけたが、そうでない時は何日もほっておかれた。そんな時は自分で魚を釣って飢えをしのぐしかなかった。

ジョンが持っている服は、シャツ一枚、スボン一本、上着代わりにはおる二ヤード（二メートル弱）ほどの木綿の布一枚、帽子代わりのバンダナ一枚だけだ。その一枚しかないシャツを洗い、濡れたまま着て体温で乾かした。

陸に上がっている時、たまに取り引きのボートがやって来ると、ガリガリに痩せた姿を人に見られるのが恥ずかしくて森の中に隠れた。ジョンの心はすっかり変調をきたし、心は鬱《うつ》になっていった。

アフリカの熱帯地方でも冬の海は寒い。時化《しけ》た時は風雨が体温を奪い、ジョンの肉体と精神を徹底的に破壊した。奴隷買い付けの航海は二か月続き、ようやくプランティン諸島に帰ってきた。

だが、やっている仕事が黒人奴隷を牛馬のように売り買いし、ムチと怒号で奴隷小屋に駆り立てる仕事なので、結局それは自分に跳ね返ってくる。ますますジョンは獰猛《どうもう》な獣《けだもの》のように荒れ狂い、傲岸不遜《ごうがんふそん》になり、内省することはほとんどなくなった。いつの間にか、人間の毅然とした気高さは消えてしまった。

奴隷貿易船がやって来ると、とたんに忙しくなる。親方が船長と黒人一人ひとりの値段の交渉をしている間、ジョンは彼らを追い立て、船に積み込まなければならない。

しかし、黒人たちは泣き叫んで必死に抵抗する。中には屈強な若者もいるから、彼らを押さえつけ、乗船させるのはかなり難儀だ。皮膚が割け、肉が飛び散るほどムチで叩いても、いったんしがみついた木や杭《くい》を放そうとはしない。これでもかこれでもかと殴りつけ、やっとのことで乗船させた。

多くの場合、甲板を一、二層下りると、奴隷《どれい》甲板と呼ばれているデッキがある。そこは吃水《きっすい》線《せん》より一、二フィート下がっているので薄暗く、いくつかの昇降口を通じてわずかに換気されているだけだ。そこに押し込め、鎖《くさり》でつなぐのだが、それが終わると、へとへとに疲れてしまう。

奴隷貿易船はアフリカの河川で黒人を買い付けしている間の襲撃や反乱に備えるため、火器で武装している。また奴隷貿易船は一般の商船よりスピードが出る。交易用の貨物が少ないため船体は軽く、長い航海の間に病死する可能性のある奴隷を運ぶため、スピードが速いことが不可欠なのだ。

それに二百人あまりの奴隷を買い込むまでにはかなりの日数がかかる。アメリカ大陸まで運ぶ間、彼らを賄《まかな》わなければならないので、大量の水と食糧を積んでおかなければならない。奴隷船を送りだすと、火事場騒ぎのような喧騒を忘れるために、ジョンたち奴隷商人は酔ってどんちゃん騒ぎをする。自ら精神を麻痺させる以外、生きることはできないのだ。

しかし人間はどんなに悪がっても、とことんまで落ちることはできない。一年も悲惨な状況が続くと、これじゃいけない、何とかしなければという思いが強くなってくる。ジョンは脱出する方法を模索した。

六

それにはいろいろな方面に力を持っている父に頼るしかない。もう父には頼るまいと思うものの、そこにしか手立てがなかった。そこで父に助けを求めて手紙を書いた。

「ぼくは軍艦に乗って西インド諸島に行く予定でしたが、途中で民間船に乗り換え、今は西アフリカのプランティン諸島にいます。ここで交易の仕事をしていますが、だまされてひどい扱いを受けています」

さすがに父には奴隷貿易に従事していると書けなかったので、交易の仕事をしていると書いてお茶を濁した。しかし鋭敏な父は西アフリカでの交易と聞いただけで、奴隷貿易に関わっているのではないかと疑うに違いない。

「ここでひと儲けしようと思ったのですが、アリ地獄に陥ったみたいに、にっちもさっちもいきません。アフリカから抜け出す以外に、やり直すことはできそうにもありません。ついては父上の手づるで、ぼくをこの悪魔の集団から助け出してくれませんか」

数か月後、ロンドンの船会社から手紙を受け取った父は、ウーンと唸《うな》った。一時はもう金輪際手助けしてやるものかと思ったが、そうもいかないようだ。

そこでアフリカ航路の船を持っているリヴァプールの船主ジョセフ・マネスティィに相談した。マネスティィはビヤ樽のような体型をした朴訥《ぼくとつ》で赤ら顔のスコットランド人だ。操船は若い人に任せて船を下り、今では七つの海を勇躍する何隻かの貿易船を持つ船主である。商売においては誰にもひけは取らないと自負しているマネスティィは、さっそく返事の書翰を預けた。

「了解しました。持ち船の〈グレイハウンド号〉がちょうど西アフリカに向けて出航するから、そのヒックス船長にジョンを救出するよう命令しましょう」

もちろん成功報酬を約束してのことだ。

その頃、プランティン諸島にいるジョンは、活路を求めて、別の奴隷商人ウィリアムのところに移っていた。ウィリアムはシアーブロ島の対岸にあるキッタム河畔の他、数か所に奴隷小屋を持っており、手広く奴隷売買をしていた。

ウィリアムはジョンの才覚を認め、貿易業務を任せるようになった。人並みの服が着られて不自由しなくなると、ジョンは父親に助けを求めて手紙を書き送ったことなど、ころっと忘れてしまった。

一七四七年二月、〈グレイハウンド号〉のヒックス船長はバナナ諸島に着くと、ジョンの消息を尋ねてまわった。しかしなかなか見つからず、ヒックス船長はとうとうジョンの捜索を諦め、次の交易地に向けて海岸に沿って南下していた。

ジョンはバナナ諸島から七十マイル（約百十三キロメートル）南にあるシアーブロ島の大陸側に流れているキッタム川の河口の奴隷小屋にいた。

ジョンの仲間が沖合を航行している〈グレイハウンド号〉を見つけ、交易を希望するしるしに狼煙《のろし》を上げた。〈グレイハウンド号〉は停船すべきかどうか迷ったが、結局は停船し、回航して投錨した。

仲間がカヌーを漕いで〈グレイハウンド号〉に向かい、乗船すると、五十がらみの精悍《せいかん》な船長が「ジョン・ニュートンという青年を探しているんだが知らないか」と訊いた。

「そのジョンならおれの仲間だ。あの島影の向こうのキッタム川の奴隷小屋にいるよ」

「そうか、それはありがたい。早速会って、父親からの伝言を伝えよう」

ヒックス船長はボートを漕がせてキッタム川の奴隷小屋に行き、ジョンに会った。ところがジョンは逼迫《ひっぱく》している様子もなく、身なりもちゃんとしている。ヒックス船長はいささか事情が変わったらしいと直感した。

「おれはジョー・ヒックス、〈グレイハウンド号〉の船長だ。君の父上は君から救出を願う手紙を受け取り、おれに依頼してきた。君の父親は君のことをえらく心配していて、おれの積み荷の半分の費用がかかっても、君を救出してくれと頼まれている。おれの船でイギリスに帰ろう」

ところがジョンはヒックス船長の話を喜ぶどころか、救援の手をにべなく断った。

「あれからおれは自力で活路を見いだし、窮地を脱して、今は結構いい羽振りだ。父親から依頼されたんだと？　何だそれ？　状況は変わったんだ。もう御用済みだ」

人の誠意を無視してしまうという悪い癖が出て、はすかいに構えて吐き捨てるように言った。

これにはヒックス船長が驚いた。

（ほう、これはとんだご挨拶だ。この尻の青いあんちゃんを連れ戻すには、ちょっと策を用いなきゃならないようだな）

そこで戦術を変えた。ヒックス船長のほうがはるかに老練だ。

「おれの雇い主から聞いたんだが、高齢で裕福な君の伯父さんが亡くなって四百万ポンドの遺産を残してくれたらしい。それを受け取る手続きをしなきゃいけないから、ここは一度帰国したほうがよさそうだよ」

この話には真実味があった。事実、話に当てはまる親戚がいて、病気がちだと聞いている。それに国に帰ればメアリーに会える。ジョンは心が動いていることを悟られないように、ぶっきら棒に答えた。

「めんどくせえなあ。でもイギリスを離れてアフリカに来てもう十五か月になる。ここいらで一度祖国の地を踏んでもいいな」

（しめしめ、考えを変えてくれたようだな。後はおだてて、気が変わらないようにし、無事リヴァプールまで送り届けることだ。そうしたらたんまり成功報酬に預かれるっちゅうものだ）

まんまとヒックス船長の思うつぼにはまったジョンは、シエラレオネに別れを告げ、〈グレイハウンド号〉の乗客となった。


ジョンが図らずも巻き込まれていった奴隷貿易の背景には、十七世紀から十八世紀にかけて開拓された大西洋交易ルート、すなわちヨーロッパ本土とアフリカ大陸、西インド諸島、アメリカ大陸を結んだ「三角貿易」と呼ばれるものがあった。大洋を渡る航海術の発達が、新時代を切り拓きつつあったのだ。

イギリスやフランスなどヨーロッパの貿易船は西アフリカの立ち寄る先々で、繊維製品や工業製品、酒類など一般の交易品に加えて、銃器も売りさばいた。それも相争っている部族の双方に、である。当然代金が必要になるが、黒人部族は代金を、部族間の争いで打倒した敵の部族を奴隷として売って支払った。

ヨーロッパ諸国、つまり端的な表現をすれば奴隷商人は、西インド諸島やブラジル、アメリカ大陸の農場で働く黒人労働力は高い値段で売れるので、喉から手が出るほどにほしい。黒人奴隷が合法的に手に入るとすれば、こんないいことはない。だからある意味で、部族戦争は奴隷商人がけしかけていたともいえる。

銃器の代価として交換された黒人奴隷は、「黒い荷物」として西インド諸島やアメリカ大陸に運ばれ、綿花や砂糖などと交換された。こうして今度は「白い荷物」として、ヨーロッパに運ばれて、社会を潤した。海運力の増強は、続いて起こる産業革命による製品の大量増産の海外頒布を可能にした。このように空荷で航海することがない三角貿易は、イギリスに莫大な富をもたらした。

ヨーロッパとアフリカ大陸、アメリカ大陸を結ぶ「三角貿易」のコース

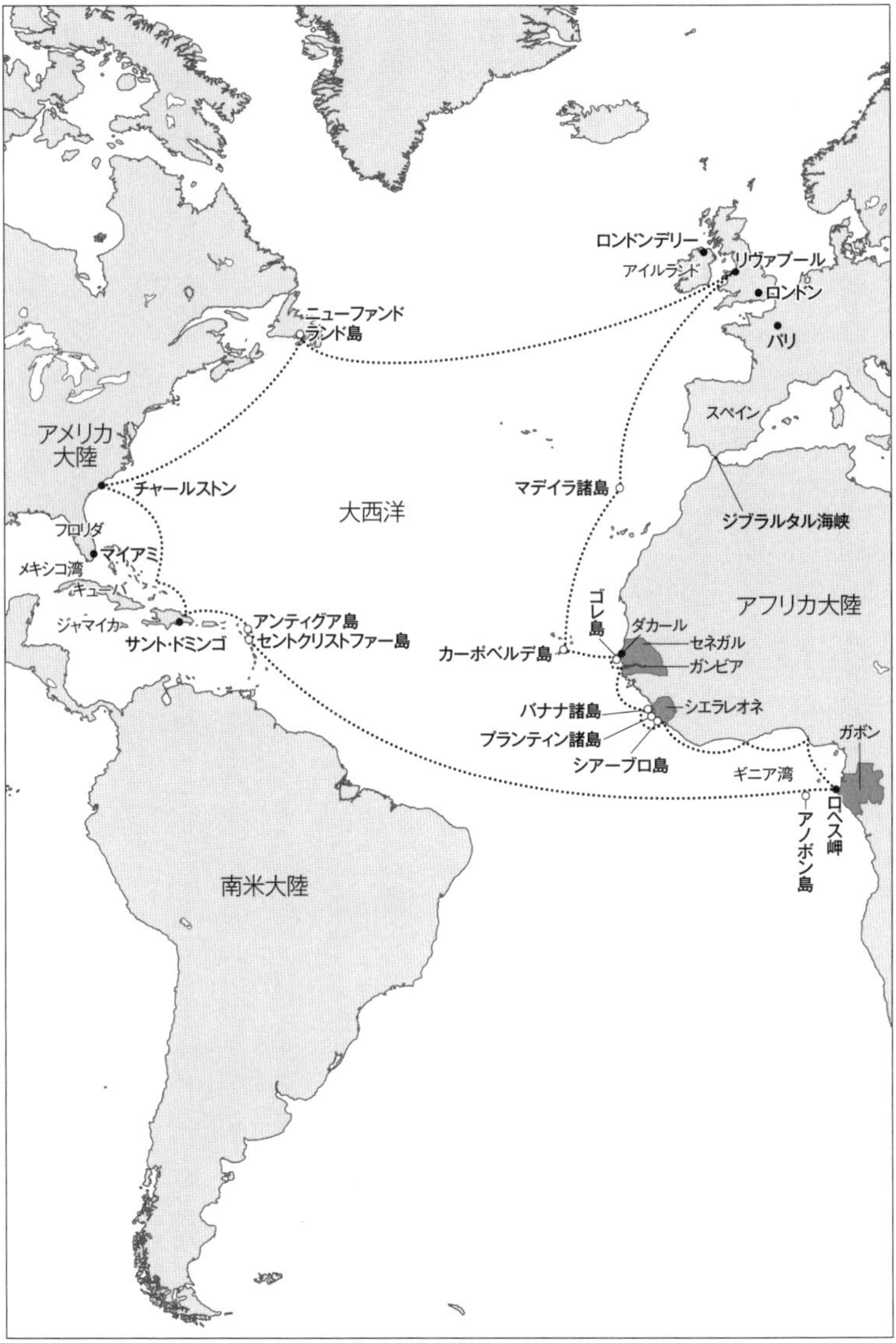

第二章　荒れた日々

EUROPA
Maasstab.
Nordlicher Polar Kreis
NORD SEE
MITTEL LÄNDISCH
ADRIATISCHES MEER
ALGERIEN

一

物語をこの時点から二十一年前の一七二五年に戻そう。

現在のイギリスはウィンザー朝だが、その前身のハノーヴァー朝が始まった一七一四年から十一年経った一七二五年の七月二十四日、ロンドンの東部ワッピングの小さな町で、玉のような男の赤ちゃんが生まれた。イギリスが産業革命によって、フランスやスペインに代わって世界の覇者として立つほぼ半世紀前である。

地中海貿易の船乗りをしているジョン・ニュートン・シニアは産室に呼び入れられた。あまりに緊張し、慌てたので、揺りかごに蹴《け》つまずいてしまった。汗びっしょりの妻のエリザベスの体から湯気が立っており、助産婦が顔や首を拭いてくれている。病気がちで蒲柳《ほりゅう》の質のエリザベスは、生まれたばかりの赤ちゃんを愛おしそうに見つめていた。

「おお、私の息子だ。無事に生まれてよかったね。三時間も奮闘したんだね、よく産んでくれた！」

素直に喜んでいる夫に、エリザベスは大任を果たし終えて微笑んだ。

「あなたにそっくりね。目から鼻にかけて生き写しよ」

「口元は君にそっくりだ。こんなに似ているなんて不思議なものだ。ほら、指をくちゅくちゅ吸ってるよ。赤ちゃんの顔を見つめていると、なんだか自然に笑いがこみあげてくるなあ」

ジョン・ニュートン・シニアは息子を同名のジョン・ジュニアと名づけた。

ジョン・ジュニアが生まれた家は二階建てで、切妻屋根は灰黒色のスレートで葺《ふ》かれ、そこに褐色の土管のような形をした煙突が突出している。風雪に耐えた赤レンガの壁は落ち着いた色合いを示しており、レンガとレンガの間にむき出しにされた梁《はり》は結構なアクセントとなっている。庭には建物におおいかぶさるほどに大きな赤松が生えており、午後の光が窓に反射してきらきら輝いていた。

テムズ川下流の郊外もこのあたりまで来ると、牧草地が広がって豊かな田園地帯の様相を示し、牛や羊がゆっくり草をはんでいる。その先には教会の尖塔《せんとう》が見え、向こう岸がやっと見えるほどに広くなったテムズ川岸は、先のとがったモミや黄色に変わったカエデなどが縁どっている。テムズ川は満潮時にはこのあたりまで海水がさかのぼってくるので磯の香りがしており、海が近いことがわかる。

いつも潮風に当たっている父ジョンの細面の顔は赤銅色に焼け、そこに数十マイル先の船影を見逃さない鳶《とび》色の眼が光っており、薄い口元は威厳を示して固く閉じられていた。

スペインで受けた教育は、ジョンに貴族的ともいえる誇りを与えており、その誇りが六・二フィート（約一八九センチメートル）はある大柄な体にあふれていた。好意的に言えば、貴族的で誇り高いといえるけれども、口さがない人たちは、いささか気取っていてとっつきにくいと評していた。

家の中に入ると、暖炉《マントルピース》で石炭がぱちぱち燃えていた。体の弱いエリザベスはちょっと気温が下がると、暖炉を燃やして部屋を温めなければならないのだ。

エリザベスはほっそりした体型に、整った目鼻立ちをしており、亜麻《あま》色がかったつややかな髪の毛は美しくカールしている。その瞳の色は澄んだ青い泉のような色をしていて、はっとさせられるほど美しかった。それにゆったりした声の調子は、それだけで聞く人の心を癒やすほどだった。

部屋には夫のジョンが貿易先から運んできたペルシャの絨毯《じゅうたん》が敷かれ、高い窓にはエリザベスの好みの淡い緑のモスリンのカーテンがかかり、淡い褐色のアーガイル・チェックの壁紙が貼られていた。これも明らかにエリザベスの好みである。

赤ん坊が泣きだすと、エリザベスは急いで乳首をくわえさせた。すると元気よく吸いつき、ひとしきり吸って満足すると、コバルトブルーの瞳で母親の顔を見上げるのだった。エリザベスは見つめられるたびに、

「なんてかわいい子。この子は神さまがくださった天使だわ！」

と頬ずりした。そのうちジョン・ジュニアは疲れ、まぶたが下がってくると、やがて乳首から口がすぽんと抜けて眠り始める。ハンで押したようにいつも同じだ。

エリザベスはジュニアが目覚めていると、ハミングで歌を歌って遊んでやった。ジュニアは母のパジャマのボタンをいじって遊び、まだ歯が生えていない口で母の指を噛んだ。時折り声をたてて笑うと、エリザベスもつられて笑った。ジュニアは天から舞い降りた天使だった。

少し大きくなると、ジュニアは、「ねぇママ、ご本を読んで」と甘えた声でおねだりした。

「どれどれ、今日は何を読んでほしいの？」

エリザベスはロッキング・チェアを揺らしながら編み物をしていた手を休めて抱き上げた。母の胸からはほのかに甘い匂いがただよっていて、抱かれていると心地よい。ジュニアはこのぬくもりが好きだった。エリザベスは三歳になったばかりのジュニアを抱きしめ、イエスの物語の絵本を読み始めた。

「それはガリラヤ湖での出来事でした。湖上に突然激しい暴風が起こって、舟が波に飲まれそうになりました。このままでは舟が沈んでしまいます。弟子たちは恐れて舟べりにしがみついていました。ところがイエスさまは平然と眠っておられました。

そこで弟子たちはイエスさまを起こし、『助けてください。今にも沈みそうです』と泣きつきました。するとイエスさまは、『なぜ怖がるんですか。あなたたちはなんと信仰が薄いんでしょう』と嘆かれ、起き上がって風と海をお叱りになりました。するとそれまで荒れていた湖面がしずまったのです。

危険が去ったので、弟子たちは手を取り合って喜び合いました。それにしてもイエスさまは大変な力を持った人です。この方はどういう方なんだろう。風も海も従わせてしまうとは！　とても大きな権威を持った方に違いないと思いました」

ジュニアは何かを考えるように、じっと聴いている。子ども心に感じるものがあるのだろうか。モミジのように小さな手が、母の指をぎゅっとにぎりしめた。

手を引いて歩いている時も、ジュニアは確かめるように母の手をにぎりしめる。そんな時、エリザベスは母親であることの喜びを感じ、この子に無条件で信頼されているんだと無限の母性愛がこみ上げてくるのだ。

「どんなことがあっても、この子を守らなければ！　この子は神さまから私に委ねられているんだわ」

エリザベスはまだあどけないジュニアを見つめ、人々の魂の成長に寄与できる人になっておくれと祈った。

二

イギリスは一五八八年、スペインの無敵艦隊を破った後、一六〇〇年に東インド会社を設立し、アジアの覇権《はけん》を狙うオランダやフランスに対抗して急伸していた。

その後イギリスはいち早く産業革命が進行して大量生産できるようになったので、それらの商品のはけ口として植民地を必要とした。インドやアメリカを植民地支配したのも、産業社会がそれを必要としたのだ。七つの海にユニオンジャックが翻り、世界の盟主になりつつあった。

夫ジョンは半年から一年おきぐらいに家に帰ってきて、数週間から一か月滞在すると、また船に戻る。イギリスの経済は好調で、世界を相手にモノを売っている。その重要な一端を担っているのが海運業だ。

父が出発する日がやって来ると、ジュニアはすねて部屋に閉じこもった。

「さあ、パパを見送りなさい」

と母にせっつかれ、泣きはらした目で玄関に出てきた。そして母に抱き上げられて、

「ぼ、ぼくは、泣いていないよ」

としゃくりあげながら言うものの、ほとんど泣き声だ。

「坊主、じゃあ行ってくるからな。元気でいるんだぞ」

と父がジュニアの頭をなでると、もうだめだ。こらえにこらえていた寂しさが吹きだして、わあわあ泣いた。

体が弱いエリザベスは人ごみに出るのを嫌い、世間と離れた静かな生活を好んだ。エリザベスの関心はいきおい一人子のジョンの教育に向けられた。ジュニアが三歳に満たない頃から言葉を教えたので、四歳の頃には本が読めるようになった。

エリザベスは息子をゆくゆくは聖職者にしたいと思い、『聖書』の小話を語り聞かせたり、

「詩篇」を朗読したり、聖歌を覚えさせた。ジョンも同年代の子どもたちの騒々しい遊びには興味がなく、母と一緒に過ごすほうが楽しかった。

エリザベスは日曜日の礼拝はジョンを連れて、英国国教会[*1]とは別の福音派のディビッド・ジェニング司祭が牧会（司牧）[*2]しているグラヴェル・レーン教会に通った。典礼を重んじる国教会より、イエスの福音そのものを大事にする福音派[*3]のほうが肌に合ったのだ。だからジョン・ジュニアの洗礼もジェニング司祭に執り行ってもらった。

そんなある日、ジョンは暖炉の脇に置き去りにされて、すっかり熱くなっていた火掻《ひか》き棒をあやまってつかんでしまった。火が点いたように泣き叫ぶジョンのところに飛んできたエリザベスは、ジョンが手にひどい火傷《やけど》を負ったことに気づいた。

「こんなところに火掻き棒を置き忘れてしまって！　ごめんなさい、ママが悪かったわ」

そして台所に連れて行くと、水瓶《みずがめ》から水を汲んでかけて冷やし、油を塗って包帯をしてくれた。そして一晩中ふところに抱いていろいろな話をして介抱してくれた。そんなことが母の愛は温かくて大きいものであることをジョンに教えてくれ、母子の絆はますます深くなった。

エリザベスはジョンが六歳になると、ジェニング司祭についてラテン語を習わせた。ジョンも『聖書』の勉強が好きで、なだらかな丘の上でイエスさまを取り巻いて話に聴き入っている人々の牧歌的な様子が目に浮かんでくる。『聖書』がどんどん身近なものになり、将来は司祭になるものだと思った。

ある日、司祭館の応接間に入っていったジョンがいつまでも戻ってこないので、不思議に思ったジェニング司祭が探しにいくと、ジョンはマントルピースの上の壁にかかっている絵の前で手を後ろに組み、身じろぎもせず見上げていた。

よろい戸のすき間から一筋の光が射しこみ、そんなジョンを神々《こうごう》しく照らしていた。絵には「子どもたちを祝福するキリスト」が描かれていて、それに魅せられたジョンは、忘我の境地に入っていたのだ。

「ジョン、いったい何をしているんだい？」

司祭が訊ねると、ジョンは目の前の絵を指さした。

「あの中にぼくがいるんです。あの隅っこに寂しそうに独りぽつんと立っている男の子がそうです。あの子もみんなと同じようにイエスさまのところに出て行って、頭をなでてもらいたいんです。でも、イエスさまのあまりの神々しさに体がすくんじゃって動けないんです。

いつイエスさまは行ってしまわれるかもしれないと思うと、気が気じゃありません。ところがイエスさまはあの子に気がついて、自分からそばに寄り、彼の頭に手をのせて祝福してくださったんです。あの子はうれしくて、体がぞくぞくしました！」

ジェニング司祭はジョンの感受性と想像力の豊かさに驚いた。

（この子は大人になったら、いい羊飼いになれるだろう。この感受性の豊かさを大事に育てて

いこう)

羊飼いとは司祭のことをいう。司祭はジョンの中に将来を予感したのだ。

三

そんなところに、赤銅色に日焼けした父が帰ってきた。半年ぶりの帰宅である。父は突然現れるから、ジョン・ジュニアはいつもとまどってしまう。はにかみ、モジモジして、母のスカートの陰に隠れ、なかなかそばに寄れなかった。

父は金属製のイギリスの軍隊とアフリカの動物たちのフィギュアを買ってきてくれたので、ジョン・ジュニアはうれしくて夢中になって遊んだ。そのうち遊び疲れて寝てしまうと、母はジュニアをベッドに運んで寝かしつけた。

ある日、ジョン・ジュニアが夜中にふと目が覚めると、両親の寝室から声がもれていた。驚いたことに母がすすり泣いている。びっくりしてドアの陰に隠れて聞き耳をたてた。

「あなたはこの家にいつもいらっしゃらなかったわ。いつだって仕事、仕事、仕事……。あなたにとって、私とジョンは存在しないも同然だわ。大切でも何でもないのよ」

「おいおい、無理難題を言うなよ。おれは船乗りだぞ。航海に出たら、一年やそこら留守にすることは仕方ないだろ」

「そんなことを言ってるんじゃないの。私やあの子がどう感じているかなの。友だちの中には船乗りの奥さんもたくさんいるわ。でもその人たちは寂しさを感じていない。あなたはビジネスで忙しくて、私たちのことは視野にないのよ。私とあの子はあなたにとって大切じゃないのだわ」

父は声まで潮焼けした野太い胴間声で抗弁した。

「それは違う。現にこうして帰国すると、君のもとへ直行しているじゃないか」

表通りを酔っ払いが大声をはりあげて通っている。それを犬が吠え立てている。夜空にカーンと音が響くほどに冷え込んでいる。

「あなたは立派な船長かもしれないわ。でも本当のところは、人に命令するばかりで、人とコミュニケーションを取るのが下手な人間なのよ」

ジョン・ジュニアはママがしくしく泣いているのを聞いて、凍りついた。

（ぼくのせいで、パパとママが喧嘩している。ぼくはいけない子だったんだ！）

息ができなくて苦しかった。ジョンはそっとドアのそばを離れて部屋に戻り、ベッドにもぐりこんだ。母のすすり泣きが耳について、いつまでも眠れない。ジョンの目から涙がこぼれ頬を伝った。

（ごめんなさいママ。ぼくが悪い子だから……）

自分を責めて泣きじゃくり、泣き疲れていつしか寝入ってしまった。暖炉の上ではゼンマイ仕掛けの置き時計がいつまでもコチコチと時を刻んでいた。

湿気が多いロンドンの冬は、寒さが衣服を突きぬけて入ってくる。

エリザベスは微熱が出て、しきりに咳《せき》をするようになった。微熱は二週間も続き、疲れやすくなり、ベッドで休むことが多くなった。それに寝汗がひどい。ある朝激しく咳き込んだあと血痰《けったん》が出た。医師に往診してもらうと、肺結核だと告げられた。エリザベスは心臓をぐさりと突き刺されたようなショックを受けた。

「ジョンのためにも、まだ死ぬわけにはいかない。なんとしてでもあの子を育て上げなくては」とエリザベスは気が狂いそうだった。でも〝死の病〟と恐れられた肺結核には治療法がなく、安静にして滋養を取ること以外に方法はなかった。

船乗りである夫は航海に出ていて看病することはできない。そこでエリザベスは、ロンドンの東南部の港町チャタムに住む親友のエリザベスとジョージ・キャトレット夫妻の家にお世話になることにした。しかし手厚い看護にもかかわらず、エリザベスの食欲は減少し、日に日に痩せ衰えていった。

骨と皮だけになった手に血管が浮き出て、もう回復しないんじゃないかという疑念が黒雲のように大きくなっていく。わが子を独り残してはいけないと思うと、どうにもならない切なさが身をおおい、エリザベスは毎夜枕に顔をうずめて泣いた。

そんな中でもエリザベスはジョン・ジュニアのために、オフホワイトの毛糸で分厚いフィッシャーマンズ・セーターを編んだ。胸には誇らしく、ジョンのイニシャル「J」を編み込んだ。

「ねえ、ジョン！　ちょっと着てみてごらん」

ジョンは目を輝かせた。

「これはぼくのセーターなの⁉」

「そうよ、ジョンのイニシャルを編み込んだの。ママのお手製よ」

「ママ、ありがとう！」

ジョンは天にも昇る気持ちで、母の頬にキスした。

それを着て遊びに行くと、仲間はイニシャルに触ってうらやましがった。

「これはママの手編みなんだ。とっても温かいんだ」

ジョンは得意になって仲間に自慢した。その幸せは永遠に続くと疑いもしなかった。


ようやく夏らしくなった七月十一日、ますます弱々しくなったエリザベスは召される日がやってきたことを知り、まだ七歳になったばかりのジョンを枕元に呼んだ。

「ジョン、そばにおいで。ママはもう力がないから、お前を抱き上げることができないの」

ジョンは泣きそうになったが、やっとこらえた。

「もう逝《い》かなきゃならない。愛しいお前を残していくのは身が切られるよりつらい……。でもそういう定めだから受け入れるしかないの。ママを許して……」

かすかな声だが、母の様子からジョンは深刻な事態が迫っていることを感じてすくみ上がった。

「ママ、どうしたの？　どうしてぼくを置いていくの？　一緒に連れていってくれないの？」

泣きじゃくるジョンの顔を両手で包み、エリザベスは涙声になって言った。

「ママはお前を授かってどんなにうれしかったことか。お前は私の歓《よろこ》びであり心の慰めだった……。七年もの間、一緒にいてくれてありがとう……、ほんとうにありがとう……」

母の声が途切れ、目から光が消えた。

「ママ、ママ、死んじゃいやだよ。ぼくを独りにしないで……」

母にしがみついて泣き叫ぶジョンに、かたわらにいたジョージ夫妻はハンカチでそっと目頭を押さえた。誰かが同情してしめやかに「かわいそうにこの子は……」とつぶやいた。ジョンは母の頬に触ったが、ひどく冷たくなっていてゾッとした。死ぬってこういうことなのだと知った。こうしてエリザベスは三十歳の若さで天国に旅立っていった。

四

長い航海を終えて、ロンドンに帰ったジョン・シニアは、妻の死を知らされ愕然《がくぜん》とした。急いで駆けつけて墓参りしたものの、これから一人息子をどうやって養育すればいいか難題が残された。しかし船乗りをやめるわけにはいかない。再婚して新しい妻に息子の養育を託さなければいけなかった。息子の面倒を見てくれる女性なら、ある意味では誰でもよかった。

ようやく見つかった再婚の相手は、ロンドンの下町ワッピングの荘園領主に仕える小作人ウィリアム・コックスの娘トマシーナである。

ウィリアムは、雇い主には馬鹿がつくほどに慇懃《いんぎん》だが、下の者に対しては人の心を石臼《いしうす》ですりつぶすような情け知らずだ。その上、並外れた守銭奴で、加えて硬くとがった火打石のように頑固で、人付き合いが悪かった。人からは搾《しぼ》り取ることしか考えないような男だ。

マナーハウス（荘園領主の館）と呼ばれている大きな屋敷は、鋳鉄《ちゅうてつ》製のいかめしい門を抜けて屋敷のポーチに着くまでに、背の高い樫の並木が続いている。ウィリアムはマナーハウスの一隅にある小作人小屋に住んでいるに過ぎないのだが、傍目《はため》にはマナーハウスに住んでいるように見えたので、それを何かにつけて自慢していた。

トマシーナはそんな父親の血を受けついでいたから、陰気で暗い性格だった。背が高くやせたトマシーナは、丸みのない角ばった体つきをしており、褐色の髪を頭の後ろにひっつめ、水牛の棒で無造作にとめていた。そんな姿かたちが、見るからに見聞が狭く、気持ちにゆとりがないことを物語っていた。いつもガミガミと苦情を言い、ネガティブな言葉をまるで毒ガスのように吐き散らしていた。

ジョン・シニアは慌ただしく再婚すると、再び船出した。後に残されたジョン・ジュニアは深い喪失感を味わった。

（ママが亡くなったというのに、パパはぼくを独りぼっちにして行っちゃった……。パパはぼくには関心がなくって、いらない子なんだ……）

そう思うと、底なし井戸をのぞき込んだような恐怖感に襲われた。だから怖くて独りで寝ることができず、七歳になってもおねしょをした。

悪いことにトマシーナにすぐに子どもが生まれ、子どもの養育にかかりっきりになった。そのためジョンは居場所がなくなった。その上、着ている服はやぼったい綿毛交ぜ織りで、小さくていかにも窮屈そうだ。体の成長に追いつかず、寸法足らずの服を着せられているのが一目瞭然《りょうぜん》だ。

そのうちトマシーナはマナーハウスに近い一軒家に移り住んだが、いつも行き来している祖父はジョンを毛嫌いし、邪険に扱った。

ジョンはひどく反抗的でいながら、人目を気にしてびくびくしていた。祖父は亡くなった時、自分の血を引いた三人の孫には遺産を少々残したが、ジョンには何も譲らなかった。

十歳になって学齢期になると、ジョンはイギリス東部のエセックス州ストラトフォードのなだらかな丘陵地帯にあるボールトン寄宿学校《ボーディング・スクール》に送られた。ジョンは体よく捨てられたと感じた。

ラテン語の授業はグラッドストン校長自ら担当した。黒い縁取りのメガネを端正にかけ、跳ね上げた口髭に教育者としての威厳を示していたグラッドストン校長はきわめて厳格だ。何かしくじると、罰として百行清書を課した。百行清書とは有名なラテン語の語句を一定の期日内に百行清書して提出するものだ。この苦痛でしかない百行清書を逃れるために、ジョンは品行方正にしていなければならなかった。

ジョンは勉強する意欲をすっかり失ってしまった。生みの母からはすでに算数の原理や公式を学んでいたのに、それも忘れてしまった。

五

待ちに待った夏休みがやってくると、ジョンは家に飛ぶようにして帰った。しかし、義弟たちが義母を独占しているので、居場所はますますなくなった。

そういう時は、好きな魚釣りに興じて憂さ晴らしをした。近くに住む鍛冶屋の息子で、そばかすだらけのトーマスに「釣りに行こう」と声をかけた。

トーマスは少しぶきっちょなところがあるが、遊び友だちとしてはおもしろい。だからジョンはいつもトーマスを連れて歩いた。

魚は早朝ほどよく釣れるから、夜は早寝してそれに備えなければならない。ジョンは翌朝五時に目を覚ますと、まっ先に窓にかけより空を見た。快晴！　ああよかったと安堵すると、一足飛びに階下に駆け下り、台所の汚水が流れ出る土をほじくり返して、ミミズを空き缶に入れた。そして寝ぼけまなこのトーマスと連れ立って、意気揚々とテムズ川に出かけた。

岸辺には小さな魚が好みそうな川藻や岩陰がたくさんある。ジョンは青い水面を観察した。ゆうゆうと泳いでいる黒っぽい背中が見える。これはいけそうだ。さっそくミミズをつけて放り投げた。しばらくすると、釣り竿を持った指先にピクッと反応があった。釣り竿をちょっと引っ張って餌を動かすと、またピクッときた。すかさず手首を返すと魚がかかって、ググッと引いた。慎重に引き寄せると、水中に銀鱗《ぎんりん》が走り、魚影が見えた。

「マスだ！　なかなか大きいぞ」

マスは逃げようとして水面をぐるぐる回り飛び跳ねるが、針はしっかりかかっていて逃げられない。ジョンは興奮しながらもきびきび動き、マスを岸辺に引き上げた。一フィート（約三十センチ）近くもある。

「お～い、トーマス。もうかかったぞ」

ジョンは得意になってトーマスに声をかけた。

「えっ、もう釣れたの？　ジョンは素早いなあ」

「ウスノロのお前とは、出来が違わい」

トーマスは自分の釣り竿を投げだして見に来た。

「お前、そんなことやってるから釣れねえんだ。もっと集中しろ」

そう言われてトーマスは持ち場に帰ったが、しばらくすると飽きてしまって、釣り竿で水中をかき回し始めた。これでは釣れるものも釣れない。

ジョンは水面に浮かんでいる浮きを真剣に見つめていた。

グ、グッ、浮きが沈んだ。

「来た！」

ジョンは素早く反応した。ウグイだ。十インチ（約二十五センチ）ほどの腹に婚姻色の鮮やかな三本の赤い条線が見えた。またしてもジョンに軍配が上がった。

「また釣れたの？　いいなあジョンは。どんどん釣れるんだもん。ぼくはつまんないから帰る」

そう言うと、トーマスは自分の釣り竿を担いで、帰ってしまった。

そのうちに太陽が高くなったので、今朝はこれで終わりだと、ジョンは矛《ほこ》を収めた。バケツをのぞくと、釣り上げた魚二匹が泳いでいる。銀色の鱗《うろこ》がきらきら光っていた。

中天に昇っていた太陽はいつの間にか雨雲に閉ざされていた。どこからか雷鳴が聞こえた。雷雨が近いらしい。ロンドンの天気は変わりやすい。ジョンは急いで釣り道具を片づけ、家に向かって走り出した。

ところが間もなく、驟雨《しゅうう》が降り出した。

「あーあ、雨か。しけてんの。でも濡れたっていいや」

ジョンは走るのをやめて、歩き出した。天をあおいで歩いていると、雨脚が小気味よく顔を濡らした。

「あははは……」

どんなに楽しく遊んでも、ジョンは家が近くなると陰鬱《いんうつ》になり、帰りたくなくなった。

六

あっという間に夏が過ぎ、ジョンは寄宿学校に戻った。新学期はパトリック・フォスター先生がジョンのクラスの担任になった。

フォスター先生はグラッドストン校長と違ってスパルタ教育ではなかったので、ジョンは再び学ぶ意欲を取り戻した。この学年ではラテン語の勉強で、ローマの政治家で雄弁家のキケロや、同じくローマの詩人ウェルギリウスを読んでいた。ジョンは首席になったものの、誰も褒めてくれる者がないので、どんどんつまらなくなった。

誰かが励ましてくれたら、一つのことをやり遂げる忍耐力が養われ、またその達成感がさらにジョンを成長させたのだろうが、誰もその役を果たさなかった。ジョンは飽きやすく長続きしない性格になった。

ジョンは学校を辞め、家にも居つかなくなった。劣等意識を引きずっている悪仲間とつるんで遊ぶようになった。

久しぶりに家に帰った父は、すさんでいる息子に驚き、自分の船に乗せて面倒を見ることにした。しかし船員に対して船長としての威厳を保たなければならない父は、息子のジョンに家庭的で優しい側面を見せることはなかった。だからジョンは父になつくことができず、逆に萎《い》縮《しゅく》してしまった。

十五歳の時、父にスペインのアリカンテに連れて行かれ、職業教育を受けた。でも落ち着きがなく、束縛されることに我慢できなかったジョンは、これも中途で投げ出してしまった。そして不良仲間と付き合って悪さばかりした。

子どもの頃、母に手を引かれてよく教会に行っていたが、いつしか足が遠のいてしまっていた。近所の大人たちは、聖なる日曜日に教会に行かない悪ガキだと白い眼で見た。

しかしジョンは、心底悪くはなれず、心はいつも揺れ動いていた。子どもの頃身についた読書の習慣は消えず、悔悟《かいご》の思いはベンジャミン・ベネットの『子どもの礼拝堂』を手に取らせた。

そこには今は亡き母が好んでいた黙想する静かな生活が描かれていた。その本に影響され、再び祈り、『聖書』を読み、日記をつけるようになった。でもそんな努力は悪仲間からあざけられた。

「おめえ、その本はなんだ？　えらい辛気《しんき》臭い本だな。神さまだ、キリストだなんてクソ喰らえだ。そんな本捨てちゃえ」

兄貴株からどつかれると、そうせざるを得なかった。

かくしてジョンの善行の努力は長続きせず、以前にも増して悪くなり、神を罵しり、キリストをあざ笑うようになった。

そこに身のすくむような出来事が起きた。友人たちが語らって、日曜日に礼拝をさぼって軍艦を見学に行くことになった。ところがジョンは遅刻してしまい、見学のボートに乗りそこなってしまったのだ。こともあろうに、このボートは転覆し、ジョンの友人たちが溺死《できし》したのだ。

ジョンは友人の葬式に参列し、葬式の間中考えた。

(ぼくはわずか数分の遅刻で危うく命拾いをした! 神さまはいろいろなことを通して、再三再四、警告を発しておられる。それなのに、一体ぼくはどうしたというのだ。相も変わらずふて腐れている。これじゃいけない。いい加減、しゃんとしなきゃ)

そんな反省が『ロビンソン・クルーソー』で有名なダニエル・デフォーの『家庭教師』や、ヨーロッパ全土に影響を与えたイギリスの哲学者シャフツベリー卿の書物を読ませた。『道徳家——ある哲学的狂詩曲《ラプソディー》』は最初から最後まで、ほとんど一字一句暗唱するほどに読みこんだ。ジョンはそれらの本から刺激を得て、再出発しようと決意した。

しかし悲しいかな、ジョンは信仰を地獄から逃れるための方法としか受け取っていなかったので、それは四角四面な倫理道徳を押しつけるものでしかなく、とても窮屈だった。当然、長続きしなかった。

父ジョンは息子の養育に困り果てた。そこでリヴァプールで貿易会社を経営している親しい友人のジョセフ・マネスティに相談した。マネスティ自身、荒れた青春を過ごした経験があったから、悪友と手を切らせることが大切だと強調した。

「悪い仲間と手を切らせなきゃ、ジョンは元に戻ってしまうよ。そのためには誰も知らないような遠くに行って、一からやり直したほうがいい。私の友達がジャマイカでコーヒーのプランテーションをやっているけど、そこで働くのはどうだろう。コーヒー豆の輸入は年々増えているから、これからプランテーションはいいビジネスになります」

そしてジョンに訊ねた。

「どうだ、将来は自分でプランテーションを経営するってのは。坊主、ジャマイカに行かないか。新天地で思いっきりやってみろ。おもしろいぞ」

ジョンは新しい土地で一からやり直すという考えに惹かれた。ジャマイカ行きの船は一週間後に出るという。

「じゃあ、その船に乗ろう」

「よし、話は決まった！」

息子がその気になってくれたので、父ジョンは肩の荷がおりてほっとした。

「ちょうどいい機会だ。メイドストンから数マイル行ったところに住んでいる友人に伝言しなきゃならないことがあるんだ。ジョン、彼のところに遣いに行ってくれないか」

メイドストンはロンドンの南東三十二マイル（五十一キロメートル）にあるケント州の州都である。古い町並みが美しいことで有名だ。

「ああ、いいよ。メイドストンから帰ったら、いよいよ出航だね」

そんな時、チャタムに住んでいるキャトリット夫妻が、「機会があったら訪ねていらっしゃい」と手紙を寄こした。

チャタムはテムズ川河口の三角江に注ぐメドウェイ川の下流部にある港町で、十六世紀ヘンリー八世が建設した王立海軍造船所を中心に発展した。北西にあるメドウェイ川のほうには、ロチェスター城やロチェスター大聖堂が遠望できる。

キャトリット夫妻は母を看取ってくれた恩人だ。チャタムはメイドストンから北にわずかに七マイル半（十二キロメートル）、徒歩で片道三時間の距離だ。父とはジャマイカ行きの船が出るリヴァプールで会う約束をして、ジョンは喜んで訪ねて行った。

七

キャトリット家のあるチャタムが含まれるケント州は「イギリスの庭園《ガーデン》」と呼ばれるほど美

しく、どの家も玄関に通じる前庭に、見事なバラを栽培している。玄関のポーチの白い円柱には、主人の美的センスを表すように、クレマチスを這《は》い上がらせ紫色の大輪の花をつけている家もある。

キャトリット家はなだらかな丘の上に建っている。緑の芝に縁取られた小道が家まで延びており、途中から樺《かば》の木がこんもり生い茂って、他の家からは見えないほどだ。

道の両側に広がる涼しげな緑野や手入れの行きとどいた畑地は、どれもこれもジョンが母と過ごした幸せだった頃の記憶を呼び覚まし、なつかしさがこみあげた。

見覚えのある玄関をノックすると、母親のエリザベス・キャトリットが出てきた。十年ぶりの再会だ。ジョンを一目見るなり歓迎の声を上げて、ハグした。

「まあ、ジョン。訪ねてきてくれたのね。青く澄んだ目といい、すっきりと通った鼻といい、お母さんにそっくりね。さあ、お入りなさい」

部屋に入ると、昔の記憶と変わらず、大きな大理石の暖炉が部屋に風格を添えている。テーブルには白くて清潔なクロスがかけてあり、由緒がありそうな銀の燭台が輝いている。炉辺に寝そべっていたシェトランド犬のデイビーがやおら起き上がって、尾を振って歓迎した。

「やあ、デイビー、久しぶりだね。ぼくを覚えていてくれたかい」

デイビーは下あごをなでてもらって大満足だ。エリザベスは、自分の後ろに隠れるようにして立っているメアリーを前にうながした。

「恥ずかしがり屋のメアリーももう十四歳になったのよ。次女のエメリーは近所に遊びに行っていてあいにく留守なの」

ちょこんとお辞儀したメアリーは青いモスリンのブラウスを着て、その上を幅広の赤いベルトでとめていた。暗緑色のタータンチェックのスカートが揺れている。ほっそりとしたメアリーの胸が清楚なブラウスをちょっぴりふくらませていた。長い腕、編み物のブレスレットが巻かれたほっそりとした手首、繊細な指が魅力的だ。目は深い海を思わせるようなエメラルド色で、愛くるしく輝いている。緑色がかった虹彩《こうさい》は池のほとりを縁どっている野草のように、神秘的な瞳孔を囲んでいる。つややかで少しカールした髪は干し草色で、バラの花が開花する直前の初々《ういうい》しさを示していた。

（なんてかわいい子なんだろう！）

ジョンは美しく成長したメアリーがまぶしくて照れてしまった。

エリザベスは、久々に会った親友の忘れ形見のジョンに熱い紅茶をすすめた。

「これはどうも、ありがとうございます。いただきます」

かつてジョンとメアリーを遊ばせながら、いつかメアリーがジョンの花嫁になってくれたらいいねと母親同士で話していたのだ。エリザベスはジョンをまじまじと見つめて言った。

「あなたのお母さんが亡くなったのは、あなたがまだ七歳の時だった。それから十年が経ち、あなたはもう十七歳。背が高い立派な青年になったわね」

そう言われてジョンは照れながらも、心はメアリーに奪われていて上の空だ。

妖精のようなメアリーは椅子に腰かけ、足が床に届かずぶらぶらして遊んでいた。そして頬ばったクッキーが甘くておいしかったのか、くすっとほほ笑んだ。ジョンもそれにつられてにっこりした。

メアリーがはにかみながら上目づかいにジョンを見たので、二人の目が合った。途端にジョンの心臓がどきどきした。

（ああ、メアリーがぼくを見つめてくれた！　なんという幸せだろう）

七歳の時、母に死に別れて以来、ジョンは心を通い合える人を求めていた。そんな今、メアリーに出会って、彼の空疎な気持ちは吹き飛んでしまった。この瞬間、ジョンは少年から青年に脱皮し、メアリーに恋心を覚えた。午後の紅茶は楽しかった。

その夜はキャトリット家に泊めてもらうので、ジョンはメアリーと一緒に午後の散歩に出た。なだらかな起伏に富んだ牧草地《メドウ》は、木イチゴやラズベリーの灌木《かんぼく》で仕切られている。羊たちが隣の牧草地に入り込まないようにするためだ。

牧草地には清らかな小川が流れていて、光が川面にはねてキラキラ輝いていた。堰《せき》からゴウゴウと音をたてて流れおちる水が、白く泡立っている。その上に広がる空はどこまでも青く、澄んでいた。

「木々の緑も川面のきらめきも、なんと柔和なんだろう。ぼくが育ったロンドンのイーストエンドはごみごみして入り組んでおり、いつも煤《すす》けているんだ。そこに比べたらこのチャタムはパラダイスだよ。さすがにイギリスの庭園と言われるだけのことはあるね」

「そうね、どこまでもやさしい光景だわ。まるで天使が祝福しているみたい」

「君もそう思うかい。陽光があふれているよね」

ジョンはメアリーと一緒に夢見心地で野原を歩いた。

「ね、見て！　栗の木に花が咲いているわ。すごく新鮮な感じね。まるではじめて見るような光景よ。それにあの鳥たち、あんなに楽しそうにさえずっている。まるでおしゃべりに夢中な小学生みたいね」

メアリーは栗の木の花を見て、すっかりうきうきした気分だ。ジョンは彼女がまとっている柔らかい空気を胸いっぱい吸い込んだ。

牧場では牧童がせっせと働いて、羊たちに餌と岩塩を与えている。それはミレーの「晩鐘《ばんしょう》」にも似て、おだやかな田園風景が広がっていた。

二人のおしゃべりは尽きなかった。黄昏《たそがれ》はじきにやってきて、西の地平線の上の雲があかね色に染まった。ジョンは立ち止まって、真っ赤に染まった空に黄金の雲がたなびいている様子に見入った。

「ああ、なんと美しいんだろう。世の中にこんなに神々しいものがあろうとは。これまで何度も黄昏は見ているのに」

見上げている間にあかね雲は色あせ、次第に薄闇に変わっていった。ジョンは心から笑った。そんなに笑ったことは、もう何年もなかった。

その夜、エリザベスは寝室で夫のジョージに話しかけた。

「あなた、ジョンの風貌に、荒れて投げやりになっているものを見なかった？」

「君もそう感じたかい。ぼくもそれを感じたよ。悪い連中と付き合っていて、かなりぐれているな。どうやらジョンは継母に恵まれなかったようだね」

「メアリーの結婚相手にどうだろうかと思って、久々に会ってみたんだけど、ちょっと当てが外れたわ。考え直したほうがよさそうね。あれじゃあメアリーが苦労するわ」

「そうだね。ちょっと距離を置いたほうがよさそうだ」

寝室の外では、ねぐらにしている樫《かし》の木にムクドリが集まって、騒がしく啼いていた。

八

翌朝ジョンはメイドストンで父の用件をすませるため、早々に出かけて行った。急いでリヴァプールに帰らなければならなかった。ジャマイカ行きの商船の出航が迫っていたからだ。

しかし、メアリーに一目ぼれしてしまったジョンは、このままジャマイカに行ってしまったら数年は会えなくなってしまうと思って迷った。

頭の中にあるのは、メアリーに会いたいという思いだけだ。思い立つと矢も楯もたまらず、ジャマイカには行かない決心をして、再びチャタムの彼女の家を訪ねた。

玄関に出てきたエリザベスは、そこにジョンを見つけてびっくりした。

「あら、ジョン。あなた、ジャマイカに行くんじゃなかったの？」

「いえ、やめにしました。行ってしまったら、数年はメアリーに会えなくなると思って」

「急に心変わりしたの？　で、なぜ今ここにいるの？」

「メアリーに会いたいと思って来たんです」

途端にエリザベスの表情が険しくなった。

「なんですって？　仕事もせずにふらふらしていて、メアリーに会いたいですって？　ばかも休み休み言いなさい。メアリーはまだ十四歳よ。あなたのような定職も持っていない宿無しと娘を付き合わせるわけにはいきません。あなたがまともになったら、交際を許してもいいけれど……」

けんもほろろで、取りつく島もない。しかたなく、とぼとぼと帰っていくジョンの姿を、メアリーは二階の自室の窓のカーテンの陰から見ていた。自分に会いにきてくれたジョンに心をときめかせたものの、父母からジョンに会うことを禁止されていたから、カーテンの陰から黙って見送るしかなかった。

メアリーに会うことを禁じられたジョンは、夜になってこっそり家の裏手に回った。植え込み越しに明かりのついた居間を眺めると、エリザベスが夕食の後片づけをしているのが見えた。カーテンがかかっているメアリーの部屋からは、ヴァイオリンの調べが聞こえた。メアリーが弾いていると思うと、夢心地になった。

近くを流れる小川にかかった橋の上で、恋人がぴったり寄り添っていた。若者は女の子の腰に手を回し、女の子は若者の胸に顔をうずめている。ジョンはそんな光景はそれまで何回となく見ていて別に気にも留めなかったが、今は違った。その恋人たちが味わっている甘美な時間を自分も味わいたかった。

（ああ、メアリー、出てきておくれ。ぼくにもう一度そのきらめく瞳を見せておくれ。ぼくも君を抱きしめたい）

胸がいっぱいになって、心の底から打ち震えた。自分が何か大きな秘密に近づいているような気がした。

すると、ギーッと音がして、庭に通じるドアが開いた。メアリーかと思って心がときめいたが、ジョージおじさんだ。ジョンは思わず繁みに身を隠した。おじさんは庭先にたたずんでたばこを吸い、暮れなずむ景色を眺めていたが、吸い終わるとまた家の中に入って行った。

ジョンは繁みからメアリーの部屋を見上げた。メアリーが住んでいる屋敷の上には星空が広がっていた。

（ぼくの愛を受けとめてくれるよね。永遠に変わらない愛を誓うよ。じゃあ、メアリー、今夜はこれで行くよ。お休み……）

ジョンは繋みをそっと離れ、途中にある橋の手すりに腰かけてもの思いにふけった。堰《せき》は相変わらずごうごう音をたてて流れている。

それからジョンは夢遊病者のように町への道を歩き、町中の木賃宿に転がり込んだ。一階のパブではまだ呑み助たちが騒いでいる。ジョンはそんな男たちに一瞥《いちべつ》もくれず、二階に駆け上がって部屋に入った。誰も迎えてくれる者がいない部屋は真っ暗で、窓から月明かりが差し込んでいた。

ジョンはランプに灯を入れず、そのままベッドに横たわった。カーテンに映ったメアリーの影が思い出されて、心臓が高鳴るばかりだ。でもくたくたに疲れていたので、いつしか眠りに落ちていった。


ジョンは翌日もメアリーの家の近くの公園で待った。偶然の遭遇なんて、そうそうあるものではないが、家に訪ねて行けない今は、それを期待して公園の角で待つしかなかった。学校に登下校する時、友達と一緒だと声をかけられない。メアリーが一人の時を待つしかない。

そしてようやく三日目、そのチャンスがやってきた。ジョンは公園から走り出て、通せんぼした。驚いたメアリーはそれがジョンだとわかると、喜びに輝いたのも束の間、慌てて目を伏せると、家のほうに走り去った。

「おい、メアリー、待ってくれ、メアリー」

ようやく追いついたジョンを、メアリーは激しく拒絶した。

「あなたにお会いできたのはうれしいけど、ママからもう会っちゃいけないって言われているの。だから会いに来ないで」

ジョンはショックだった。急いで走り去るメアリーの後ろ姿を呆然と見つめ、門戸が閉ざされてしまったことを知った。

「チクショー、あのクソばばあめ。なぜ邪魔するんだ、絶対に許さないぞ！」

ジョンはエリザベスを怨《うら》んだ。


一方、リヴァプールでは、父のジョンは息子が来るのを今か今かと待っていた。ジョンが心変わりして、約束をすっぽかしたことを知らないのだ。出航の時間になっても、ジョンは姿を現さなかったので、父は怒り狂った。

「あいつの悪い癖がまた出た！　気分屋でどうしようもない。約束を守らないなんて、どこまで腑《ふ》抜《ぬ》けな奴なんだ。もう金輪際《こんりんざい》面倒を見てやるものか！」

ジャマイカ行きの商船は出航を遅らせるわけにはいかないので、予定通り出航した。

父が息子のために立てた計画はすべてご破算になった。そしてその後もジョンは父の手助けをことごとく裏切ることになるのだった。

この後、ジョンは夜のパブで海軍の強制徴募隊《プレス・ギャング》に襲われて、無理やり海軍に入れられてしまう。

運命は人知をはるかに超えていて、手向かうことができないような圧倒的な力で、あれよあれよという間に、ジョンをアフリカへアフリカへと押しやって行った。

［注］

＊1　英国国教会＝一五三四年、ヘンリー八世の首長令によって、ローマを本山とするカトリックから分離して、イギリス国王を長とするイギリスのキリスト教会となった。プロテスタント（新教）に属するものの、カトリック的儀礼と教義を残している。

＊2　司牧＝英国国教会の司祭が説教や教会員の世話をすること。それに対してプロテスタントの教会の牧師の活動は牧会という。

＊3　福音派＝十六世紀の宗教改革の立場をとる考え方で、中世後期の権威的な儀式に結びついたものより、より聖書的なものに立ち返ろうとした。カトリックから分かれたプロテスタント（〝抗議する者〟という意味）が、福音派、あるいは福音主義と呼ばれたのは、教会における権威の所在を「聖書のみ」としたからである。ジョン・ニュートンは英国国教会に所属しているが、福音主義に立っていた。

第二章 難破、そして回心へ

一

再び、西アフリカにいるジョンに話を戻そう。

一七四七年十月、ジョンが乗った〈グレイハウンド号〉は、アフリカ中部のギニア湾に面しているガボンに停泊していた。

ここは国土の八十パーセントが森林でおおわれ、九月から五月まで九か月間続く雨季には毎月三百ミリの雨が降り続く。熱帯雨林にはゾウ、ゴリラ、チンパンジーなどの大型哺乳類が多数生息しており、いわば最もアフリカ的なアフリカといえる。

十五世紀にはポルトガルが進出し、奴隷貿易と象牙の集散地として栄えた。ついで盟主はオランダに変わり、今はイギリスが専横している。

船はガボンでの交易を終えると、海岸沿いに南下して、ロペス岬に向かった。ロペス岬はガボンの中央部を西流してギニア湾に注ぐオゴウエ川の分岐砂洲である。

象牙の取引が終わると、ジョンは何人かで野牛を撃ちに行った。首尾よく一頭を仕留め、解体したものの、肉が多過ぎて運べない。そこで残りは後で取りに来ることにして、他の野獣に食べられないように保管し、その場所に注意深く印をつけて肉の一部だけ船に運んだ。散々食べ飽きた塩漬けの豚肉ではなく、フレッシュな生肉である。船にいた連中はみんな狂喜した。

午後遅くなって、ジョンが道案内をして数人で残りの肉を取りに行った。しかし目的の場所に着かないうちに暗くなり、道に迷って沼地に入り込んでしまった。体の半分まで水に浸かってもがき、奮闘してようやく沼地を脱した。ところが、船に向かっているのか、遠ざかっているのか、まるでわからなくなった。方向を判断しようにも、星は雲に覆われていて判断できない。

夜の闇は深くなるばかり。野獣がいつ襲いかかってくるかわからない中、時折り遠吠えが聞こえ、恐怖は極限に達した。

数時間の難儀の後、月が昇ってきたのでようやく方角がわかった。

ジョンたちは月を案内役にようやく海岸にたどり着いたが、船まではまだそうとう距離がある。ブッシュに分け入って、四苦八苦して船にたどり着いた時は、みんな疲労困憊《こんぱい》して口もきけなかった。一息つくと、一行の一人ジョセフがジョンに食ってかかった。

「案内役のお前《めえ》がしっかりしていないから、すんでのところで野獣の餌食になるところだったじゃねえか。お前についていくと、ろくなことはねえ」

腹立ちまぎれのジョセフの悪態に、ジョンはいきり立った。

「何を言ってやがるんだ。おれが悪いんじゃねえ。出かけるのが遅くなったから、あんなことになったんだ。おい、ジョセフ。お前はおれを責めているが、ライオンや豹《ひょう》の遠吠えを聞いてすくみ上がり、小便をチビったのはどこのどいつだ。小さい尻《けつ》の穴してやがって、ほざくな」

「なんだと、このクソ野郎！　手前《てめえ》の落ち度は棚の上にあげといて、人のアラばかり突つきやがる。お前のやり方はいつもそうだ。だからみんなから総すかんを食うんだ」

「一人前の口ききやがって、おれに文句があんのか！」

「このクソ野郎、もう許せねえ」

「そうだ、そうだ。やっちまえ！」

　つかみ合いの乱闘が始まったところで、それを見かけたヒックス船長が割って入った。

「このばかもん、いい加減にしろ。生きて帰ってこられただけでありがたいじゃないか。これ以上騒ぎを大きくするな。それにしてもジョン、お前って奴はトラブルばかり起こしやがって。トラブルメーカーはもうごめんだ」

　そしてヒックス船長の本音がほとばしり出た。

「船主から依頼されていたからお前を救出して船に乗せたが、お前を乗せてから〈グレイハウンド号〉はご難続きだ。お前が行くところ、いつも災《わざわ》いがついてまわる。ああ、お前ってやつはまったくの疫病神だな。誰からも毛嫌いされているヨナだ。千ポンドもらったって乗せたかないね」

　船長にこき下ろされて、ジョンはふて腐れた。いつも結末はこうなり、行く場所がなくなった。

　ところで、ヨナとは『旧約聖書』に出てくる人物で、神からイスラエルの敵アッシリアの首都ニネベに行き、その町の悪行を弾劾《だんがい》するよう命じられた。しかしヨナはそんなことをしたら逆上した人々に殺されてしまう、ここは命令に背いて逃げようと思い、ニネベとは反対方向の地中海の彼方、タルシシ行きの船に乗った。

ところがその船が嵐に遭い、難破しそうになった。そこで誰のせいでこうなったか、犯人探しが始まった。そして疑惑の目がヨナに向けられたので、ヨナは一部始終を告白せざるを得なくなった。そこでみんなに事情を打ち明け、神の怒りをしずめるために、おれを海に投げ込んでくれと頼んだ。

人々は怒ってヨナを荒海に投げ込み、ヨナは大魚に飲み込まれたが、三日目に吐き出されて助かった。

この故事から、ヨナとは一緒にいる仲間に不幸をもたらす厄病神のような者のことを指すようになった。

船長からお前はヨナだとののしられて腐ったジョンは、群れから離れてデッキに行き、真っ暗な海面を見つめた。先ほどまで出ていた月は厚い雲に隠れ、暗闇に閉ざされている。

「おれが不幸の元凶で疫病神だと？　ついていないだけなんだ。おれは運命の犠牲者なんだ……。悪いのはおれじゃない。周りが悪いんだ」

ジョンは被害者意識に陥って悶々とした。

一七四八年一月、〈グレイハウンド号〉はようやく交易を終え、イギリスへ向けて出航した。イギリスに向けてとはいいながら、貿易風のため大きく迂回し、まず西へ向けて、南赤道海流に乗って大西洋を横断して西インド諸島に行き、そこからメキシコ海流に乗ってチャールストンに行き、北上してカナダのニューファンドランド島に到着した。

一万マイル（約一万六千キロメートル）を超す大航海だが、天候はおだやかなもので、異常事態に遭遇することはなかった。ここで食糧確保のためタラ漁をやって半日過ごした。それは食糧確保のためというより、乗組員の気分転換という色彩が強かった。

二

〈グレイハウンド号〉は北大西洋海流に乗って大西洋を東に横断し、八日後にアイルランド沖にさしかかると、天気は一転した。疾風に加えて雨が降りだし、ついに暴風雨となった。

ジョンが寝ていた船室もその下の階の船倉も水浸しになっていた。上階の甲板で誰かが「船が沈む！」と悲鳴を上げていた。

ジョンの横をすり抜けて甲板に駆け上がった水夫は、襲ってきた波にあっという間にさらわれ、舷側《げんそく》越しに海に投げ出された。彼を救う間もなく、ものすごい速さで海水が入ってきて、片側の舷側をもぎ取った。

船倉から水夫が駆け上がってきた。

「船長、大変です。船倉に四フィート（一・二メートル）も水がたまっています」

ヒックス船長は金切り声で指示を出した。

「ポンプで水を掻き出せ。フル回転だ。何よりも優先させろ！」

十人あまりが必死の形相で手動ポンプに張り付き、それ以外はバケツで汲み出し作業を開始した。しかし大波を被ってなだれ込む水量に比べたら、ポンプとバケツではいくらも汲み出せない。

船が波に乗り上げる時は船がほぼ垂直になり、甲板上のありとあらゆるものが転がり、舷側を越えて海に落ちていった。逆に船が波と波のくぼみに落ちる時は、地獄の底に叩きつけられるようで、二度と再び浮かび上がれないと思うほどだった。

船倉はたちまち海水でいっぱいになった。ところが幸いに積み荷の大半が木材と蜜蝋《みつろう》だ。これらは海水よりずっと軽く、そのため沈没は免れていた。

危機的な強風は、明け方になると少し和らいだ。水夫たちは服やぼろ布を破って漏れ穴を防ぎ、その上から板を釘で打ち付けて水が流入するのを止めた。

ジョンはあと数日もすれば、この苦境も酒の席の話題になるだろうよとうそぶいていた。そう言えば、熟練の船乗りのように見えるからだ。

しかし仲間は悲観して、もう手遅れだと嘆いた。もし神のお慈悲によって命拾いし、再び乾いた土を踏むことができるなら、今度は心を入れ替えて信心しますと哀願している者もいる。

ジョンはそんな水夫をあざ笑った。

「神なんぞ、いもしないものにすがりやがって！　腰抜けめが！」

ジョンも水夫たちも頭から水を被りながら、汗だくになってポンプでの汲み出し作業に没頭した。だが何時間がんばっても、いくらも汲み出せない。みんな疲労困憊し、観念せざるを得なかった。

「もうだめだ……」

死に直面すると、ジョンは地獄に落ちるに違いないと思った。仲間内で教会や『聖書』のことが話題になると、いつもみそくそにけなし、あざ笑っていたから、当然その報いを受けると思っていたのだ。

翌日も吹きすさぶ嵐の中で、ジョンは夜中の三時から昼近くまで必死にポンプで水の汲み出しをやった。背中も両腕もこわばり筋肉もぼろぼろになって、それ以上働き続けることができず、ハンモックに倒れ込んだ。そこへ大波に揺られて船が傾《かし》ぎ、荷物が飛んできてジョンの頭を直撃した。強烈なパンチを受けたボクサーが意識の奈落へ落ちていくのに似て、ジョンも気を失った。

どこかでジャッジが「ファイブ、シックス、セブン……」とカウントしている。でももう起き上がりたくなかった。どうせ、助かる望みはない。これ以上、この恐怖と疲れと闘う気力はない。目が覚めれば自分にムチ打って、また排水ポンプを動かし続けなければならない。もう嫌だ。このまま永遠に目を覚ましたくない。そんな思いがモルヒネのようにジョンの体を弛緩《しかん》させていった。

そこへメアリーが現れ、金切り声で叫んだ。

（ジョン、目を覚まして！　起きて闘うのよ。ここで負けちゃいけない）

（なぜ、メアリーがこんなところにいるんだ？　夢だな。もういいよ。これ以上どうにもならない。やるだけやったんだ）

（何言っているのよ。助かる望みが一パーセントでもあれば、闘うのよ。ジョン、起きて！）

（だめだ、おれはもうじき死ぬんだ。アイルランド沖で遭難するんだ！）

（ジョン、お願いだから！　私のために立ち上がって闘って！　あなたは意気地無しじゃない。最後の最後まで闘う男だわ。その気概をここで見せて。お願い！）

メアリーは泣きじゃくってジョンを揺り動かした。その涙を見た瞬間、ジョンは気を確かに持った。

（メアリーが泣いている！　おお、メアリー、こんなおれを励ましてくれているのか。ありがとう。おれは負けないぞ。意地を見せてやる。必ず生還するぞ）

気がつくと、ジョンの体を揺り動かしていたのは仲間の水夫だった。操舵手と交代して舵輪《だりん》（舵を操る輪型の取っ手）をにぎれと船長が命令しているという。ジョンは飛び起きて、甲板に駆け上がった。波に流されないように体をロープでしっかり縛った。

真っ暗闇の中、強風に抗して舵輪を回し針路を保つことは容易ではなかった。渾身の力を振り絞って、舵輪を操作した。そばで一等航海士と水夫長がヒックス船長に哀願している。

「フォアマストを切り倒させてください！　切り倒さなければ、船が沈没します。これ以上もちません！」

船長は判断を渋ったが、「もうそんな場合じゃありません！」と説得された。

フォアマストを切り倒すと、メインマストもがたついて船のバランスが悪くなり、これも切り倒して、結局甲板には何も残らなくなった。

耳を聾《ろう》するような轟音《ごうおん》が響き、稲妻が走った。まっ暗闇と叩きつける風雨で何も見えない。木の葉のように揺れる船上で、ジョンは必死に舵輪を操作した。

何時間も嵐にもてあそばれ、精も根も尽き果てた。ジョンは幼子が母に助けを求めるように、助けてほしいと神に祈った。

(許してください。おれが間違っていた。もう金輪際、減らず口を叩きません。性根を入れ替えます。だからどうぞ助けてください)

その間も間断なく激しい風雨に叩かれ、髪も顔もびしょぬれだ。視界がきかない。再び夜空を閃光《せんこう》が切り裂いた。

ドカーン！

雷が落ち、あたりが黒焦げとなった。水夫たちは頭を抱えて震え上がり、「もう世の終わりだ、いっさいの希望が潰《つい》え去った……」と嘆いた。

その時、オカリナのような高い澄んだ音を背景に、

「アヴェ……マリア！」

と称える声が響きわたった。ジョンは思わず虚空を見上げた。

その声は天の高みに舞い上がるように、何度もくり返し、「アヴェ・マリア」と称えている。ジョンも思わず立ち上がり、虚空にもろ手を差し伸べて一緒になって讃美した。

「アヴェ・マリア！」

聖母マリアが嬰児《みどりご》イエスを授かったのだ。生きとし生けるものすべてが神の偉業を讃美していた。

現実には依然として耳をつんざくような轟音がとどろいている。舳先《へさき》が波に突っ込み、続いて船は逆落としに地獄の底に叩きつけられる。それは恐怖そのものだが、不思議に死の恐れが消え、えも言われぬ平安がジョンの心をおおっていた。

「ありがとうございます、ありがとうございます！　すべてに感謝です……」

そこには感謝しかなかった。讃美の声に主が答えられた。

「大丈夫、心配しなくていい。お前の声は聞き届けられた。もう大丈夫だ……」

主の声にジョンの心は鎮《しず》められ、確信に変わった。

「窮地は脱した！　おれたちは助かった！」

ジョンの体を歓喜が貫いた。

そこへ船倉から水夫が駆け上がって来た。

「船長！　水が、水が引きつつあります。服やぼろ布で穴を防ぎ、板を打ち付けて漏水《ろうすい》を防いだ効果が出てきました」

濡れネズミのようになっていたヒックス船長の表情に明かりがともった。

「そうか、漏水が止まったとすると、助かるかもしらんぞ。さっそく要員を交代して、船倉から水を汲み出すことに拍車をかけろ」

水夫は「イエス・サー」と叫ぶと、階段を駆け下りた。

「万歳、助かるぞ！　神の御手《みて》がおれたちのために働いたんだ！」

みんなから歓声が上がった。ジョンもわなわなと震え、思わずひざまずいて祈った。

「信じられません……。船は水浸しになり、ほとんど遭難しかかっていたのに……。あなたはおれたちを憐れみ……、助けてくださいました。ああ……、心から感謝します」

久々にジョンの口をついて出た祈りの声は枯れ果てて、ヒヨドリの鳴き声のようにしわがれていた。

風は穏やかになり、順風に変わった。虎口《ここう》は脱した。船は少しずつ目的の港に近づきつつある。固定されていなかった荷物はすべて流され、食糧を入れていた樽《たる》は激しい揺れによって粉々に砕け、食べられなくなっていた。豚、羊、鶏など生きた家畜も船外に流されていた。ニューファンドランド島で採ったタラを合わせたところで、食糧は切り詰めても一週間もたない。嵐のためマストは斬り倒され、帆は吹き飛ばされていたので、順風の時でさえ船はゆっくりしか進まなかった。

〈グレイハウンド号〉は、イギリス本土から約三百十マイル（約五百キロメートル）のところまで来ているはずだった。しかし翌朝には、逆風が吹きだした。船も帆もすっかり損傷していたので、風上に向かって間切って進むことができない。船は押し戻され、目的の港から遠のき、スコットランドの西、アイルランドの北にあるルイス島の近くまで流された。

食糧はますます窮乏し、塩漬けのタラ半匹が十二人の乗組員を支えた。パンもなく着る物もなく、酷寒《こっかん》の気候にぶるぶる震えあがった。このまま餓死するか、それとも互いに人肉を食い合うまでなり下がるか、日ごとに憂鬱の影が〈グレイハウンド号〉をおおった。

「もう助からない」と誰の顔にも絶望感がただよい始めた時、追い風に変わり、船を再びアイルランドのほうへと押し流し始めた。嵐の季節だったからいつ暴風雨に変わってもおかしくなかったが、ジョンたちは最後の最後まで望みをかけた。風はかろうじて陸地を目指せるほどに吹いてくれた。

「陸地《ランド》が見える《・ホー》ぞ！」

今度こそ間違いなかった。一週間もろくに食べておらず、すっかり頬がこけてしまったヒックス船長が、今は確かな手つきで舵を取っている。

「あれはトーリー島だ、間違いない！　あの島影はよく覚えている。あれを大きく迂回し、南に折れてスウィリー湾に入って投錨《とうびょう》しよう」

かくして一七四八年四月八日、ぼろぼろの格好をした難破船が北アイルランドのスウィリー港に入って行った。嵐に遭って難破しかけて以来、なんと四週間も漂流していたのだ。

三

難破船が漂着したという知らせが港に伝わると、出迎えの船が向かい、人々が埠頭《ふとう》に押しかけた。ヒックス船長以下乗組員は幽霊船から岸壁に上がり、どっしりと構えて微動だにしない大地に立った。「助かった！」という実感と幸せがこみ上げてきて、みんなケタケタ笑いだした。

眼前にはヒースの灌木《かんぼく》におおわれた大地が広がっている。ジョンは胸いっぱいに息を吸い込むと、ひんやりと湿った土の香りが鼻孔に広がった。

「ああ、とうとう故郷に帰ってきた……」

焼けつくような直射日光に晒《さら》されているアフリカでは嗅ぐことのできない匂いだ。山にも谷にも水仙が咲き乱れ、春の到来を告げている。港の楡《にれ》の木立が微風を受けて、葉がさやさやと鳴っていた。

ヒックス船長たちは灰色のスレート屋根にツタがからまっている船宿「オールド・ヒッコリー亭」に案内され、熱いスープとポテトサラダとパンが振る舞われた。

ジョンは熱いシャワーを浴びパリパリに乾いたシャツに袖を通すと、やっとひと心地がついた。簡単な報告をすますと、まっ白いシーツのベッドに倒れ込んで、こんこんと眠った。

丸一日寝て、ようやく目が覚めると、ジョンは生還の喜びの手紙を父に宛てて書いた。

「この手紙をアイルランド北部のスウィリーで書いています。なぜアイルランドからかと不思議に思うでしょう。ぼくは西アフリカから救出されて帰国する途中、アイルランド沖で嵐に遭遇し、ほとんど難破しかけました。もう助からないと諦めたところを、九死に一生を得て、スウィリーに漂着しました。

ぼくは遭難の危機に直面し死を強烈に意識し、かろうじて助かった時、初めて生きていることのありがたさにうち震えました。今度こそ生きていることを大切にしようと思いました。やっと自分の甘さに気がつきました。性根を叩き直されたのです。心配かけて本当にすみませんでした」

ジョンは九死に一生を得たのは肉体の命だけではなく、魂も蘇生したと書いた。

同じような手紙をメアリーにも書き送った。手紙を読んだメアリーは、手紙を抱きしめて階段を駆け下りて、母のところに走った。

「ママ、ママ。大変よ！　ジョンから手紙が来たわ。嵐に遭遇して難破寸前になったんですって。一皮むけて、今度こそ大人になった気がする、甘えが吹っ切れたって書いてるわ。ママ、読んでみて！」

エリザベスもジョンに大きな変化が起こったことに気がついた。

〈グレイハウンド号〉がスウィリーで修理されている間、一行は半島一つ東側のロンドンデリーに行った。一行は大歓迎され、大変なもてなしを受けた。ゆっくり療養できたおかげで、すっかり健康と体力を取り戻した。

ロンドンデリーのひっそりとした田舎町から郊外に散歩に出ると、岩の多い荒野が広がっており、一面のヒースでおおわれていた。春四月とはいえまだ寒く、ジョンは宿屋のおかみさんにもらった厚手のマフラーを首に巻き、カーキ色のジャンパーのポケットに両手を突っ込んで、縮《ちぢ》こまりながら歩いた。吹きすさぶ風に毛糸の帽子を飛ばされそうになりながら、父とのことを考えた。

（父は世間的には成功し、立派な人物と見られていた。でもおれはなつけなかった……）

母がある晩、泣きながら父に訴えていたことを思い出す。

「あなたは人の気持ちがわからない人だわ。あなたはそれでいいかもしれないけれど、周囲の者は寂しい思いをするのよ」

父は人と交流するのが不得手で、無意識のうちに鎧《よろい》を着ていた。仕事に没頭したのも人間を相手にせずにすんだからだ。

（おれはずっと独りぼっちだった。母は早く亡くなり、オヤジはいつも航海に出ていて留守だった。かまってほしかったのに、かまってもらえなかった。おれがぐれてしまったのは、子どもの頃、「パパー、ふり向いてよ、お願い！　ぼくを抱きしめて放さないで！」と叫んでも、何も返ってこない寂しさを埋めるためだったんだ）

ジョンは誰もいない荒野に向かって声の限りに叫んだ。

「オーヤージー、そばにいてほしかったー。おれはオヤジの息子でありたかった……」

とめどもなく涙が流れた。

「今度こそ、オヤジを訪ねて、思いのたけを語ろう。待っていてくれ。今度こそ抱きしめて……」

すると吹きすさぶ風の中から、ひそやかな声が聞こえた。

ジョンは驚いて周囲を見回したが、荒涼とした原野で草をはむ羊の群れ以外は誰もいない。

「ジョン、寂しかったか。親がない子の頼りなさがどんなものか、つぶさに味わっただろう。だから今こそ親の愛のありがたさがわかるだろう。

お前につらい思いをさせて悪かった。でもその体験が生かされるようになる。お前はいずれ聖職者として人々を司牧するようになる。その時、お前は教会の信徒たちに、親代わりの愛をもって接することができるようになるだろう」

ダマスコに向かうパウロが神の声に接して砂漠にひれ伏したように、ジョンはヒースの荒野にひれ伏した。吹きすさぶ疾風《はやて》に草木の葉っぱは、吹き飛ばされんばかりになびいていた。

ジョンはこの遭難によって性根を入れ替え、まじめな信仰者に変わった。毎日教会に出かけ、ついに洗礼を受けた。そして日曜礼拝で初めて聖体拝領《せいたいはいりょう》の儀式に出ることになった。

それを主宰したジョゼフ・ガージェリー司祭は、いつ刈ったかわからないほどに髪を茫々《ぼうぼう》と伸ばし、まるで田舎の羊飼いのような朴訥《ぼくとつ》な人柄だ。わらしべが髪に残ったまま牧場から帰り、普段着の上にガウンを引っかけて礼拝堂に出てくることもままあるという。

そんな素朴な司祭にジョンはほっとした。教会はこれまで考えていたような四角四面なものではなく、もっと自由なものなのかもしれないと思い、聖体拝領の説明に聞き入った。

「ゴホン！」とガージェリー司祭はひとつ咳払いをし、威厳をもっておごそかに言った。

「聖体拝領とは、イエスの血と肉の象徴であるワインとパンを、それと同等の覚悟を持って自分の中に受け入れる儀式です。これは初代教会からずっと続いてきた聖奠《せいてん》（サクラメント）で、『コリント人《びと》への第一の手紙』に記されています。

イエスはローマ兵に引き渡される前日、弟子たちと最後の食事をしようと食卓に誘われました。イエスはパンを裂き、『これは私の体です』と言って一人ひとりに食べさせました。次に盃《さかずき》を取り、『これは私の血です』と言って、弟子たちに飲ませました。

翌日には十字架につけられて死ぬというぎりぎりの瀬戸際に立たされたイエスは、なんとしても自分と同じような覚悟を使徒たちに持たせたかったのです。だから最後の晩餐《ばんさん》の席で、パンを引き裂いて、『これは私の肉です』と言って与え、赤いブドウ酒を『これは私の血です』と言って飲ませ、『これを食べ、飲んだ暁《あかつき》には、あなた方はもうあなた方ではありません。私の血と肉を引きついだ者です。これからは多くの信徒たちの前に私の身代わりとして立つのです』と言われました。イエスの愛が人々に伝わったからこそ、そこから初代教会が生まれたのです。イエスに付き従った者の中の兄貴格のペテロに、『あなたは堅固な岩となった。あなたの上に永世変わらぬ教会を建てよう』とまで言われました。

聖体拝領はペテロをそれほど信仰堅固な者に変えたように、あなたも変わります。これからイエスと共に生きる者となるのです」

それは尋常一様な説明ではなかった。ガージェリー司祭の外見は牧童のように見えるが、その口をついて出る言葉は魂に響いた。かつて聞いたこともなかった深い説明に、ジョンの気持ちは引き締まった。ガージェリー司祭がジョンの口にイエスの肉を象徴するパンを授け、血を象徴する赤ワインを含ませた時、ジョンはイエスの愛を体感した。

口の中でパンが溶けて広がり、飲み下したワインが体に回ってくつろいだ気分になった。

（やっぱりおれは独りではなかったのだ。おれが寂しさに泣いていた時、イエスさまがおれのかたわらにいて、一緒に涙を流しておられたのだ。そうとも知らず、おれは不平をかこってばかりいた……。なんと罰当たりな男だったんだろう）

ジョンは初めての聖体拝領で、それまでまったく味わったことのない心の平安と満足を経験した。だから厳粛な気持ちで、「私は永遠に主のものになり、これからはそれ以外のものにはなりません」と誓った。

四

父ジョンは〈グレイハウンド号〉が一か月もの間音信不通になっていたので、すでに遭難したものと絶望視していた。「私より先に死ぬとは……」と喪失感に苦しんだ。

そこに届いた手紙を手にすると、息子の筆跡で、アイルランドのスウィリーよりと書かれているではないか。封筒を開くのももどかしく、目を皿のようにして文面を追うと、表情にみるみる生気が蘇った。

「ブラボー！　生きていたんだ！　助かったんだ！　よかった、よかった！」

父ジョンはすぐさま返事を書いた。机の上のランプの灯影が揺れ、父ジョンの長い髪が額にかかった。

「わが息子よ。お前が生還したという手紙を涙なしには読めなかった。よくぞ生きて帰ってくれた。助かって、本当によかった！

〈グレイハウンド号〉が消息を絶ち、絶望視され始めた時、私は食べ物が喉を通らなくなった。教会に足を運んで、どうか息子を助けてやってくださいと祈った。代わりに私の命を差し出しますから、息子を助けてくださいと祈り続けた。だからお前から生還したという手紙をもらった時、私は床にくず折れて、神に心から感謝したんだ」

　息子に対する思いがほとばしり出た。

　その手紙はすぐさまスウィリーの船宿に届けられた。ジョンは父からの手紙を受け取ると、すぐにでも封を切りたかったが我慢した。父との交流を誰にも邪魔されたくなかったのだ。

　ジョンは漁師用の分厚いセーターを着込んで一人桟橋《さんばし》に出ると、封書を切った。吹きすさぶ風に便箋《びんせん》が引きちぎられそうになる。ジョンは両手で押さえて、深呼吸した。

「わが息子よ」と呼びかけた文字が、涙で滲《にじ》んで読めない。ジョンはまた深呼吸し、便箋に目を移した。面と向かってはなかなか真情を吐露しなかった父だったが、手紙には万感の思いが書き連ねられていた。

「お前は私がお前には関心がなく、捨てられたと思い込んでいたようだな。でも、それは違う。確かに私は仕事柄いつも航海していて、お前の面倒を見てやれなかった。お前が自信を失い、途方に暮れて、私をいちばん必要としていた時、そばにいて相談に乗ってやれなかった。でもお前のことはいつも気になっていたんだ。

お前がプランティン諸島で奴隷になり、私に助けを求めてきた時、私はお前を助け出すために奔走した。やっとのことでリヴァプールの船主マネスティが最大限の努力をすると約束してくれた時、どんなにうれしかったか！　それに、お前が遭難して行方が知れなかった時、私は月明かりに照らされて銀色に冷たく光る海を、何時間もぼうっと見つめ、私に残されている人生をあの子にやるから、どうぞ助けてやってくださいと祈った……。

だから、お前が生還したと北アイルランドから連絡をくれた時、私は狂喜し主に感謝した。あれほど主に感謝したことはなかったほどだ。

ぶきっちょな船乗りで、照れくさいので、お前を抱きしめたことがない私だが、お前に対する愛情は、マグマのように私の奥深いところでたぎっていたんだ」

父の手紙を読みながら、ジョンの体は震えた。父の叫びが、地をおおっていた雲を突き破って、ジョンに届いた。

「ああ、父はこんなに心配していたんだ！　おれは一人ぼっちじゃなかったんだ！」

これまで勝手に、愛されていないと思い込んでいただけだったのだ。そう思うと、父に寂しい思いをさせてしまったと悔やまれた。父の手紙はさらに続いた。

「お前が生まれ、ちっちゃな手で私の人差し指をにぎった時、『息子が私の指をにぎっている！』とただただ感動したよ。お前を抱きあげて、高い高いをした時、キャッキャと喜んでいたなあ。なんでも口に入れてしまうお前が、猫の尾っぽをくわえて噛んだ時、猫はギャッと叫んで逃げて行った。お母さんと大笑いしたもんだが、今となっては楽しい思い出だよ。お前は私たち夫婦に喜びをもたらしてくれた。私は航海を終えて家に帰るのが楽しみでならなかった。お前はいつも私たちの家庭の中心だった。まぎれもなく神さまが遣わしてくださった天使だったんだ！」

ジョンは子どもの頃の家の様子が思い出されてきた。屈伸運動をする父の背中を、よいしょ、よいしょと押してあげたこと。家に帰ってくると腹ばいになり、ジョンに背中を踏んでくれと頼んだこと。父に頼まれるのがうれしかったこと……。

手紙には、近々出航しなければならないと書いてあったが、その後の文章にジョンは思わず飛び上がった。

「その前にどうしてもやっておかなければいけないことがある。それはキャトリット夫妻にお前にメアリーをくださるようお願いすることだ。お前がメアリーと結婚したら、長年の念願の温かい家庭を手に入れて、今度こそ地に足がついた人生を歩んでくれると思う。私はお前にそういう家庭を贈れなかったことが痛恨の極みだ。キャトリット夫妻にはお前からの手紙を見せるつもりだ。この文面を読んだら、きっと納得してくださるに違いない」

ジョンの顔がほころび、歓喜の顔になった。

「ああ、父がキャトリット夫妻の内諾を得てくれるのか！　ばんざ〜い！」

父と子の絆はしっかりと結ばれた。

父ジョン・ニュートンがキャトリット夫妻を訪ねると、夫妻はジョンがメアリーに出した手紙をすでに読んでいて、父親の申し出を快く受け入れた。後はジョンがメアリーの同意を得るだけである。

父ジョンはもう思い残すことはなく、四月、ロンドンからカナダのオンタリオ湖の北岸にあるヨークフォートに向けて出港した。

そこに入れ換わるようにジョンが到着した。またもすれ違いになってしまったが、三年もすれば帰国するだろうから、心配かけたことを父にきちんと詫びることができるだろうと思った。

ところが、それからほどなくして、ジョンが仲間とリヴァプールのブートル地区にあるパブで飲んでいると、ジョンの会社の人間が息せき切って飛び込んできた。

「親父さんのニュートン総督が、事故で死んだという訃報《ふほう》が届いたぞ！」

飲んだくれたちの罵声で、ジョンには言っていることが聞こえない。耳に手を当てがって、体を乗り出して叫んだ。

「なんだって、よく聞こえなかった。もう一度言ってくれ」

男はじれったくなって、大声で叫んだ。

「お前の親父殿がなあ、ヨークフォートに到着する少し前、入浴中に痙攣《けいれん》に襲われて、溺死されたらしいぞ」

「父が死んだと？　そんな、馬鹿な！」

愕然《がくぜん》として一瞬にして酔いが醒め、ジョンはパブを飛び出して会社に駆け込んだ。でも会社もそれ以上の詳細はわからない。気落ちしてジョンは会社をさまよい出た。

港には北米航路やアフリカ航路の帆船が岸壁に舫《もや》ってある。日中は荷揚げや積み込みの人夫でごった返しているが、今は青い月影に照らされ、帆《セール》は畳まれて帆桁《ヤード》に括《くく》られ、ガランとしている。やせた野良犬が一匹、所在なげにうろついていた。

「ジョン、どこに行くんだ！」

背後から気遣った声が飛んできたが、ジョンはそれに答えず、気が抜けたようにとぼとぼ歩いた。

どこをどう歩いたかわからない。足は港から山の手に向い、いつの間にか、港を見下ろすモスリーの丘に出ていた。氷のように冷え冷えと冴えた月の光の下、眼下にはマージー川が流れ、その向こうにバーケンヘッドが黒く横たわっている。アイリッシュ海の彼方にはアイルランドが横たわっているのだろうが、漆黒の闇に閉ざされていて見えない。

誰かに捨てられたのか、子犬がクンクン鼻を鳴らせてすり寄ってきた。ジョンが抱き上げると、頬をぺろぺろなめた。

「お前も独りなのか……」

そう言った途端、ジョンの目からどっと涙があふれ出した。幼少の時母に死に別れ、今また父に先立たれて、まったくの天涯孤独になってしまった。ただ一人放り出され、血がつながった者が一人もいない寂しさが身に染みて伝わってくる。

そここに、ぽつぽつと点在している家々の窓明かりが、温かい家庭の団欒《だんらん》があることを告げている。

（でもおれからはあの団欒が永遠に失われてしまった……）

ジョンは身寄りのない子犬を抱きしめて、いつまでも涙を流した。

五

ジョンを西アフリカのプランティン諸島から救出してくれたジョセフ・マネスティは、ジョンの父親の訃報を聞いて、以前にも増して父親がわりにジョンの面倒を見た。そして〈ブラウンロー号〉のハーディ船長の元で航海士として経験を積ませ、いずれ船長として取り立てようと言ってくれた。

短い航海を終え、帰港後の一連の仕事が終わると、ジョンは早速チャタムにいるメアリーにプロポーズの手紙を出した。すると小さな封筒に入れた若い女性らしいはにかんだ返事が返ってきた。

「あなたからお手紙を頂戴し、とてもうれしいわ。嵐で遭難しかかったことや他の多くの経験が、あなたをいっそうたくましくしたことを知りました。それに私の伴侶となるのにふさわしい男になろうと努力されているなんて、私にはもったいないお言葉です。あなたは私を本当に愛してくださっているのね。天にも昇るほどうれしいです。

ところでお手紙でお尋ねになっていることに関してですが、私は他のどなたとも婚約しておりません。だからあなたが今お引き受けになっている航海からお戻りになる日を、心からお待ちしています。どうぞお気をつけて航海なさってください」

ジョンのプロポーズを受けるという返事に、ジョンは舞い上がった。今度の航海から帰ったら、メアリーと結婚できる。結婚は七歳の時に温かい家庭を失って以来、ずっと求め続けてきた悲願を成就してくれるものだ。

繊細な文字が書きつらねられている便箋は、ほのかにバラの香りがする。ジョンはその手紙がメアリーの化身であるかのように抱きしめた。

ジョンを乗せた〈ブラウンロー号〉はリヴァプールを出航し、さほどの嵐にも遭わず、セネガルのダカールの沖合四百マイル（約六四五キロメートル）にあるカボ・ヴェルデ諸島の南端にあるプライアに着いた。

暁の光が静かな入り江に忍びやかに広がっていく。今日は一日休暇だ。乗組員たちは早速陸に上がって女を漁《あさ》った。

北アイルランドで遭難しかかって回心したジョンは、もうそういう悪習は卒業していた。航海士は船長を補佐する立場だから、雑用が多くて一時たりとも気が休まらないが、ジョンは時間をやりくりして、メアリーにせっせと手紙を書いた。

手紙は自分の気持ちを奮い立たせる最上の方法だ。手紙には甘い言葉だけではなく、ジョンの思索も書きつづられた。

手紙はイギリスに向かう船に預けられ、ほぼ確実に配達された。イギリスで、それはつまり世界で初めてということだが、切手を貼ってポスト投函すれば、確実に相手に届けられるという「ポスト投函郵便制度」が始まったのは、一八四〇年のことだ。つまりこの時点は、それよりも九十年も早いのだが、イギリスの海事郵便制度はほぼ確立されつつあった。「七つの海にユニオン・ジャックは翻《ひるがえ》る」と、世界に貿易網を張っていたイギリスならではのことである。

とはいえ、ジョンからの手紙は、時には半年もたってからメアリーに届けられた。母から渡された封書は海水で汚れ、文字もにじんでいた。

「大西洋の彼方から手紙が来るなんて！」

メアリーは天に昇るほどにうれしくて、封筒を抱きしめて階段を駆け上がり部屋に入った。封を開ける手が震え、ようやく取り出すと、文面をむさぼり読んだ。

「元気ですか。ぼくが乗っている〈ブラウンロー号〉は西アフリカ・セネガルの沖合にあるカボ・ヴェルデ諸島に来ています。今回はさほどの難題にぶつかることなく、ここまで航海してきました。

航海というものは、しばしば人生によく似ています。順風を受けて出航し、今後の航海は順風満帆《まんぱん》だと気を許した瞬間に、突然疾風に行く手を阻まれ、多くの危難に耐え、難破の危険を乗り越えて、やっとのことで目的の港にたどり着く船もあります。海賊や敵船にしつこくつきまとわれ、戦いながらようやく切り抜けて帰港する船もあります。かと思うと、目立った出来事にほとんど出合わない船もあります。

順風満帆で航行している他の船を、指をくわえてうらやんでも仕方がありません。自分の船の運命は甘んじて引き受けるしかなく、最善を尽くして切り拓くしかないのです。

ああ、愛《いと》しいメアリー。愛している。君に会った最初の時から、変わらず愛してる。君に再会できる時は、サムソンのように強いぼくをお見せできるでしょう」

羽根ペンで書かれた文字が少しも乱れていないところを見ると、この手紙はプライア港に停泊中、陸《おか》の上で書かれたようだ。

「ああ、ジョン。私を変わらず愛してくださっているのね。慕わしいお方！　なんと哲学的なことを書いていらっしゃるんでしょう。嵐に耐え、凪《なぎ》に耐えて航海していらっしゃるんだわ。あの方は変わった！　大地に足がついた感じがする。どうぞ今度の航海も無事で、イギリスに帰って来られますように」

チャタムから乙女の祈りが送られた。

六

ジョンが乗った〈ブラウンロー号〉はアフリカ大陸西岸を南下してプランティン諸島に着くと、交易を開始した。黒人たちが好む綿織物や銃器、火薬、雑貨、酒などと、アフリカの産品や十八人の黒人奴隷と交換した。

それが終わると、黒人の商人とハーディ船長がひそひそ話をしていた。ジョンは商品の数を数えている格好をしながら聞き耳を立てた。

「旦那、じきに部族同士の戦いが起こり、負けた部族から大勢の奴隷が出ます。二、三日待ってくれませんか」

ハーディ船長の目がぎょろりと光り、真っ黒な商人に卑屈な笑いが浮かんだ。

「どのくらいの数だ」

「ヘイ、男だけで二、三十人、女子ども入れると、その倍は下らないでしょう」

「そうか、じゃあ待とう。これは手付けだ。取っておけ」

そう言って、キラキラした飾りがついたマントと何がしかの金を渡した。マントは部族の酋長が好んで身につけるものだ。

「こりゃもうありがたいことで」と、商人はうやうやしく受け取り、下卑《げび》た笑いを浮かべた。

ジョンはその闇取り引きを聞いて冷や汗が出た。

（やっぱりそうなのか。奴隷はそうやって産み出されていたのか！　仲間の話には聞いていたが……）

その頃、サバンナの奥地では、部族同士の戦いが勃発《ぼっぱつ》していた。戦士たちは雄叫びをあげ、木造りの大きなドラムを激しく打ち鳴らして、他の部族の村に襲いかかった。鉄砲が撃たれ、棍棒《こんぼう》と長槍が振り回されて、乱戦となった。

しかし数日もすると戦いは決着がつき、負けた部族は数珠つなぎにされて、引き立てられた。そしてブッシュや森を通り、筏《いかだ》で川を下って、ジョンたちが待っている村の川べりまで引き立てられてきた。

その奴隷たちをロングボートに乗せるのがひと苦労だ。抵抗する黒人をムチでひっぱたいて無理やり船に押し込んだ。その時、赤ん坊があまりに泣き叫んでやかましいと仲間がかんしゃくを起こし、母親から奪い取って川に放り投げた。血相を変えた母親は制止を振り切って川に飛び込み、赤ん坊を助けようとした。しかし鉄の手かせをつけたままでは泳ぐことができず、手かせの重みで沈んでしまった。

一部始終をハラハラ見ていた女たちは船べりを叩いて大声を上げて泣き叫んだ。ジョンたちはムチで叩いて女たちを黙らせたが、心はいつしか鬼になっていた。髪の毛もシャツもべっとり体に張り付いて、気色が悪かった。

交易品で満載になった〈ブラウンロー号〉はリオ・セスターズから出帆した。ところが黒人奴隷の中にやっかいな男がいた。彫りが深く精悍《せいかん》な顔だちをしており、背筋も高く毅然《きぜん》としている。もはや逃れられないとわかったその男は観念し、どんなものもいっさい口にしなくなった。餓死することを選んだのだ。

ジョンたち乗組員は彼に思い留まらせようといろいろ説得したが、彼は頑として食べようとしない。高く売れる大事な商品だ。死なせるわけにはいかない。ムチで打ちすえ、口をこじ開けて食べさせようとしたが、男は歯を食いしばって拒否した。

七日がたち、八日目になった。唇は干からびてひび割れ、すっかりやせてしまった顔には血管が青白く浮き出ていた。彼は横たわっていた体を起こし、水を求めた。

ジョンは彼が翻意したと受け取って水を与え、バナナを食べさせようとしたが食べようとはしなかった。そして九日目、痙攣《けいれん》を起こすと、従容《しょうよう》と死んでいった。その眼には白人に対する恨みと抗議の色がまざまざと見てとれた。ジョンの中に悔恨の思いが残った。

〈ブラウンロー号〉は彼の亡骸《なきがら》を海中に投げ込むと、何ごともなかったように、航海を続けた。しかし、ジョンは断食して抗議した黒人の白い眼が忘れられなかった。

非番になると、ジョンは仲間の喧噪を避けてミズンマストの檣楼《トップ》に登った。真っ暗な夜空に満天の星がまたたいている。その星たちを見上げていると、後悔が強くなった。

（ああ、どうして人間の世界はこうも澱《よど》んでいるんだ。悲鳴と罵声とムチの音……。もう嫌だ。こんなことはしたくない。いつからおれの運命は黒人奴隷と関わるようになったんだ。おれの意に反して、どんどん深みにはまっていく……）

舷側を規則的に叩く波の音に混じって、黒人のうめき声が聞こえてくる。ジョンは耳をおおった。

（もう聞きたくない。許してくれ。こんなことはやめなければ……）

ジョンの後悔を載せて、船は西インド諸島のリーワード諸島の一つアンティグア島を経て、そこからバハマ諸島沿いに北上し、新大陸サウスカロライナのチャールストンに投錨した。

チャールストンでは、黒人奴隷の売買というもっとも嫌な仕事に立ち会わなければいけない。航海中に三割が死に、船から引き下ろされた数は百五十人あまりに減っていた。その分は保険をかけてあるので、船主の懐は痛まない。

百五十人あまりの黒人たちは競売《せり》が行われるまで、奴隷小屋に入れられた。競売の日になると、農場主に二十人、三十人と買われて行く。家付き奴隷《ハウス・サーバント》として家事労働にまわされる者もあるが、大方は綿花畑で働かされる。

農場の朝は早い。早朝、夜空から星々が消え始める頃、ほら貝の殻がブォ、ブォーッと鳴り、奴隷たちは叩き起こされる。床もなく、地べたに丸太小屋を建てただけの奴隷長屋《スレイブ・ロウ》から引き出され、ムチの音にせかされてベーコンとトウモロコシだけの朝食をすませる。山の端に太陽が出てくるまでに広場に並ばなければならないのだ。

そして百五十人ぐらいが一隊となって野良に駆り出され、夜は手元が見えなくなり、現場監督から命令がくだされるまで働かされる。満月の夜は明るいので、夜遅くまで働かされることになる。

綿花は極めて手のかかる作物だ。普通の作物は植え付けが終わると、後は数回雑草を取るだけで、収穫の時まで成長するまま放っておける。ところが綿花はそうはいかない。

綿花畑では三月から鍬《くわ》で苗床作りが始まり、給水畝《うね》と給水畝の間の畝に種を落としていく。その後、ラバに引かせた鍬で土を被せ、植え付けが終わる。

綿は通常一週間で芽を出すが、その十日後から鍬入れが始まる。黒人たちは一列に並んで鍬を持って畝をすいていくのだが、少しでも遅れると労働監督からムチで打たれる。作業は全部人の手で行われ、鍬で雑草を除去する。一週間後、二度目の鍬入れがされ、綿が一フィート（三十センチメートル）の高さになる七月までさらに二回、合計四回行われる。

八月の下半期に始まる収穫の時は、それぞれ袋を持たされ、少なくとも一日二百ポンド（約九十キログラム）摘まなければいけない。たとえどんなに疲れていても、それが一日のノルマだ。それに綿花は同時に成熟するわけではないので、たえず畑を見回って、適宜摘まなければならない。ノルマの目方に足りなければ、容赦《ようしゃ》のないムチ打ちの刑が待っている。だから目方を計られる直前は、みんな戦々恐々となる。

ノルマを果たせなかった黒人はムチ打ちの刑に処せられ、奴隷たちの悲鳴が夜空に響いた。ムチで打たれるのはノルマに達しなかった時だけではない。畑でぼんやり立っていただけで、熱心に作業しなかったという理由で二十五回ムチ打ちされる。五十回も打たれると、皮膚が裂けて血だらけになる。肉体的苦痛も耐えがたいが、精神的にはもっと打ちのめされる。それがアメリカの綿花畑の実際だ。

奴隷売買の業務から一刻も早く解放されたいジョンは、取り引きが終わると非国教派の礼拝に参加した。司祭の説教には霊的な力があるだけでなく、その物腰の謙虚さも心に響くものがあった。船の上で独り信仰を保つのは四苦八苦するが、聖霊が下りるような説教をする司祭から活力をもらえれば、信仰も強くなっていく。

ジョンは滞在中はできるだけ司祭の説教を聴きに通い、乗組員たちとのつまらない娯楽には参加しなくなった。自分の中にそんな変化を見て驚くばかりだった。

長い航海が終わってリヴァプールに帰り、船の業務が終わると、ジョンはチャタムに飛んで行った。メアリーはとうとうジョンのプロポーズを受け入れた。結婚したいと思うようになってから、もう七年の歳月が経っていた。

第四章
洋上の求《ぐ》道《どう》者

一

一七五〇年二月一日、チャタムは朝から雪晴れだ。何にも汚されていない純白の雪が朝日に輝いている。その中を馬ゾリがシャンシャンと鈴を鳴らして走っている。時折り、馬が白い鼻息を吹き出している。

雪に埋もれたセントマーガレット教会に集まった会衆は約四十名。白い詰襟がのぞいている式服に、深い緑色のショールをかけた初老の司祭が、結婚式に欠かせないいつもの言葉を述べた。

「私に従って復唱してください。われジョン・ニュートンは汝《なんじ》メアリー・キャトリットを妻とし、愛情を尽くして……」

ショールにほどこされている金色の十字架の刺繍《ししゅう》が、バラ窓から射してくる日の光に輝いた。

復唱しながら、ジョンの顔に赤みが差した。とうとうこの時が来たのだ。純白のウエディング・ドレスを着て、ジョンの腕にそっと手を通しているメアリーが幸福に酔った表情でいる。

渡された結婚指輪をメアリーの指にはめると、司祭は最後の言葉を述べた。

「これにてあなた方は晴れて夫婦になったことを宣言します」

その瞬間、オルガンが鳴り響き、聖歌隊が歌い始めた。その頭上にはステンドグラスの深い赤色や青色が輝いている。

「ああ、生涯でいちばん幸せな日だ！」

　その思いは隣の花嫁も同じだ。メアリーは手をそっとにぎりしめた。上背のあるジョンはかがんでメアリーの柔らかい唇に自分の唇を重ねた。会衆から祝福の拍手が起こった。結婚式が終わって会堂を出ると、明るい陽光が待ち受けていた。


　ベッド脇のテーブルの上で、ローソクが明るく燃えている。砂岩で造った暖炉の火格子の中では、薪《たきぎ》がパチパチはぜて部屋を温めていた。紅茶を淹《い》れてきた継母のトマシーナが部屋のドアを閉めて去ると、ジョンとメアリーはゆったりとソファーに腰かけ、両手で包んだ温かい紅茶を飲んだ。

「これまではらはらさせてばかりだったけど、君のおかげでぼくは立ち直れた」

　感謝の言葉に、メアリーははにかんだ。

「ぼくは君と会ったあの日から、ずっと君を愛し続けてきたよ。どんな時も君が支えだった。何度君の夢を見たことか。これからも君の愛でぼくを支えてほしい。今のこの気持ちのままで、一生君を守っていくよ。メアリー、愛している……」

　そう言われて、メアリーは下を向いていっそうはにかんだ。ランプを消し月明かりだけになると、メアリーがそっとベッドに滑り込んできて、「愛《いと》しい人！」と言って抱きついてきた。

お互いの若鮎のような甘くて新鮮な匂いが鼻腔《びこう》いっぱいに広がっていく。熱くて長いキスが続いた。

「メアリー、愛しているよ」

「私も……とっても。一緒に人生を歩めることになってうれしいわ」

ジョンはメアリーを抱きしめた。その温かさは深い安らぎにつながっていた。

窓越しに、庭の池をこうこうと照らしている月の明かりが寝室をほのかに照らしていた。どこか遠くで、犬が月に向かって遠吠えしている。シャンシャンシャンと、馬ゾリの音が聞こえる。まだ起きている人がいるのだ。ジョンは深いまどろみの中に落ちていった。

翌朝、ジョンが目覚めると、メアリーは大きな枕に褐色の髪を押しあててまだ眠っていた。朝の光がカーテンの隙間から差し込んでいる。窓の外の楡《にれ》の木で小鳥がさえずっている。これまで何千回も迎えたどの朝よりも幸せな朝だった。

ジョンはメアリーという良き伴侶を得て、自分の足が大地にしっかり着いた感じがした。もう自分は独りではない。これから二人して築いていかなければならないニュートン家の主《あるじ》として自覚が高まった。

（これが夫というものの責任感なのか）

そう自覚し、あらためてメアリーと結婚できたことを感謝した。

そんなある日、ジョンは船主のジョセフ・マネスティから届いた手紙を開いた。

「三月に入ったら、リヴァプールに帰ってくれ。今度は〈デューク・オブ・アーガイル号〉の船長として操船するのだ」

読みながら、ジョンの顔は見る見るうちに歓喜で輝いた。船長になることは長年の夢だったが、これほど早くなれるとは思っていなかった。メアリーはニュートン家に福をもたらしたまっ白な鳩だった。

二

ジョン・ニュートンは新居をリヴァプール港を見下ろす山手に構えた。新居のマントルピースの上には地球儀を飾り、ユニオン・ジャックをはためかせて七つの海を支配しているという気概を示した。

リヴァプールの港にはさまざまな商会が軒を連ねているビジネス街がある。そこを抜けると、楡やブナの木々の間に赤いレンガ屋根や明るい灰色のわらぶき屋根が見えてきて、その並びに「古い錨亭《オールド・アンカー》」と看板を下げているパブがあった。

その二階の窓を飾っているプランターから赤いゼラニウムの花がこぼれている。入り口には大きな鳥籠が置いてあり、九官鳥が飼われていた。格子の間から何か赤い実をつけた木の枝が差し込まれ、九官鳥は赤い実を食べるのにいそがしかった。

〈デューク・オブ・アーガイル号〉の乗組員たちは陸《おか》に上がると、この「古い錨亭《オールド・アンカー》」にくり出して気炎を上げた。そこは船長になったジョンが彼らと気脈を通じるための結構な場所だった。〈デューク・オブ・アーガイル号〉は近々西アフリカのセネガルに向けて出港する予定だ。しかしジョンに積み荷の指示をしていた船主のジョセフ・マネスティが、西アフリカで積み込むものとして黒人奴隷を挙げたので、ジョンは難色を示した。

「奴隷貿易はあまり気が進みません。どうしてもやらなきゃいけませんか」

それを聞くとマネスティはとたんに威丈高《いたけだか》になった。

「何を言うか！　君は運び屋に過ぎない。船を出してビジネスをするのは私だ。何を扱うかは船主の私が決める」

それでもジョンが浮かない顔をしていると、マネスティは畳みかけるように言った。

「いいか、植民地アメリカをフルに活用し、イギリスの産業を支えて経済を回すには、黒人の労働力は欠かせないんだ。それにイギリス――西アフリカ――アメリカ間の三角貿易は万里の波濤《はとう》を越えて行かなきゃならないから、リスクが大きいだけに、収益性は高くなければいけない。だから収益の高い奴隷貿易は外せないんだ。船倉は奴隷を二百五十人は積めるよう改造して、カイコ棚にしてある。つべこべ言わずに、言われたことだけやれ」

そう怒鳴られて、ジョンはすっかりしょげてしまった。マネスティはさらに嵩《かさ》にきて言った。

「奴隷貿易は気が引けるというのか！　今さら子どもじみたことを言うんじゃない。これは必要悪だ。現実はきれいごとだけではやっていけない。ムチや手かせ、足かせ、鎖《くさり》を使わなきゃならない船長の仕事は、一種の看守か牢番だと割り切って考えろ」

そう言われてジョンは引き下がらざるを得なかった。これ以上断るとマネスティは癇癪玉《かんしゃくだま》を破裂させて、「じゃあ、いい。他の男を船長にする。お前はお払い箱だ」と解雇されかねない。結婚したばかりのジョンは失業するわけにはいかなかった。「喉元《のどもと》過ぎれば、熱さ忘れる」というが、決して遭難しかかった時の決意を忘れたわけではない。けれども生活のために妥協する自分の弱さが情けなかった。


出港の朝、メアリーが恥ずかしそうにしてそっとささやいた。

「ねえ、あなたにささやかな贈り物があるの」

メアリーは淡いベージュ色のシフォンの袖なしドレスを着ていた。ウェストに入ったギャザーが腰をきゅっと引き締め、右腰にピンク色のリボンがアクセントとしてしつらえられている。美しい！　ジョンは目を見張った。メアリーの初心《うぶ》な仕草にジョンの胸は高鳴った。妻はおれが守らなきゃならないと強烈に思った。でもそんな気持ちは隠して、ぶっきらぼうに、「何だね」と訊くと、メアリーは恥ずかしそうに言った。

「これは私が編んだ手袋なの。海は時化《しけ》ると夏でも寒いと聞いたものだから……。あなたに差し上げる私の最初のプレゼントよ」

妻から贈り物をもらうのは初めてだ。ジョンは照れて、頬が熱くなった。太い毛糸で編んだ分厚い手袋をはめてみた。少し窮屈だが、使っている間になじんでくるだろう。

「ありがとう。願ってもない贈り物だ。ぴったりだよ。気を遣ってくれてありがとう。これをはめている時は君のことを思い出すよ」

小さなことに幸せがある――。ジョンはこんなことにも結婚した喜びを感じた。

三

一七五〇年四月、〈デューク・オブ・アーガイル号〉はジョン・ニュートンを新しい船長として、三十人の乗組員と共にリヴァプールを出航した。

ジョンは船上で毎日曜日に二回、祈祷書に従って礼拝を行った。司祭役はもちろん船長自身である。ジョンは説教で、イエスとの霊的交わりを大切にしなかったら、悪行《あくぎょう》に陥ってしまうと説いた。それは船長の持論だったから、乗組員は表だって反発しなかったが、みんなの顔には船に乗ってまで説教されたくはないと書かれてあった。

西アフリカのシアーブロ島に着くと、早速交易を始めた。黒人たちが好む酒や火器、火薬を売り、藍《あい》やカカオを買い込む。むろん、黒人奴隷も重要な取引品目だ。取り引きごとに、五人、十人と奴隷を積み込んだ。

五フィート（約一・五メートル）ほどの高さの船倉は二段に仕切ってカイコ棚にし、黒人たちを並べ、互いに密着して横にならせた。彼らはあらゆる機会を捉えて脱走しようとするから、それをさせまいと、全員に手かせ足かせをはめ、さらに二人一組でつなぐのだ。動きを封じるため、左右逆につなぐので、彼らはまったく動けない。昼間は船倉から出して甲板に上げて太陽に当て、フレッシュな空気を吸わせる。その間も二人の足かせの環《わ》に鎖《くさり》を通し、これを甲板上に固定されているボルトにロックする。

これほど用心するのも、奴隷の反乱を防ぐためだ。操船に一定の乗組員を使った上で、別途十人程度の監視人で二百人以上の奴隷を昼夜見張らなければならないので、勢いそうなってしまう。もし奴隷が暴動を起こすと、白人は皆殺しにされるから、そうはさせじと白人もあらゆる反乱の芽を摘む。

しかし仮に暴動が成功しても、黒人たちは帆船を操作できないから、大西洋上をただよっているうちにみんな死に絶え、幽霊船になってしまう。それでも暴動は起きるから、白人は疑心暗鬼なのだ。

ジョンは黒人たちが押し込められている船倉の現実に心を痛めたが、黒人たちをなるべく非人間的に扱わないよう配慮することしかできなかった。

「陸《ランド》が見える《ド・ホー》ぞ！」

見張り台から船員が狂喜して叫んだ。非直の乗組員は全員甲板に駆け上がってきた。船が波に乗り上げるたびに、水平線の彼方にポツンとした島影が見えた。

「大西洋を横切ってとうとう西インド諸島にやって来た！　おれたちの船はどんな荒天にも耐えてくれた！」

船端をたたいて喜んでいる者がいる。

「今夜は揺れない大地の上で、たっぷり酒が飲めるぞ！」

「それになあ、蠱惑《こわく》的な夜の蝶がお待ちかねだよ、おれはやっぱり夜の蝶に誘惑されたいな。ウシシシシだよ」

乗組員たちのさまざまな思惑を乗せ、〈デューク・オブ・アーガイル号〉は白波をけ立てて西インド諸島のアンティグアの港に入った。

貿易品を下ろし、コーヒーや砂糖を積み込むかたわら、ジョンは郵便局に使いを走らせた。ジョンにしろ乗組員たちにしろ、故郷に残した家族から手紙が届いていないかどうか、気になるのだ。

天候と仕事が許せば、ジョンは週に二、三度は手紙を書いた。もっともイギリスに帰る船便がなく、ずっと手もとの引き出しに入れたままの時もある。

一等航海士が手紙の束を仕分けして乗組員たちに配ると、ジョンはメアリーからの手紙を持って船長室に入った。

「愛するジョン、あなたがいない日々がこんなに寂しいものだとは知りませんでした。まだ発ったばかりだというのに、次に帰国されるのはいつだろうと、そればかり指折り数えて過ごしています」

自分の帰りを待ってくれている人がいることほど、うれしいことはない。初めての経験だ。

ジョンは目を皿のようにして読み進んだ。

「あなたがリヴァプールを発って三か月、私は懐妊の印を今か今かと待ちました。残念ながら今回は佳《よ》き知らせは届かないようです。だから余計この次の回を待っております。あなたに早く赤ちゃんを抱かせてあげたい、それのみを願っております」

（そうだったのか……）

ジョンの頭の中を、同じ考えが走馬灯のようにぐるぐる回る。

（君も二人の愛の証《あかし》を待ちこがれていたんだ！　ごめんな、失望させてしまって。今度帰国した時はきっと子どもを授かろうね。君に似て玉のようにかわいい子どもをね……）

船長室の窓から光が射していた。その光が空中に舞っているホコリの中を通り、キラキラ輝いて光の帯となっている。

数千マイルの波濤《はとう》を越えて、ジョンは今ほどメアリーの魂と結びついているのを感じたことはなかった。愛していれば満たされているから、他に求める必要がない。それはそのまま主イエスへの祈りとなった。

「主よ、私どもを憐れんでください。独りで私を待っているメアリーがかわいそうでなりません。もし子どもを授かっていたら、メアリーはどれほど心が晴れたかしれません。しかし、今回はその時ではなかったようです。

私は海の上でやらなければならないことが多いので、まだ気がまぎれておりますが、リヴァプールの家で独りで過ごしているメアリーは、耐えがたいほど寂しいはずです。特に心を寄せる人を持ってからは、生木を裂かれるほどにつらいことだろうと思います。

どうぞ主よ、彼女に子どもを授けてください。心からお願いします。これらすべてのことを、主イエス・キリストの御名《みな》を通してお祈りします。アーメン」

メアリーに手紙を書く習慣は、ジョンに良い影響をもたらした。書きながら内省し祈るので、ジョンの精神生活を深めてくれる。書くことによって、自分の考えがまとまっていくのだ。

アンティグア島を出航した〈デューク・オブ・アーガイル号〉は一路サウスカロライナのチャールストンを目指した。小アンチル諸島からバハマ諸島に至るコースは島が多くて迷うことはないが、ハリケーンが発生しやすく、天候が荒れやすい。〈デューク・オブ・アーガイル号〉は万里の波濤《はとう》を乗り切って、チャールストン港に滑り込んだ。船員たちは久々に味わう陸の匂いに鼻をヒクヒクさせた。

入港に先だって、黒人たちを高く売れるように、三日前から皮膚に脂《あぶら》を擦りこんだり、髪をすいたり、短く刈り込んでさっぱりさせた。西アフリカを出航する時は二百十八人いたが、チャールストンでは百五十六人に減っていた。航海中六十二人が死んだことになる。

ジョンが船長として初めての航海は十四か月に及び、一七五一年十一月二日、無事故国に帰った。家に帰ると、二日間ぶっ通しで寝た。

三日目の朝、ジョンは大きく背伸びすると、ベッドを離れた。ダイニングルームの暖炉では石炭がチロチロ燃えている。白いクロスがかけられたテーブルで、メアリーがアッサムの紅茶を淹れてくれた。手作りのクッキーが添えられている。細かい配慮は女性ならではのものだ。

そのメアリーは暖炉のそばにロッキング・チェアを寄せ、ジョンのセーターを編んでいる。何でもシェトランドの漁師が着ていた分厚いセーターが発祥らしく、洋上のどんな寒風も防いでくれそうだ。久しぶりのメアリーとの生活は船の上で夢想していたもの以上に楽しかった。

紅茶を楽しみながら、ジョンは航海中から読んでいたトーマス・ハーヴェイの『瞑想』を読み始めた。窓から射してくる日の光が温かい。次の出航は厳冬期を避けて、春三月に入ってからだから、今度の休暇は長くなる。

ジョンがリビングルームで本を読んでいると、庭でガーデニングをしていたメアリーが弾んだ声で呼んだ。

「ねえ、ジョン、来て！　庭に出てみない？」

なんだろうと思って裏のドアから庭に出ると、雪解けが始まった庭が広がっていて、メアリーが隅のほうにしゃがみこんでいる。明るい日の光に目をしょぼしょぼさせて近づくと、積雪を押しのけて何やら小さな花が咲いている。

「見て。健気《けなげ》に雪割草《ゆきわりそう》が雪の中から頭を出しているわ。こんなに小さな白やピンクの八弁の花のまん中に、ちりばめられたように雄しべがかわいらしく付いている。形といい、色といい、一流のデザイナーね」

メアリーはこんなことに驚いてはしゃいでいる。思わずジョンも引き込まれて可憐な花に見入った。楽しそうに弾けているメアリーをそばに感じて、こんな女性《ひと》と一緒に暮らしたら、おれのようなやさぐれだった男も少しはやさしくなるだろうなと想像するだけでも楽しかった。

陸にあがったジョンは日記をつけ始めた。自分の考えをまとめようとし、いっそう内省的になった。そしてスクーガルの『人の魂に宿る神の命』だとか、讃美歌「もろびとこぞりて」の作詞者として知られているP・ドッドリッジの『ガーディナー大佐の生涯』などを丹念に読んだ。

ジョンの時代の英雄であるガーディナー大佐は荒れた思春期を過ごしたが、劇的な回心を経て、歴史に残るような勲功をあげた軍人だ。ガーディナー大佐は好んで『旧約聖書』の「詩篇」を読んだという。

「詩篇」は『旧約聖書』の最高の要約といわれ、礼拝に先立って行われる聖書拝読で読まれることが多い。かつてダビデ王が竪琴《ハープ》をつまびきながら歌った詩だと伝承されている。全部で百五十篇ほどあり、近代聖書学の高等批評でも、約半数はダビデ自身の作に間違いないと確認されている。

「詩篇」第六六篇で、ダビデは高らかに歌っていた。

「すべて神を恐れる者よ、来て聞け。

神が私のためになされたことを告げよう」

ジョンもダビデのように、神が彼に何をしてくださったのか、いずれ語りたいと思った。

四

一七五二年七月、ジョンは、今度は〈アフリカ号〉に乗って西アフリカを目指した。アフリカ航路の船はイギリスとアフリカと新大陸アメリカを結ぶ三角貿易に従事し、長い航海をするから、高級船員や普通船員が通常の倍ほど乗り組んでいる。したがって目的地に着いてから、船長が指揮しなければならない交易以外は、彼ら高級船員が指揮するので、船長は意外に自由な時間が取れる。そんな時間、ジョンは読書したり、メアリーに手紙を書いて過ごした。

「愛するメアリー、達者で過ごしている？　いつか君が庭先でガーデニングしていた時、君のうなじのほつれ毛が陽の光を受けて輝いていたことを思いだすよ。そんな小さな思い出が私を支えてくれている。楽しい思い出をたくさん作ってくれてありがとう。

ところでメアリー、君は船乗りの生活は制約が多くて、いろいろ不自由だと思っているだろう。ところがどうして、どうして。船乗りは礼拝に参加したり、信徒と交流できないという点では制約されるものの、晴れた海や澄んだ空や夜空に輝く星たちのきらめきを通して、神が直接私たちの魂に語りかけてくださるという点において、他に比べるものがないほど恵まれているんだ」

大西洋の航海の魅力について書き始めると止まらない。ジョンの羽根ペンはますます冴えた。

「朝な夕なの、そして夜ごとの神はきわめてロマンチストで、大自然のキャンバスいっぱいに絵を描いて、語りかけてくださるんだ。

広大なる天空と見渡すかぎりさえぎるものがない海原！　時どき何頭ものイルカが現れ、船と競争するんだ。海の中をぐいぐい泳ぎ、ジャンプしては私たちを観察する。彼らは好奇心のかたまりで、その上たくましくて美しい。

時には飛び魚が船と競争するんだ。翼を広げてブンブン飛ぶんだが、勢い余って船に飛び込んでくるやつもいる。脂《あぶら》が乗っていて新鮮だから最高にうまい」

ジョンはメアリーと分かち合いたかったことに書き進んだ。長い航海の中でいちばん素晴らしいのは、夜になってくり広げられる満天の星空だ。

「夜、赤道無風帯を通過する時、海面は油を流したように静かになり、鏡のように夜空の星々を写しだす。風まかせの帆船はまったく動かなくなってしまう。地球にいちばん近い恒星アルファ・ケンタウルスとベータ・ケンタウルスが仲良く並び、この二つの星の延長線上に南十字星《サザン・クロス》が輝いている。

この南十字星とケンタウルスの間から、天空を二分して、北の十字架である白鳥座に向かって、銀河がとうとうと流れている。こんな時、船べりから海面をのぞくと、満天にきらめく星々が海面に映り、船が作り出す波でゆらゆら揺れるんだ。頭上に大宇宙が広がり、足元の海にも大宇宙がきらめいているので、船はまるで天空に浮かび上がり、銀河の中を航海して宇宙のかなたに向かっているかのように錯覚してしまうよ。

そんな夜はひげもじゃの荒くれ男たちも全員甲板に上がってきて、舷側や索具《リギン》や横静索《シュラウド》につかまって、魂を根底から揺さぶられ、うっとりとなって星の中の航海を味わうんだ。しばらくすると、さわやかな微風が吹きだし、索具《リギン》に当たって、ため息のような音をたてる。舷側は波に洗われ、白い泡となって、後方に流れていく……。とてもすてきだろう。

航海では時に嵐に巻き込まれひどい目にも遭うけど、一方ではこんな時間にも恵まれ、慰められるんだ。だからぼくは楽しみながら航海していると思ってくれ。つらい時だけじゃないんだよ」

夜になって陽が落ち、暗くなってくると、ボーイが壁にかけられた獣脂のランプに火を点《とも》してまわる。するとランプの芯がジジジジと音を立てて燃え、メアリーに手紙を書く船長の影を壁に映し出す。そしていちばん書きたかったことを書き添えた。

「人間にとってわかり合える友がいることほどうれしいことはない。その友が伴侶であれば、いっそう申し分ない。そんな相手《ひと》に手紙を書いていると、自ずから自分と対話することになる。さらにそれは自分の内なる神との対話に高まっていく。これほど豊かな精神生活はない」

昼間、操船のために中断されたので、夜、ランプの明かりの下、手紙の続きを書きつづった。話は西アフリカのギニアでの散策のことに書き及んだ。

「私は陸《おか》に上がり、森の中を独り散策した。数千マイル四方には主を知る人間は、私以外には一人もいない。そんな場所でローマの哀歌詩人プロペルティウスの『寂寞《せきばく》の詩』を朗々と詠唱した。

静寂――それは魂の糧だ。
静謐《せいひつ》――それは神と独りきりの時間だ。
静謐の中でこそ魂は深化する。

なんといい詩だろう。全面的に共感する。西アフリカでは、地の果てまで続くサバンナのところどころに、バオバブの大樹が生えている。バオバブはイギリスにはない独特な木で、大木を引っこ抜いて、逆さまに植えたような奇妙な形をしている。でもバオバブは涼しい緑陰を提供してくれるんだ。その木陰で読書することは最高の楽しみだよ」

ジョンが洋上からメアリーに書き送った手紙は、今日約二百枚保管されている。ジョンの詩人としての特質はメアリーに手紙を書くことによって研ぎ澄まされていった。


操船の指揮を終えて船尾にある船長室に帰ってきたジョンは、吊り寝台《コット》に横になり、頭の後ろで両手を組んで、今後のことを考えた。

船長室の船尾窓から、吊り下げられている船尾艇《クオーターボート》が船と共に揺れているのが見える。陽光が船尾の窓から差し込み、海からの照り返しが梁《はり》に当たっている。それらの窓には薄いカーテンが半分ほどかかっており、これもまた船の動きに合わせてゆっくり揺れている。

ジョンの心も揺れていた。甲板から響いてくる物音は船の日常業務が順調に行われていることを告げている。

（黒人たちにも人生がある。彼らはそれぞれ安穏な人生を送っていたのに、敵対していた部族に襲われて戦いに負け、手かせ、足かせをはめられてここに連れてこられた。

家族は生木を裂くように無理やり引き離され、アメリカや西インド諸島に売られていき、そこでみんな哀れでみじめな生活を強いられている。私はただ三角貿易に携わっている船長であって、船主から依頼された積荷をアメリカに運んでいるだけだと弁明しても、言い逃れることはできない……）

船が揺れるたびに、黒人奴隷が積み込まれた階下の船倉から、思わず鼻を覆いたくなるような臭気が立ちこめてくる。時折り黒人たちのうめき声も聞こえてくる。

ジョンの心に罪の意識が頭をもたげた。

（船主に黒人奴隷は運びたくないと告げても、船主は利益になる黒人奴隷を積まずに航海するなんて商売はあがったりだと承服しない。でも、こんなことをいつまでも続けるわけにはいかない。そろそろ船を下りて、新たな人生を模索するしかないのではないか……）

午後二時を告げる四点鐘の音が聞こえた。船上から操船を指示する声がかすかに聞こえてくる。航海士の怒鳴り声を聞きながら、ジョンは短いまどろみの中に落ちていった。

〈アフリカ号〉は西アフリカから二百人あまりの奴隷を満載して出航し、西インド諸島のセントクリストファー島（後のプエルトリコ）からアンティグア島を経て、チャールストンに入港した。そして一連の交易を終えて、一七五三年八月、リヴァプールに帰港した。

帰港後、自宅での静養はわずかしかない。夏場はフルに操業しなければならないからだ。ジョンは再び〈アフリカ号〉で三度目の、そして最後となる航海に出航した。

五

ニュートン船長は西アフリカのゴレ島、ガンビア川上流にあるジャンジャンビレア島、ビジャゴス諸島、シアーブロ島、さらに南に下ってウィンドワード海岸で、黒人奴隷を買い付けてまわった。そして四か月後、大西洋の荒波を越えて、西インド諸島リーワード諸島の一つで、セントクリストファー島に向けて出航した。

西インド諸島ではコーヒーやサトウキビ、カカオなどを栽培するプランテーションが大々的に経営されていたから、黒人奴隷の労働力を喉から手が出るほどに必要としていた。

セントクリストファー島に到着すると、ジョンは部下の船員と、波止場に面して建てられているパブにくり出した。何しろもう三か月も、泡が噴き出すビールや新鮮な肉と生野菜をたっぷり使った料理は食べていない。少しにおいがする塩漬けの豚肉はもうまっぴらだ。

ヴァイオリン、ピアノ、パーカッション、ヴォーカルで編成したバンドが、歯切れよい軽音楽を奏でている。客引きらしい若い女の子が、胸が大きくはだけた服を装い、長いキセルで紙巻きたばこを吸っている。見ると金色の吸い口が赤い口紅で濡れて光っていた。薬物を吸っているのか、目がとろんとして焦点が合わない。早くも誰かがちょっかいを出していた。

ようやくみんなの前に泡が盛り上がったビールが運ばれてきた。うれしいことに水滴がいっぱい付いた冷えたジョッキから泡が垂れている。冷たい井戸水に浸けて冷やしていたらしい。

ジョンの乾杯の音頭が、ごった返す店内に響いた。

「わが祖国と国王陛下の健康に乾杯！　そして何よりもわれらが〈アフリカ号〉の無事なる航海に乾杯！」

みんながジョッキをかち合わせて、一気に飲み干した。

「うまい！　この瞬間を夢見て、過酷な労働に耐えていたんだ」

「この解放感がたまらない！　それに見ろ、大地は揺れることもなくどっしり構えている。やっぱり陸地はいいなあ」

「この安定感は、大きな尻《けつ》をしているおめえの嬶《かかあ》以上だな」

誰かがまぜっかえして、みんながどっと笑った。それからワイワイガヤガヤ楽しい時間になった。

ふとジョンが振り返ると、窓際の席で独り静かに飲みながら、その気持ちは大いにわかるよと、こちらを見ている五十がらみの紳士がいた。赤銅色に焼けているから、同じ船乗りにちがいないが、きれいに髭《ひげ》をあたっていて無精髭《ぶしょうひげ》などは生やしていない。髪にも櫛を通し、洗濯したてのシャツを着てさっぱりしている。仲間と騒ぎながら、ジョンはその人物が気になった。適当なところで仲間から別れ、その人物の席に移った。手にはスコッチ・ウイスキーのグラスを手にしている。

「ご同席してよろしいですか？」

「どうぞ、どうぞ。見ての通り、暇を持て余しています。一緒に飲めるならこちらのほうこそありがたい」

さわやかなバリトンが返ってきた。こちらを気遣った謙虚な物言いは、温厚な人柄を物語っている。声はやはり船上で強風に抗して怒鳴っている野太い声だ。

「私はリヴァプール船籍の〈アフリカ号〉の船長をしているジョン・ニュートンです」

と自己紹介すると、

「私はロンドンを母港とする〈エディンバラ号〉の船長アレキサンダー・クルーニーです。お近づきになれて幸いです」

と右手を差し出して握手した。話してみると予想した通り、クルーニー船長は敬虔《けいけん》なキリスト教徒だった。英国国教会ではなく、イエスとの直接的交流を重視するメソジスト派のサミュエル・ブルーワー司祭が牧会するチェスターフィールド教会に所属しているという。

ジョンは慎ましやかに訊いた。

「私は英国国教会とかメソジスト派など教会のことに疎《うと》いので、その違いを教えていただけませんか」

「それはお安いご用です。でも私はメソジスト派に所属しているので身びいきの説明になり、公平さを欠いているかもしれませんよ。それでもいいですか」

「全然構いません。私は基礎知識さえないんです。どうぞよろしくお願いします」

そこでクルーニーは喜んでキリスト教会の変遷《へんせん》を語ってくれた。

「一五一五年、法王レオ十世はサン・ピエトロ大聖堂の建築のため、贖宥状《しょくゆうじょう》（免罪符。カトリック教会が発行した罪の償いを軽くするための証明書）を販売しました。罪の赦しには本来秘跡《ひせき》の授与や悔い改めが必要とされるはずなのに、贖宥状を購入すれば罪があがなえるとするローマ教会のあり方に猛反発したヴィッテンブルク大学神学教授のマルティン・ルターは、同市の教会に九十五か条の論題を訳した紙を貼りつけたんです。

この抗議はまたたく間に各地に拡大し、ローマ教会の改革運動へと発展していきました。ローマ教会に対する不満が鬱積《うっせき》していたんです」

ジョンは宗教改革についてさほど知識がなかったので、クルーニー船長の解説はありがたかった。歴史とは人々の問題意識の変遷だ。

「十六世紀に始まった宗教改革はイギリスにも及びました。ジョン・ウェスレーはオックスフォード大学で神学を学んでいる時、自分たちの信仰を呼び覚まそうと、厳しい生活規律《メソッド》を課したホーリークラブを始めました。ウェスレーたちは生活規則を重んじたので、『几帳面屋《メソジスト》』とあだ名され、この運動の呼び名となりました。

卒業後、ウェスレーは英国国教会の司祭になり、ネイティブ・アメリカンへの宣教を志してアメリカ植民地に渡りました。しかし彼の熱意は空振りに終わり、さしたる成果を上げることができないまま、失意のうちに帰国しました。しかも、厳しい戒律を守ることによって救われるとする自分の信仰にも自信を持てなくなっていました」

福音派やメソジスト派など新たな信仰復興《リバイバル》運動が進行中だったから、クルーニー船長の解説は時宜を得ていて、ジョンの興味をそそった。

「そんな時、ウェスレーはマルティン・ルターの教説を知りました。ルターの教説はウェスレーの見解と逆だったのです。ルターはこう説いていました。

『救いとは戒律や善行によって得られるものではなく、イエスが十字架にはりつけにされ、命を落としてまでも人々を愛されたその愛に目覚めることによってもたらされる』

つまり、神の恩寵《おんちょう》とはイエスの十字架そのものだというのです。ウェスレーは雷に打たれたようなショックを受け、『私はまったく誤解していた。イエスが実践された愛を、私も実践することが大切なんだ！』と反省しました。

ウェスレーたちは街頭にくり出し、イエスそのものに返ろうと辻説法し、共感者を得ていきました。ところがそれが英国国教会の激しい反発を招くことになったのです」

「へえ、それはまたどうしてですか。信仰覚醒運動は何であれ、歓迎すべきことじゃないんですか」

「説教も堅信礼《けんしんれい》[*1]などの宗教儀式も伝統的に聖職者のみが行える神聖なことであって、平信徒（一般信徒）が行えることではないと、長年考えられていたからです。たとえ街頭であったとしても、人の前に立って説教することは、平信徒には許されていませんでした。

礼拝の終わりに司祭が信徒たちにパンとブドウ酒を授ける聖体拝領は、堅信礼を受けて信徒として認定されなければ授かることはできません。英国国教会は聖職者と平信徒の間に、厳格な一線を引いていました。

ところがメソジスト派はイエスに直接触れる『聖霊の証《あかし》』を強調します。人を鼓舞する賜物《たまもの》を授かった者は誰でも人の前に立ってみんなを励まし、導いてもよいと考えるからです。でも、時には興奮して熱狂的になり過ぎ、狂信的に見えることもありました。だから英国国教会はメソジスト派を邪教とみなして迫害しました」

熱心な生徒が教会史を講義してもらっているようなものだ。クルーニー船長の解説は、砂地に水が染みこむようにジョンに理解されていった。

ニュートンとクルーニーの船は一か月近くセントクリストファー島に停泊したが、二人はその間中、相互に行き来し、しばしば明け方まで話し込んだ。同じ船に信仰を啓発してくれる友が乗り合わせていればいいが、そうでない場合が大半である。それだけにクルーニーとの交わりは新鮮で、ジョンの信仰の火は燃え上がっていった。

「ニュートン船長、お祈りをする時は、声に出して祈ったほうがいい。そうしたほうが声は螺旋《スパイラル》形状に高まり、祈りは深まっていくものです」

そう言って、クルーニーはメソジスト派の信仰を語った。

「戒律を守ることに固執するのではなく、イエスさまとの霊的交流を大切にし、内的に満たされることが重要です。イエスさまが十字架につけられても貫かれた愛と、それを見守られた神の恩寵《グレイス》に信仰の基点を置くと、信仰生活は内からこみ上げてくるものに支えられて、もっと自由で闊達《かったつ》なものになるんです。そうすれば善化の努力も持続します」

クルーニーの自律的な生き方は、長い間ジョンを苦しめてきた恐怖、つまり自分はまた教会に背き、不信仰に陥るのではないかという恐れから解放してくれた。

六

「ところでニュートン船長、これから私は〈エディンバラ号〉を操って、サウスカロライナのチャールストンを目指さなければなりません。お別れするにあたって、これは私からのプレゼントです。航海中、折に触れて読んでいたので汚れていますが……」

そう言ってジョンに海水を被ってぶかぶかにふやけている『天路歴程《てんろれきてい》』を手渡した。

「もうお読みですか？　ジョン・バニヤンの名著です」

ジョンは首を横に振った。

「有名な本なので書名は知っていましたが、残念ながらまだ読んでいません」

「この本は十七世紀イギリスのピューリタン文学*2の最高傑作で、『聖書』についでよく読まれている本です。主人公のクリスチャンがさまざまな葛藤を経て、揺らぐことのない心境を確立していく過程が、簡明な文体で描かれていて、とてもおもしろいです。

それに登場人物の迫真性や現世への鋭い観察と洞察は、これまでの類型的で寓話《ぐうわ》的な物語を脱却しており、『聖書』を補完する恰好《かっこう》な書となっています。きっとニュートン船長の求道《ぐどう》を助けてくれるはずです」

それは願ってもないプレゼントだ。ジョンは相好を崩して感謝した。

「これまで私は独りで求道しても、なかなか長続きしませんでした。しかしこんな本をいただいて、私の求道はより確かなものになるでしょう。この本をまさか西インド諸島の小さな島で入手するとは思ってもみませんでした。心から感謝します」

ジョンはクルーニーと力強い握手を交わした。

「ロンドンに帰ったら、ジョン・ウェスレーと共にメソジスト運動の旗手になっているジョージ・ホワイトフィールドを訪ねなさい。彼はきっとあなたの信仰を強めてくれますよ。よい、航海《ボン・ボヤージュ》を！」

「ありがとう、あなたも良い人生の航海を！」

ほどなくジョンもリヴァプールに向けて出航した。

船尾甲板《コーターデッキ》での指揮を終えて船長室に戻ると、むさぼるように『天路歴程』を読んだ。

物語は「破滅の町」に住んでいた主人公のクリスチャンという名の主人公が、次々に現れる「落胆の沼」「慚愧《ざんき》の谷」「虚栄の市」「疑惑の城」でさまざまな美徳、悪徳の人物と遭遇し、ついには破壊者アポルオンとの死闘を経て、「天の都」にたどり着くまでの巡礼の旅を記録した形で展開していた。

そこでクリスチャンが経験することは、自堕落な仲間に引きずられて、ついつい虚しいことをくり返してしまう自分の経験とまったく同じで、他人事とは思えなかった。ジョン・バニヤンが神に代わって警告してくれているようだった。

七

クルーニーによって、ジョンの関心はますます『聖書』や聖職者に向かった。

翌一七五四年、ジョンはリヴァプールに帰港するとロンドンを訪ね、ブルーア司祭やホーウィス司祭と会った。ブルーア司祭は軽快な仕草で握手して言った。

「やあ、ニュートン船長、あなたのことはクルーニー船長からの手紙で知りました。イエスさまに深い関心をお持ちだそうですね」

「いつも船上の生活なので、魂が渇いているのです。いろいろ啓発してください」

と言ってその後、足繁く交流した。そこへアメリカでの信仰復興《リバイバル》集会を終えてジョージ・ホワイトフィールドが帰国したので、早速紹介した。彼はジョン・ウェスレーと共にメソジスト派を立ち上げた人物で、クルーニー船長がぜひ会うようにと勧めた人物だ。

ホワイトフィールドはぽっちゃりとした丸顔で背が低く、人に警戒心を抱かせることがない温かい雰囲気を持っていた。

「私はイエスさまとの直接的な霊的交流が大切だと思います。『聖書』に書かれたイエスさまの事跡をたどることより、祈りによって直接語りかけることです。そこでの霊的交流が、私たちの日常生活の推進力となるのです」

言葉を選ぶかのようにゆっくり語りかけるホワイトフィールドの口調に、ジョンは彼の誠実な人柄を感じて魅了された。

ジョージ・ホワイトフィールドは、一七一四年十二月十六日、グロスターで生まれたが二歳の時に父親に死なれ、旅館を経営する母親の手によって育てられた。しかし不良たちと付き合うようになってぐれてしまい、酒は飲む、たばこは吸う、女たちと遊ぶ、劇場に入り浸るなど、手がつけられない悪ガキになってしまった。

地元の学校を十五歳で退学したけれども、頭は素晴らしく良かったので、授業料を免除する代わりに、授業の合間には上流階級の学生たちの小間使いとして働くことを条件に、オックスフォード大学に特別給費生として入学を許可された。

ジョージ・ホワイトフィールドは、朝、学生たちを起こして回り、彼らの靴を磨き、本を運び、時には彼らの代わりにレポートを書いた。ところがウェスレー兄弟に出会ったことからキリスト教信仰に目覚め、彼らが主宰するホーリークラブに入会し、ますます信仰が深まった。キリスト教の代表的書物であるトマス・ア・ケンピスの『キリストに倣《なら》いて』やスクーガルの『人の魂に宿る神の命』などを読みふけったのはこの頃だ。

回心後のホワイトフィールドの敬虔《けいけん》さはグロスターの主教に認められ、一七三六年、規定の年齢に達する前の二十二歳で、執事として聖職者按手礼《あんしゅれい》*3を授かった。

初めての説教は彼の故郷グロスターで行われたが、彼の荒れた青少年期を知っている町の人は肩をすくませた。それでも熱心に、

「みなさんもよくご存じのように、私は荒れた少年時代を過ごしていましたが、紆余《うよ》曲折《きょくせつ》の末に神を見いだし、黙想と祈りの中で、生きて働き導いておられる神を感じるようになりました」

と語ったので、〝日曜日だけのクリスチャン〟とからかわれていた人も、熱心な信仰を取り戻した。司教のもとに、教会員があまり熱狂的になり過ぎたと苦情が寄せられたほどだ。

リヴァプールなどと並んで、ヨーロッパ中の船が出入りして栄えた港町ブリストルでは、飲んだくれていた貧しい港湾労働者が彼の説教に涙を流して回心したので、悪徳の町はすっかり変わってしまった。

彼は一七三七年にはアメリカに渡って伝道旅行をし、ジョージアでは貧しい無学な人々の間で働いて孤児院を建てた。

翌一七三八年、ホワイトフィールドは司祭に叙任《じょにん》されるためにグロスターに帰って聖職者按手礼を受けようとしたが、英国国教会から叙任を拒否されてしまった。さらに教会の講壇から説教することも拒まれたため、野外で礼拝をせざるを得なくなった。それでも熱狂的な信者は

野外礼拝に詰めかけ、大いに恵みを得た。

野外礼拝の会衆は多くなる一方で、集まった一万二千名の会衆が悔い改めて泣き叫び、説教者のホワイトフィールドの声は、しばしばかき消されて聞こえなくなるほどだ。会衆の覚醒を呼び起こす彼の伝道集会は「リバイバル・ミーティング」と呼ばれ、その後の伝道活動のモデルとなった。

英国国教会は、それまで洗礼を受けた者は自動的に救われると説いていた。ところがホワイトフィールドは、すでに洗礼を受けていたとしても、新生して喜々として信仰生活を送るのでなければ、魂の救いはないと説いた。また高い倫理的信仰生活は、神とイエスの愛に目覚めた時に起こるのであって、いたずらに戒律ばかりが強調されるべきではないとも説いた。

ホワイトフィールドの信仰覚醒運動《リバイバル》は、生き生きとした信仰を見失っていた英国国教会を見事に蘇生させた。


ジョンはホワイトフィールドの話を聞いていて、子どもの頃、母に励まされて聖職者になろうと夢見ていたことを思い出した。ホワイトフィールドは確信を持ってジョンを励ました。

「ニュートン船長、あなたが聖職者になりたいという願望を抱いているということ自体が、神の召命《コーリング》ではないでしょうか。私にはそうとしか思えません」

「でもそんな大それたことが許されるものでしょうか。私は奴隷船の船長だった人間で、まったくもって無学です」

「まだそんなことを言っているんですか！　あなたは自分を卑下し過ぎているんです。奴隷貿易をやっていた人非人《にんぴにん》だったからこそ、逆にイエスの救いが実感できるんじゃないですか。あなたの説教は会衆の心に届き、みんなを奮い立たせるはずです。あなたの経験は、これからは聖職者として、人々の魂を奮い立たせるはずです。もし聖職者になることが神に仕える道だとしたら、祈れば祈るほど確信に変わっていくはずです。

ニュートン船長！　祈りましょう。そして確信を得ましょう。そうすればどんな困難にも挫折することなく、夢を実現できるはずです」

ホワイトフィールドの言葉には確信を持つ者の響きがあった。そこでジョンは、改めて祈り求めて神意を確かめるという課題を得た。

［注］

＊1　堅信礼＝幼児洗礼を受けた者が成人した後、自分の意思で新たに洗礼を受け、信徒として承認されること。

＊2　ピューリタン＝十六世紀から十七世紀、英国国教会の改革を唱えた改革派（カルヴァン派）で、清教徒と呼ばれた。国教会から分離せずに、教会内部から改革しようとする長老派と、国教会から分離しようという分離派に分かれた。分離派の一部はイギリスでの弾圧を逃れ、一六二〇年、メイフラワー号に乗ってアメリカに移住した。また一六四二年、議会と王党派が争った清教徒革命《ピューリタン》では、清教徒がクロムウエル軍の母体となって革命をなし遂げた。

＊3　按手礼＝キリスト教で新たに聖職者を任命する時、司教や監督などの上長が志願者の頭に手を当て、キリストから牧者として受け継いできた機能や賜物を志願者に授与する儀式。

第五章 オルニー村の聖職者

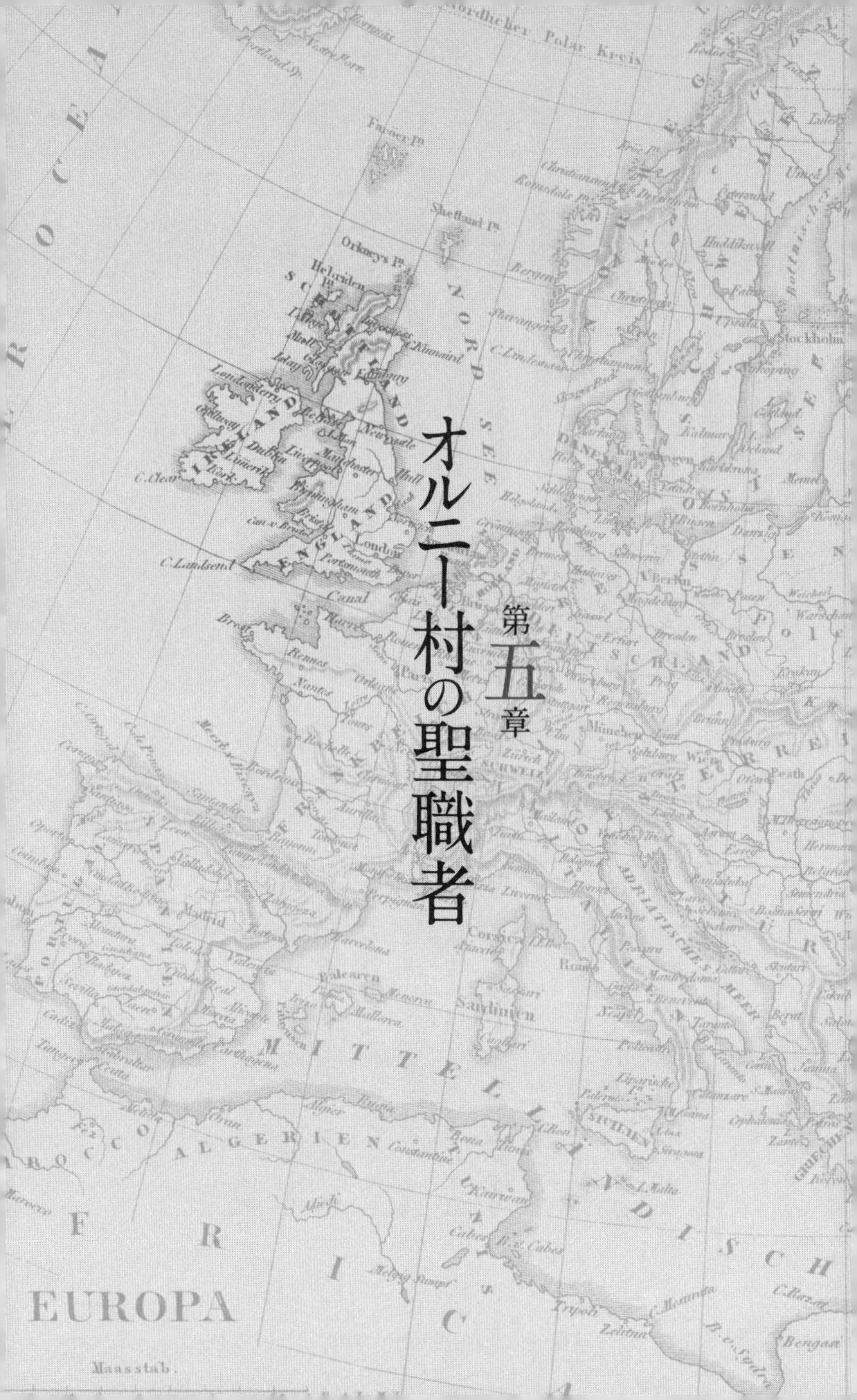

一

一七五四年九月、〈アフリカ号〉を操船して、無事リヴァプールに帰港したジョンは、家には短期間だけ滞在して、十一月初めには〈アフリカ号〉で四度目の航海に出ることにしていた。出航までいよいよ二日に迫り、準備に追われて、慌ただしい時間を過ごしていた。羊毛、綿布、鉄製品、酒、鉄砲、火薬など、交易する品々を積み込み、数量を確認しなければならないので、寝る時間もない。

港からジョンの自宅までは、貿易会社が立ち並んでいる通りから山手に向かう坂を登って五分もかからない。まわりには石造りの三階建ての家が並んでいる。高台にあるから眺望がきき、港が見渡せる。

浜辺に打ちよせて砕ける波の向こうには、アイルランドのダブリンに渡る船の白い船体が見える。群青色の海のかなたには緑のアイルランドが横たわっているはずだが、リヴァプールからは見えない。港の岸壁には釣り人たちが釣り糸を垂れている。

慌ただしく家に立ち寄ったジョンに、メアリーが気軽に声をかけた。

「あなた、午後の紅茶の時間ぐらい、ゆっくりされたらどう？」

「忙しくてそれどころじゃないんだ。しかし、ちょっと気分が悪い……。むかむかして吐きそうだ」

　メアリーはジョンの顔を見ると、顔面が蒼白になっていた。

「ジョン、どうしたの。顔色が悪いわ。それにろれつが回らないわよ」

　言っている矢先、ウーンとうめいてくず折れた。

「あなた、どうしたの？　誰か、誰か来て！　誰か急いでヤング先生を呼びに行って！」

　ジョンは呼吸しているが、意識がない。メアリーが夫のネクタイを緩《ゆる》め、ワイシャツのボタンを外しているところへ、ヤング医師が駆け込んできた。

　ヤング先生は胸に聴診器をあてて慎重に呼吸音を聴き、次にまぶたを開けて瞳孔《どうこう》を見、メアリーからことの経緯《いきさつ》を聞き、聴診器を外しながら答えた。

「左脳の虚血性発作ですね。ご主人は何歳ですか？」

「三十歳ですが……」

「脳梗塞《のうこうそく》を起こすにはちょっと早いな。一過性で終わってくれるといいが……。でも麻痺が残るでしょう。ベッドに移さないで、毛布をかけてこのまま絶対安静にしてください」

　ジョンの意識は一時間ほどで回復し、頭痛も消えていた。

「やれやれ、よりによってこんな忙しい時に。こうしちゃおれない」

　ジョンが起き上がろうとするのを、メアリーが制した。

「ヤング先生は絶対安静にするようおっしゃっているわ。今日はもう仕事は休んで」

「そんなこと言っておれないんだ。君もわかっているように、二日後の出航に向けて荷物を積み込んでいるところなんだ。時間がない」

「それは航海士に代わってもらって。使いを走らせるわ。船主のマネスティ社長にはあなたが急病で倒れたって伝えたわ」

メアリーにきつく制止されて、ジョンは断念した。

翌朝、診察に来たヤング先生に、ジョンは出航が明日に迫っているから船に戻りたいと言った。するとヤング先生は駄々《だだ》っ子をあやすようにさとした。

「あなたは今度の事態がよくわかっておられないようだ。脳梗塞で倒れたんですよ。一過性ですんだから助かったけど、死んでもおかしくなかったんです」

そしてきつい口調ではっきり言った。

「航海なんてとんでもない。爆弾を抱えて死にに行くようなものです。即刻、船を下りなさい。船長は誰かに代わってもらうんです。それ以外の選択肢はありません」

極めて断定的だ。その迷いのなさに気おされて、ジョンは黙らざるを得なかった。診察を終えて出ていくヤング先生を見送った後、部屋に戻ってきたメアリーはベッドの脇にすわった。

「あれこれ考えたんだけど、今度のことは船を下りなさいっていう神さまのお示しではないかしら」

「船を下りる？　考えてもみなかった。そんなこと、できない。出航は明日に迫っているんだ。

これまでお世話になっているから、ご恩返しの意味もあって船長を引き受けているんだ。不義理をしてまで、そうそう辞められるものじゃない」

「それはわかるけど……。でもね、ジョン。以前、言っていなかった？　この仕事は長くすべきじゃない。私の天職じゃないって。私はうなずきながら聞いていたの。

それ以来、私は祈り始めたわ。神さま、船乗りが天職じゃないとすれば、ジョンは何をやったらよいですか？　船長は簡単には辞められそうにありませんがって……」

メアリーは毅然《きぜん》としてジョンを見つめた。

「その答えがこれよ。出航直前になって操船できそうにない病気であなたを倒し、マネスティ社長も代わりの船長を立てざるを得なくなる。これは主のおぼし召しよ。きっとそうよ」

「簡単に言うなよ。ぼくはマネスティ社長に大変お世話になっているんだ。裏切ることはできないよ」

「裏切るんじゃないわ。天命に向かって進むのよ」

「ぼくは海のことしか知らない。それなのに、何をしたらいいんだ」

「それは神さまが示してくださるわ。私は信じて疑わない。ねぇジョン、これが神の導きなのかどうか、祈り求めるべきよ。きっと確信するわ。迷っちゃいけない。突き進むのみだわ」

メアリーはきっぱりと言った。ジョンはしぶしぶ受け入れ、マネスティ社長にその旨を連絡してもらった。マネスティ社長は驚いて飛んできたが、病床のジョンを見て納得せざるを得なかった。

船は一週間遅れで出航した。しかし新しい船長に指揮された〈アフリカ号〉は西アフリカの沖で奴隷たちの反乱に遭い、船長以下白人の乗組員は全員惨殺され、船は強奪された。しかし黒人たちは操船できないので、嵐で帆は吹き飛び、マストは折れて幽霊船になってしまった。そして餓死した黒人たちを乗せて洋上をただよっているところを発見され、船籍のあるリヴァプールに曳航《えいこう》された。

リヴァプールは一時その話題で沸騰《ふっとう》した。もし、ジョンがこの船に乗っていれば反乱に巻き込まれ、一命を落としていたはずだ。

二

船長を辞めて静養することになったジョンは、気候が比較的温暖なケント州のメイドストンに移り、翌年の大半はケントとロンドンを行き来して過ごした。この間ジョンはホワイトフィールドやブルーア司祭、それにホーウィス司祭との交わりがますます深くなった。

ジョンはブルーア司祭の礼拝に出席し、いろいろと教会の仕事を手伝った。船乗りの仕事は荒っぽくて神経を逆撫《さかな》でされることが多いが、聖職者は人々に尊敬されるので、とても惹《ひ》かれるものがあった。

ホーウィス司祭とは特に馬が合った。彼はオックスフォード大学の学生だった頃にメソジスト派の影響を受け、卒業後はオックスフォードにある国教派のセントメアリー・マグダレン教会の聖職者になった。ところが、メソジスト派との交流が問題視され、地位を失った。その後、ロンドンに移りロック病院のチャプレン（病院付き聖職者）として働いていた。ジョンと交流を持ったのはこの時期である。

また、各地で積極的に伝道集会を開くホワイトフィールドの伝道活動は、ジョンに大きな影響を与えた。いくつかの宗教的な集まりにも出席し、信仰の仲間に知られるようになり、交友範囲は広がっていった。その仲間はジョンにとって、信仰上の恩恵を得ることができる、またとない〝水源地〟の役割を果たした。

ロンドンではそうした啓発的な交流を持ちながら、メッドウェイ川沿いに開けたメイドストンでは穏やかな田園風景がジョンの心を和ましてくれた。

ジョンは主の霊気が感じられるような場所を探し求めてそぞろ歩き、変化に富んだケントの深い森の中で、あるいは一歩踏み出すごとに景観が変化する小高い丘の上で、イエスとひとり交わる祈りの時を持った。

ケントの田園風景はジョンの心を爽快《そうかい》にし、穏やかにしてくれた。世間の雑音と些事《さじ》から解放され、ジョンは大寺院《カシードラル》の懐に抱かれているように感じた。それは神の許《サブ・ディオ》で過ごした日々といえるような至福の時間だった。

十二月に入って、午後から降りだした雪はどんどん強くなって、瞬《また》く間に積もり始めた。夜は教会の集会室を借りて、集まりを持つことになっていた。窓から外の雪景色を見たジョンは、道路を雪かきしておかないと、みんなが教会に集まれないと思い、メアリーと一緒に雪かきに出た。

二人が吐くまっ白い息が、北海から吹き込んでくる強い寒気を物語っている。雪をかいて道路脇に積み上げていると、すぐに汗が吹き出した。見ればメアリーの体からも湯気が立っている。その時、ジョンの内に声が迫った。

「二人で雪かきをしてくれてありがとう」

ジョンは手を止めて、あたりを見回した。しかしそばには降りしきる雪の中で、せっせと雪かきするメアリーしかいない。空耳だったかと思い、再び雪をかいていると、また声がした。

「雪をかいて教会に通じる道を通りやすくする仕事は、『聖書』の知識がなければできないとでも言うのかい？」

ジョンははっとして手を止めた。

「そんなことはないだろう。みんなが歩きやすいようにと思う気持ちが、雪かきをさせるんだ。聖職者も同じだよ。主によって救われたという実感を持つ者が、他の人々を励ますために、説教壇に立つんだ。『聖書』の知識で説教するのではない！　残念ながら、そんな聖職者はごまんといる。求められている聖職者は、頭の中の知識で説教する者ではなく、自分の証《あかし》でもって説教する者なんだ。お前が過酷な半生を経て得た「私のような者でさえ救われた！」という確信は、人後に落ちるものだと思うか！」

（……）

近くに見えるのはメアリーが汗を流して雪をかく姿だけだ。まっ白な雪野原が広がっていて、どの道路にも雪かきに精を出す人の姿が見える。

「お前が嵐に遭い、絶体絶命に陥った時、主は救いの手を差し伸べられた。

ジョン、お前は石でも叫びだすような強烈な証を持っている。その証が聖職者になれという召命《コーリング》だよ。お前はその証を誰にも話さないで地に落とし、このまま腐らせてしまうのか。それで、お前を救ってくださった主に、申し訳が立つのか！

そうじゃない。その恵みを人々と分かち合うのだ。人々がそれぞれの人生を虚《むな》しいものとしてしまう前に、主の導きを高らかに証し、みんなを奮起させるのだ。主はお前が聖職者として立つ日を、今か今かと待っておられるのだぞ」

（ええっ、待っておられる……？　それなのに私はまだ確証がほしいと迷っているのか……）

内なる声はさらに重大なことを告げた。

「それにな、船に乗れなかったのは、脳梗塞《のうこうそく》で倒れたからだろ。脳梗塞は再発を心配しなければならない病気だ。再発すれば、今度こそ助からん。そのまま天国行きだぞ」

それは冷や水を浴びせるような警告だった。

（いつまでも悠長に構えている時間はないんだ！　ああ、うっかりしていた！　人生は無限に続くものだとばかり思っていた！）

ジョンは改めて自覚し、メアリーに駆け寄って手をにぎりしめた。

「メアリー、主が、主が……答えてくださった！」

「なんですって？　今なんておっしゃった？」

「主が答えられたんだ！　召命をくださったんだよ。私は必ず聖職者になる！　それが主への、そして何よりも君への恩返しだ」

ジョンの顔が涙で濡れている。それが主の声が彼に臨んだ証拠だ。

「あなた！　よくぞ召命を聴き取ってくださった。ありがとう、ありがとう」

二人は雪の中で抱き合って感謝した。いつしか雪は降りやんで、東の空に切れ目ができて光が射した。

「ほら、あなた、見てごらん。あなたの決意を見て、何よりも主が喜んでいらっしゃるわ」

降り注ぐ光が雪化粧にはじき返され、キラキラ輝いている。

「さあ、私たちの本当のご恩返しが始まるのよ」

ジョンはメアリーの手をしっかりとにぎり返した。

三

ジョンが船を下りてメアリーと一緒に暮らすことになったことは、メアリーにとってかけがえのない朗報だ。

（今度こそ子どもを授かるに違いない！）

そう思うと、ただそれだけでうきうきしてくる。そんな時、メアリーは隣家のアリスの出産を手伝うことになった。人手が足りないので、駆り出されたのだ。新しい命の誕生を手伝うのは初めての経験だ。

アリスの陣痛が始まり、二、三分ごとに子宮緊縮が襲った。アリスの額に脂汗が浮かび、メアリーはアリスの手をにぎりしめた。妊婦はあまりの陣痛に青竹をも割るというが、メアリーも文字通り手に汗をにぎって、出産の無事を祈った。

「はい、その調子。うまくいってます。それでいいんですよ。吸って吐いて、吸って吐いて……。さあ、誕生が近づいていますよ。生命の門がまさに開かれんとしています。赤ちゃんは羊水に包まれた至福の世界から、自力で息を吸う空気の世界へやって来ようとしているのよ」

アリスが力む声が部屋に響いた。五時間あまりの奮闘の末に、やっと誕生の瞬間がやって来た。「おぎゃあ、おぎゃあ」と元気な産声が部屋に響きわたった。

「おめでとう！　男の子です。元気な赤ちゃんですよ」

「ああ、神さまから授かったいとしい子！　我が家にようこそ！」

アリスは神々しいものでも見るかのように、我が子を見つめてやさしく微笑《ほほえ》んだ。

「食べてしまいたいほどに、たまらなくかわいい。まるで芸術品だわ！　生まれてくれてありがとう。あなたの誕生を心待ちにしていたのよ。あなたは私たちに喜びをもたらしてくれた！」

そんなアリスの様子を見て、メアリーの瞳が潤んだ。こんなに満たされた顔をしたアリスを見たことがなかった。新しい命の誕生の神秘をつぶさに体験して、メアリーもその時が来るのを心待ちした。


そしてメアリーも待望の妊娠をした。しかしその幸せも束の間、流産してしまった。結婚してから、もう六年が経っていた。ジョンは慰める言葉を探したが、その言葉の代わりに、ついついため息が出た。

「神さまは、なんで私たちに子どもを恵んでくださらないんだろう……。まじめに生きているのに……」

ジョンに歎《なげ》かれると、メアリーは針の筵《むしろ》に座っているような気がした。自分は蒲柳《ほりゅう》の質なので、妊娠を持続できる体力がないのではという不安に襲われ、返す言葉がなかった。

「ごめんなさい。楽しみにしてくださっていたのに……」

「いや、諦めないで、次回を期待しようか」

ジョンはそう言って慰めてくれたが、メアリーの心は沈んだ。

翌日、メアリーはそっと部屋を出ると、二ブロック先にあるセントメアリー・マグダレン教会の扉を押して中に入った。日中のこととて、参拝者は誰もいなくてひっそりしていた。ガランとした会堂に、ステンドグラスを通して、光が筋となって降り注いでいる。

メアリーは静寂の中で会衆席に腰かけ、十字架上のイエスの御顔《みかお》を仰いだ。瀕死のイエスが息も絶え絶えに、独り痛みと闘っておられた。十字架を取り囲んだ群衆の中で、聖母マリアとマグダラのマリアがイエスを仰いで泣きはらしている。

昔、売春婦だったといわれるマグダラのマリアは、イエスによって多くを赦《ゆる》された人である。だからイエスの足を涙で洗い、香油を塗って称えるほどに変わったのだ。

メアリーも薄暗い会堂でイエスを仰いで、苦しい胸の内を打ち明けた。

「主よ、どうして……私どもには子どもが授からないんでしょうか？　私たちは子どもを授かる資格がないんでしょうか？」

静謐《せいひつ》な会堂に、メアリーの涙ながらの訴えが響いた。

「私は熱心な信者です。教会活動も献身的にやっています。それなのに……、どうして子どもを授かれないのでしょうか。お願いです。理由を聞かせてください。私は夫に子どもを抱かせてあげたいんです。聖職者になることを夢見て精進しているジョンに、私がしてあげられる唯一のことです。どうぞ哀れな信徒の願いを、聞き届けてください」

メアリーの訴えがすすり泣きに変わった。そこにかぼそい声が臨んだ。

「つらい道を歩かせてしまって申し訳なく思っている。だが、その道を通って、神の痛みをお前の身をもって知ってほしいのだ。ジョンにもお前にも、誰よりも人々の悲しみを知った聖職者とその妻であってほしいと願っている……」

メアリーはイエスの声を聞いたように感じ、思わず十字架を振り仰いだ。悲しみを秘めたイエスの目と、メアリーの目が合った。瀕死のイエスの目から涙がこぼれている。メアリーの目にもみるみるうちに涙が溜まった。

「ああ、主よ……、なんということをおっしゃるのですか。身をもって人々の寂しさを知るのだと……。あなたが誰よりも悲しい人々と共に過ごしていらっしゃるのであれば、私もそうさせてください。もうこれからは自分のためには泣きません。あなたのように、他の人々のために泣くことにします」

ガランとした会堂に、涙を拭って立ち上がったメアリーの姿があった。そこには振っ切れたようなすがすがしさがあった。

四

ジョンはメアリーに支えられ、聖職者を目指して資格試験に没頭した。ところが病弱なメアリーが倒れてしまい、トイレにも這って行くような状態になってしまった。病状は悪化し、薬代がかかって、定収入がない生活は困窮した。ところが八月になって、ジョンは人づてに税関職員に任命されたと聞いて、わが耳を疑った。

「あのポストは強い縁故関係があって、しかも強烈に就職活動して初めて得られるものだ。でも私は貴族や有力者の推薦があるわけではないし、就職活動も全然していない。なぜ与えられたんだろう……」

実はジョンの生計を心配したジョセフ・マネスティが、手を回して奔走していたのだ。マネスティはジョンの父親が事故死して以来、律儀にもジョンの父親代わりに何かと世話をしてくれていたのだ。

一七五六年、心配されていたメアリーの病状はその後回復に向かったが、しばらくチャタムの実家で静養することになり、ジョンは就職するためにリヴァプールに向けて発った。

その日も思わず襟を立てたくなる烈風が吹き荒れ、港内は波浪が立っていた。船溜まりの船が波で揺れ、索具《リギン》が風で唸《うな》っている。

ジョンは潮の流れを計測し、船舶を臨検して税関職員の一日の仕事を終えると、メアリーに手紙を書いた。それが終わると、さっそく『聖書』をひもといた。すると、パウロの「ガラテヤ人《びと》への手紙」[*1]の第一章二三節から二四節に釘付けになった。

「ただ彼らは『かつて自分たちを迫害した者が、以前には撲滅《ぼくめつ》しようとしていたその信仰を、いまは宣《の》べ伝えている』と聞き、私のことで神をほめ称えた」

イエスの群れの迫害者だったパウロが劇的に回心し、今は熱心に伝道しているので、人々は彼のことで神を称讃しているというのだ。

ウーン……。ジョンは右手に羽根ペンを持ったまま、虚空を仰いだ。

「箸《はし》にも棒にもかからないぐれた人間だっただけに、逆にその人が神を讃美し始めた時、人々は感銘を受け、その証が心にしみるんだ」

壁にはイエスが黙想しておられる絵がかけてあった。以前メアリーとカンタベリー大聖堂に詣でた時、町のみやげ物店で買ったものだ。自堕落な人生を送っていた時はこの種の絵は見もしなかったが、今は絵の下に書かれたメッセージにとても共感している。

《黙想することによって、人は単なる動物から霊性ある存在に昇華できる》

ジョンは深い黙想の中で思った。

（私はこれまで誰からも相手にされず見捨てられた人間だと思い込み、ひねくれて投げやりな人生を送ってきた。それだけに生まれ変わった喜びを語ることができるのではないか！　私は誰よりも『イエスは罪人の最たる者を救うためにこの世にやってこられたのです』と証するにふさわしい人間なのではないか……）

ジョンはロンドンでブルーア司祭、ホーウィス司祭、それにホワイトフィールドと交流するようになって、ますます『聖書』の知識を得たいと思うようになった。最初の試みとして、英語版の『新約聖書』と、アレクサンドリアのユダヤ人共同体で、ヘブライ語からギリシャ語に訳されたという『ギリシャ語版七十人訳聖書』を読み込んだ。これがほぼ達成できると、翌年から『ヘブライ語版聖書』に取り組んだ。さらに二年後にはシリア語も学び始めた。そしてようやくスキャプラ[*2]や『共観《きょうかん》福音書[*3]』を活用できるほどになった。

五

早天の祈りはジョンの日課になった。世俗的な生活から離れて独り静かに黙想し、イエスに直接感応する時間はかぐわしい時間でもあった。

その日の朝も体を揺すりながら祈っていた。祈っているうちに、ネロの時代のローマのまぼろしが現れた——。

ローマにおけるキリスト教徒の迫害は日を追うごとに激しくなり、虐殺を恐れた者たちは国外に脱出し始めた。でも主の群れの牧者として、しかもそれをイエス自身から託された者として、人一倍責任感の強いペテロは、イエスの信徒がいるかぎり最後の最後までローマに踏みとどまるつもりだった。

しかし迫害は強くなるばかりで、ペテロは身の危険すら感じるようになった。そんな状況の中で、信徒たちは強く願った。

「どんぞ、逃げてくだされ。あなたさまはイエスさまが後事を託された大切なお方だ。ここで命を落とされたらいけねえ。後はわしらが守るから、どんぞ身を引いてくだされ」

懇請されている最中も、家が燃え、パチパチと弾ける音が聞こえ、窓から物が焼けるきなくさい臭いがただよってきた。隣の信徒の家にも火が放たれたようだ。通りでは群衆がやんやと歓声をあげている。

「時間がねえ。こんままでは暴徒に襲われて血祭りにされっちまう。早く逃げてくだされ」

みんながあまりにも強く要請するので、ペテロは渋々同意し、従者に囲まれて真夜中に脱出した。迫害する者たちの怒号が聞こえるローマを後に、ヌマ・ポンピリオ広場からアッピア街道に入り、南のカンパニア平原に向けて急ぎ足で歩いた。

すると夜明けの光の中に、こちらに向かってくる者の姿がある。汚れたローブをまとい、杖をついて片足を引きずりながらローマに向かっている。そのシルエットはどう見てもイエスだ！　ペテロは驚きイエスに駆け寄ると、ひざまずいて尋ねた。

「主よ、どこに行かれるのですか《クオ・ヴァディス・ドミネ》？」

その瞬間、イエスの目とペテロの目が合った。イエスの目は憂いに満ちていた。

「お前が私の民を見捨てるのなら、私はローマに戻って、お前に代わって彼らを守ろう」

「主よ、それは危険です。血祭りにされてしまいます。ローマには狂気が渦巻いています。一緒に逃げましょう」

しかし、イエスはかぶりを振った。

「そうだとしたら、もう一度十字架にかかるまでだ。私は十字架にかけられても、ひるむことなく、神の愛を示すためにこの地上に来たのだ」

「ああ、なんてことを……」

ペテロは木槌《きづち》で殴られたようなショックを受け、気を失ってその場に昏倒《こんとう》した。しばらくして雄鶏《おんどり》のトキの声で目が覚めると、記憶を呼びさまそうと頭を振った。

（主の民を牧《ぼく》するということは、自分の命を賭けるということなのだ！　私は甘かった！　まったくわかっていなかった！）

ペテロは起き上がって泥を払うと、もう迷うことなく元来た道を引き返した。そしてローマで信徒と一緒にいるところを捕えられ、十字架につけられることになった。でもペテロは十字架につけられることを固辞した。

「私が救い主イエスと同じように、十字架にはりつけにされたのでは申しわけが立ちません。私は主の足元にも及ばない者です。だから逆さ十字架で十分です」

こうして頭を下にした逆さ十字架につけられて殉教した。

ペテロは死んだ。だが、その死にざまがイエスの愛のなんたるかを十分に物語り、その後キリスト教は爆発的に広がっていった。かくしてペテロはカトリック教会において初代ローマ法王としてまつられた。

まぼろしから覚めたジョンは、言葉を失って虚空を見つめたまま茫然《ぼうぜん》としていた。するとまぶしいほどの光彩《こうさい》の中に、十字架にはりつけにされたイエスが現れた。釘づけされた掌《てのひら》が、体の重みで引きちぎれそうになっており、傷口から鮮血がしたたり落ちている。

「ああ、おいたわしい。それほどまでして神の愛を示そうとされたのですか……」

ジョンの口から悲痛な声がもれた。でもイエスの顔は、激しい痛みの中にありながら輝いていた。そこには微塵も悲壮感はなかった。

その御顔《みかお》を仰いだ瞬間、ジョンはイエスの教えをまったく誤解していたことに気づいた。イエスの教えは、人はああるべきだとか、こうあるべきだとかを示した道徳規範ではなく、生死を超えて神の愛を実践されたイエスにならおうとする〝愛の教え〟なのだ。

燃えるような無条件の愛。

一人ひとりに向かってほとばしった愛。

だからイエスは信徒たちを迫害の中に置き去りにすることができず、自ら迫害の渦中に引き返し、信徒を守ろうとされたのだ。ジョンはまぼろしを見ながら、うめいた。

「ああ、イエスは司牧とはなんであるかを見せてくださった。迫害のさなかのローマに引き返し、イエスに代わって信徒たちを守る――それが司牧の本質なのだ。キリスト教は今もなおイエス自身が牽引車《けんいんしゃ》なのだ！

甘かった。実に甘かった。『聖書』の知識を得れば、聖職者が務まるかのように錯覚していた。ああ、言葉の先だけの司牧ではなく、信徒の霊的生命を預かっているという自覚のある司牧でありたい……」

ジョンは新たな覚悟を与えられた。

六

ジョンは最初、非国教派の聖職者になりたいと思っていた。ウェスレーやホワイトフィールドの信仰に共鳴していたし、国教会に加入する際求められるいくつかの誓約に、必ずしも同意できなかったからだ。しかしこれらの点は、国教会の主導的な聖職者であるリチャード・セシル司祭がジョンの疑念を解いてくれたので、セシル司祭の推薦状を得て、イギリス北部の国教会を監督しているヨークの大司教に聖職叙任を願い出た。ヨークの大司教はイギリスの最上位の大司教座教会であるカンタベリーの大司教に次ぐ地位である。

しかしながら、学歴もなく、奴隷船の船長だったジョンの前歴を見て、ヨークの大司教は躊《ちゅう》躇《ちょ》し、聖職者に叙任しなかった。それでも主に仕えたいというジョンの願望は、弱まりはしなかった。「まだ私の時は来ていない」と思い、静かに待った。以前のジョンだったら性急に結果を得ようとして焦ったに違いないが、静かに祈って待った。

「主は私をどのように扱うか、ご存じです。主は最善のことを行われます。私は主に自分の身を託します。主の御名に、永久の栄光がありますように。アーメン」

そしてささやかな私的集会を続けた。だから多くの人が彼に正式に聖職者の地位につき、もっと大勢の会衆の前で説教してほしいと望むようになった。彼はその声に励まされ、ロンドンからメアリーにこう書き送った。

「ジョージ三世の親友で、伯爵でもあるウィリアム・レッグ・ダートマス卿が『私が推薦人になるから急ぐな』と励ましてくださり、私のはやる気持ちを和らげてくださいました」

ダートマス卿とは、イングランド中西部バッキンガムシャーの土地の大半を所有している大地主で、かつ有力な貴族院議員であり、後にアメリカ独立戦争の折、商務大臣、植民地大臣として活躍した。それにロンドンの孤児のために病院を建てるなど、慈善事業にも熱心だった。

一七六四年、ダートマス卿はリンカーンのグリーン司教にジョンを叙任するよう推薦した。当時、国教会の聖職者は貴族が推薦していた。グリーン司教によって一時間にわたる口頭試問が行われ、ジョンは無事合格した。

この年の四月二十九日、バックデンで叙任されて執事に任命され、翌年六月、ジョンはバッキンガムシャーのオルニー村のセントピーター・セントポール教会の司祭に任命された。[*4][*5]

オルニー村はロンドンの北西五十マイル（約八十キロメートル）のなだらかな丘陵地帯にある、人口二千人弱の小さな村である。オランダからの移民が移り住み、レース編みを生業としたことから、伝統的に家内制手工業によるレース編みで生計を立てていた。

レースはどれも手編みの高価なもので、婦人のショールやブラウスの襟飾りや裾飾りに用いられている。女性は子どもの頃からレース編みを習い、職人になってからは一日十時間から十二時間働いた。

ところがレース編みにも工場生産が取り入れられるようになったことから、オルニー村のレース生産は打撃を受け、経済的には厳しくなった。暖炉での暖房は高くつくので、石炭や炭火を入れた陶器のポットで足を温めていた。

イギリスの風景画家ターナーが好んで描く牧歌的な田園風景の中に、特徴的な高い尖塔を備えたセントピーター・セントポール教会は建っていた。近くをオース川という小さな小川が流れていて、教会のまわりの牧草地では羊が草をはんでいる。教会は村の中心部ではなく村はずれに建っている。礼拝堂もせいぜい五、六十人が入ればいっぱいになる大きさだ。

村長や自治会長、村の長老は、みんな中心部のマーケット・プラザにあるサットクリフ教会に行っていた。

ロンドンの立派な教会を見慣れているジョンはいささかがっかりしたが、新任の聖職者としては受け入れざるを得ない。しかし、すっかり体調が良くなったメアリーとまた共に過ごせることになり、ジョンの聖職者としてのスタートはここから始まった。

ジョンは国教会派の司祭になったが、メソジスト運動のリーダーであるジョン・ウェスレーや、中でもジョージ・ホワイトフィールドの影響を強く受けていた。だから教会運営にしても説教の内容にしてもきわめてメソジスト派的である。今のキリスト教界に必要なのは、キリスト教徒たるものはこうあるべきだという倫理規定ではなく、キリスト教そのものが生まれることになったイエスの圧倒的な愛に触れることだと説いた。

祈りや黙想こそが神やイエスとの直接的交わりをもたらしてくれるのに、それがないがしろにされ、戒律や規範だけが強調されるので、人々は不自由でぎこちなくなっているように見えていた。

日曜日ごとに教会に行き、司祭の説教を聴くことだけが信仰生活なのではない。『聖書』を通して神とイエスの愛に目覚め、深い黙想を通して神とイエスとの絆を深めてこそ、一人ひとりにバックボーンが形成され、もっともっと主体的に行動できるというのがニュートン司祭の自論であった。

［注］

＊1 「ガラテヤ人への手紙」＝パウロがガラテヤ（アトナリア半島の中部）の諸教会の人々に宛てた手紙

＊2 スキャプラ＝古典を読む時に参照する語彙《ごい》集で、ギリシャ語をラテン語に変換してある。

＊3 『共観福音書』＝「マタイによる福音書」「ルカによる福音書」「マルコによる福音書」が一ページに三列に印刷され、比較対照できるようになっている聖書。

＊4 セントピーター＝イエスの第一弟子ペテロのこと。聖ペテロ。英語読みでピーター。

＊5 セントポール＝キリスト教を作り上げた第一人者パウロ。聖パウロ。英語読みでポール。

第六章
会衆と共に

EUROPA
Maasstab
Nördlicher Polar Kreis
Shetland I^s
Orkneys I^s
Hebriden I^s
IRELAND
SCHOTTLAND
ENGLAND
NORD SEE
C. Clear
C. Landsend
Canal
London
Dublin
Liverpool
Manchester
Newcastle
Hull
Portsmouth
Bristol
Birmingham
Edinburg
Glasgow
Stockholm
Bergen
Stavanger
Christiania
DÄNEMARK
Kopenhagen
Bornholm
Berlin
Danzig
Dresden
Breslau
München
Wien
Pesth
Paris
Rennes
Nantes
Orleans
Brest
Bordeaux
Bayonne
Toulouse
Marseille
Perpignan
Barcelona
Madrid
Valladolid
Valencia
Toledo
Sevilla
Cadiz
Malaga
Granada
Carthagena
Gibraltar
Balearen
Mallorca
Menorca
Corsica
Sardinien
Cagliari
Rom
Neapel
Tarent
Palermo
Messina
SICILIEN
Syracus
ADRIATISCHES MEER
SCHWEIZ
Zürich
Florenz
Livorno
Ancona
Bologna
Venedig
Triest
Milano
Turin
MITTELLÄNDISCHE
ALGERIEN
Algier
Oran
Constantine
Tunis
Kairwan
Cabes
Tripoli
Malta
Corfu
Zante
Belgrad
Semendria
Skutari
Berat
Warschau
Krakau
Memel
Gotland
Oeland
Kalmar
Karlskrona
Upsala
Falun
MAROCCO
Marocco
Fez
AFRICA

一

新任のニュートン司祭が初めて説教壇に立ち、説教する日がやってきた。司祭の入堂に合わせて厳かにオルガンが弾かれた。聖歌隊がない小さな教会なので、会衆によって入堂聖歌が歌われた。会衆といってもわずかに二十数人だ。小さな村の忘れ去られたような教会だから多くは望めない。

いとも尊き主は下りて
血のあたいもて民を救い
清き住まいをつくり建てて
そのいしずえとなりたまえり

説教に先立ち聖書拝読が行われ、ニュートン司祭が選んだ「使徒行伝《しとぎょうでん》」第九章一節から九節が読み上げられた。パウロが召命されるシーンを記している箇所だ。ルターの宗教改革以来、一般の人々にもわかるように、聖書拝読はラテン語の『聖書』ではなく、英訳聖書が使われている。

聖書拝読が終わって、再び聖歌が讃美されると、ニュートン司祭は説教壇《パルピット》に立った。説教壇は会衆から一段高いところに設けられており、螺旋《らせん》状の階段を昇って立つようになっている。

「みなさん、この教会セントピーター・セントポール教会の名前の由来となっているペテロもパウロのこともよくご存じでしょう。教会の基礎を築いてくれた使徒ですよね」

会衆は自分が知っているペテロやパウロの名前が出たので興味を抱いた。

ニュートン司祭はオックスフォード大学やケンブリッジ大学を卒業したエリート司祭ではなく、学歴もない奴隷船の船長上がりで、三十九歳でようやく司祭になった人だから、庶民の心の機微はよく知っていた。

「パウロは若い頃サウロと呼ばれていました。サウロは先祖から受け継いだ戒律を厳格に守るパリサイ派に属していたので、キリスト教に改宗し、ユダヤの律法を疎《うと》んじるようになったユダヤ人たちを激しく非難し、迫害していました。

サウロは活動の範囲を広げてシリアの首都ダマスコに向かい、その途中でも町から町に、家から家へとへめぐり、イエスに従う者たちを脅迫していました。ところがダマスコの近くに来た時、突然天から光が射し、サウロを照らしました。

地に倒れたサウロに言葉が臨み、痛みをともなった声で、『サウロ、サウロ、あなたはなぜ私を迫害するのですか』と語りかけられた。サウロはうろたえて、『あなたはどなたですか？』と問いかけると、『私はあなたが迫害しているイエスです。さあ立って町の中に入って行きなさい。そこであなたがなすべきことが告げられるでしょう』と言われるのです。

立ち上がってみると、目が見えなくなっていました。サウロは人々に手を引かれてダマスコに行き、ある家で養生していると、そこにアナニヤというキリスト教徒が訪ねてきました。アナニヤが手を当てて祈ると、不思議にもサウロの目から鱗《うろこ》のようなものが落ちて元通り見えるようになりました。この不思議な出来事によってサウロは改宗し、キリストを受け入れて、イエスの熱心な証《あか》し人《びと》となりました」

その話は度々聴いていたから、みんな知っていた。

「みなさん、目が見えるようになることを『目から鱗が落ちた』というのは、この故事からきています」

会衆は「おお！」とどよめいた。それは知らなかったのだ。司祭は本題に戻った。

「このサウロに起きたようなことが、私たちが生きている現代にも起きているんです。みなさんはスコットランドの分離独立を阻《はば》んだイギリス軍の英雄ジェームス・ガーディナー大佐のことは知っているでしょう」

会衆はうなずいた。抽象的な話だとついついまぶたが重くなってしまうが、こういう話には興味がそそられる。

「一六八七年、スコットランドに生まれたジェームス・ガーディナーは少年の頃から血気盛んで、人一倍正義感が強く、無謀な決闘を三回もしたほどでした。十四歳で軍隊に入り、旗手の任務を与えられました。旗手を命じられたということは、見栄えのいい男前の兵士だったのでしょう。

しかし一七〇六年のフランスとの戦いで瀕死《ひんし》の重傷を負い、捕虜となりました。捕虜交換で釈放されると、数々の戦闘で勇猛果敢に戦い、多くの武勲をあげました。武勲をあげたのは戦場だけではなく、女性にもてて何人もの女性と付き合い、放埓《ほうらつ》な日々を送っていたようです。

ところが一七一七年、逢い引きの約束をしていた女性に会いに出かける直前、自室の本棚からふと一冊の本を取り出しました。それを読んでいると、まばゆいばかりの光が射してきて、前方には十字架にはりつけにされたイエスが現れました。

イエスはジェームスに悲しみがあふれ出たような声で、

『私はあなたのために苦しんできました。それなのにあなたはこんな放埓で罪作りな生活で私に返礼するのですか……』

といわれました。その言葉に雷に打たれたように打ちのめされたジェームスは、生活を改め、清廉潔癖な生活を送るようになりました。

一七〇七年、それまで独立国だったスコットランドがイングランドと合同し、大ブリテン連合王国になると、スコットランドで反乱が起きました。首謀者はフランスに亡命政権を樹立していたチャールズ王子で、ハイランド人の援軍を得て勢力を増していきました。

一七四五年、大ブリテン連合王国に反対して、スコットランド人やそれを支援するジャコバイト[*1]がプレストンパンズで反旗をひるがえしました。

これを迎え討つためにプレストンパンズに派遣されたのが、ジェームス・ガーディナー大佐を将とするイギリス軍でした。しかし戦いは反乱軍が優勢で、ロンドンに援軍を要請したものの、なかなかやって来ません。

そのうちスコットランドの首都エディンバラが反乱軍の手に落ちたので、形勢不利だとばかりにイギリス軍から逃亡する兵士が続出しました。ガーディナー大佐は果敢に戦ったものの、右胸と左太腿《ふともも》に銃創を受け、ついに敵軍に捕えられてしまいました。

ところが大佐は重傷ながらも意気軒昂《けんこう》で、敵軍の将に対して気炎を吐きました。

『お前はこの世の王冠を求めて戦っているが、私は天に王冠をもらいに行くところだ』

怒ったハイランド人は大刀を振りかざし、大佐を一刀のもとに切り捨ててしまいました」

ガーディナー大佐が華々しい戦死をとげた一七四五年というと、ジョン・ニュートンはまだ二十歳で、強制徴募された大英帝国軍艦〈ハリッジ号〉から奴隷貿易船に交換船員として渡された頃だ。

ニュートン司祭はその戦いに言及し、説教を続けた。

「罪の巷《ちまた》に堕《お》ちていたという意味では、私は回心前のガーディナー大佐に引けを取りません。ガーディナー大佐は回心してからは見事に信仰をまっとうしました。彼が変わったのは光に包まれてからでした。十字架につけられ、痛みに身もだえするイエスが現れ、『私はあなたのためにこれほど苦しんでいる』と訴えられました。イエスさまは他の誰のためでもなく、私のために苦しんでおられる！　とガーディナー大佐は感じました。だから雷に打たれたほどに打ちのめされたのです。

イエスの愛は万人に向かっているのではないのです。私に、私たち一人ひとりに向かっているのです。それを感じ取った時、人は劇的に変わるのです。

イエスの教えは、イエスの愛に出合うことによって根本的に変えられる愛の宗教なのです。私は今日、説教壇からそのメッセージをみなさんに送りたかったのです」

会衆は新任のニュートン司祭の声に力強さを感じた。説教が終わって司祭が壇を降りると同時に聖歌が巻き起こった。

礼拝が終わるとニュートン司祭とメアリーは入り口に立って、

「さあ、これからみんなで一緒にやっていきましょう」

と、彼らと握手した。

「司祭さま。あんまり小さくて貧しい教会なんで、拍子抜けしたやろ」

と彼らの中の一人が訊いた。

「そんなことはない。一人でも来てくれればありがたいんです。ここから出発ですからね」

「司祭さまはわしらに、戒律にしばられるんじゃなく、イエスさまの愛を体感しようと語りかけられた。庶民的な司祭さまにわかりやすく説明してもらってよかったなあ」

会衆は新任の司祭が権威をひけらかすような人ではなかったので、安心して家々に帰って行った。

二

ニュートン司祭は教会活動の中心に祈りの会をすえ、毎朝五時から「早天祈祷会」を持った。初めは司祭とメアリー以外には三人しか来なかった。みんな息子に家督《かとく》を譲って隠居し、暇を持て余している老人や老婦人ばかりだった。現役の人たちは生活を優先しなければならず、早天祈祷会に来る余裕はなかったのだ。しかしジョンは、

(祈祷会がもたらしてくれる霊的な力を知らないから、集まらないのは無理もない。でも朝ごとにイエスさまと霊的交わりを持つことによって、信仰生活がみずみずしくなることを知ったなら、来るなといっても来るだろう。そのためには霊的に恵まれる集会を持つことだ。参加者の数は問題ではない。参加者が神から深く慰められ、熱い思いに満たされて帰っていけば、友が友を呼んで祈祷会は盛んになっていくのだ)

と思っていた。司祭として先輩のサミュエル・ブルーワー司祭は「最初は自分の信念が強く試されていく期間ですよ」と、ジョンにアドバイスした。

「大きな鐘は少々押しただけでは動かないでしょう。でも根気よく押し続ければ、少しずつ揺

れ始め、最後は大きな揺れになっていきます。いちばん肝心なのは、主宰する自分が諦めることなく、倦《う》まずたゆまず鐘を押し続けることです」

ブルーワー司祭は実地に教会運営をしているから、アドバイスは的確だ。

「祈りの最初の段階は、自分の中に揺るぎない信念ができあがることです。その次の段階は、その人の信念が強くなっていく姿を見て、周囲の人々が彼を信頼するようになり、共に行動するようになります。人々が自分をさほどに相手にしないということは、まだまだ信念が確立していないということです。

普通、司祭は『教会員の信仰が薄い。もう少し熱心であってくれたらな』などと教会員を裁いてしまいがちですが、それは教会員の問題ではなく、司祭自身の信念がまだまだ固まっていないからなんです。朝ごとの祈りの会では神が直接一人ひとりに働きかけられるのであって、司祭はただお手伝いをするだけだと肝に銘じてください」

ニュートン司祭は自分にその言葉を言い聞かせ、毎朝の早天祈祷会に思いを込めた。

それにしても早朝の冷気は心地よかった。山の端《は》がほんのり明るくなってくる頃、小鳥たちが目覚め、いっせいに鳴き出し、木々の茂みから無邪気なさえずりが聞こえてきた。夜の間に露を浴びて元気になった草木が光をいっぱいに浴びて、今日も大きく伸びようとしている。

朝はそんな息吹に満ち満ちているので、自ずから前向きで建設的になる。かつてこの地をおおっていた樫《かし》の森は切り払われて開墾され、代わりにあちこちに牛や羊が放牧される牧草地が続いていた。

司祭の重要な仕事は教会員たちと日常的に交流し、その手助けになることだ。ニュートン司祭も二百戸ほどの村の家々を積極的に回った。

教会から目と鼻の先にある藁葺《わらぶ》きの小さな家の狭い玄関のドアをノックすると、老女のサラが出てきた。長らく同じ姿勢でレース編みをやっていたからだろうか、背伸びして腰を伸ばし、メガネを少し下にずらしてニュートン司祭を見た。

「まあ司祭さま、よく来なすったなあ。取り散らかしているけんど、どんぞ中にお入りくだされ」

「いやいや、仕事の邪魔はしません。続けてください」

リビング・ルームに通されると、三人の婦人たちがおしゃべりしながら刺繍《ししゅう》をしていた。

「やあ、ビディ、それにリンダとエステラ。精が出るね」

ニュートン司祭は自分が入ってきたせいで、会話が止まったことに気づいた。

「さあさあ続けて！　私も会話の仲間に入れてもらおうかな」

窓ガラスに暖炉の火が映っていた。六月といえども暖炉を使う日がある。

「オルニーは寒いでしょう。天候が不順続きでね」

今ではすっかり太ってしまったが、若い頃は素晴らしい美人だったろうと思われるリンダがしゃべりだした。

「新しい司祭さまはどんな方だろうとみんなで噂していたんだ。でもこの前教会でお会いし、説教を聴いて安心したな。おらたちにもわかるよう話してくだすった。司祭さまの説教はおらたちの胸を打った。さっきもみんなとそんなことをしゃべっていたんだ」

それにつられて、干からびた鶏ガラのような顔をしたビディが口をはさんだ。顔中しわだらけで、特に口のまわりにしわが寄っている梅干し婆さんだ。

「それに人気があるガーディナー大佐の話はよかったなあ。おらも光に包まれてえなあ。そんな経験をしたら、おらも少しはしっかりすっぺ」

みんなが笑った。

「これ以上しっかりして、おめえ、どうすっぺ。おめえはこれぐらいでちょうどええんだ」

「まあまあ、ここは笑いがこぼれる仕事場でよかった！　また来ますよ」

「あれ、もう行っちまうのか？　まだ来たばかりでねえけ。お茶でも飲んでけれ」

「じゃあ、一杯だけいただいていきますか」

「クッキーもあるでよ」

「だからリンダは太ってるんだ。レース編みする手が動く以上に、口が動いているんだもんなあ」

「まあ司祭さま、図星ね！　リンダ、少しは反省するのよ」

笑いは尽きなかった。司祭はサラの貧しい家を辞すると、また次の家に向かった。口元で小さく聖歌を口ずさんだ。陽光を浴びて、心も穏やかだった。

三

またある時、ニュートン司祭はうねうねと続く牧草地に添った道を歩いていた。夏の風が頬をなでてくれて心地よい。牧草地の境はブッシュになっていて、トゲのある木イチゴなどが生えている。牧草地に挟まれてじゃがいも畑もある。すると向こうから農夫のフレッドが一輪車にジャガイモを積んでやってきた。片目がつぶれ、右足を引きずってヒョコヒョコ歩くフレッドの姿にはどことなく悲しさがある。人影が司祭だとわかると、満面に笑みが広がった。フレッドは一輪車を脇に置き、粗末な帽子を取って挨拶した。

「こりゃ司祭さま、こんなところでお会いしてうれしいずら」

「おお、フレッドか。朝から精が出るね。今日はいい日和《ひより》だし」

「おかげで農作業がやりやすくって助かります」

挨拶が終わると、フレッドが先日の礼拝を話題にした。

「この間、司祭さまは数人しか会衆がいない礼拝堂で、声を張り上げて説教されておらしたな。わしゃあ、礼拝に遅れて行ったもんだから気が引けて、会衆席の後ろに腰かけて聴いとったが、あの時ほど主の呼びかけを感じたことはなかった。ありゃ確かにイエスさまが司祭さまに乗り移って語っておられた。あの聖霊下る礼拝には、思わず身を正してしまった」

司祭は年老いた農夫のフレッドが、「聖霊下る礼拝だった」と表現したのには驚いた。そう言われるほどの礼拝をやれるようになりたいと、いつも祈っていたのだ。

（これはイエスさまがフレッドを突き動かして、励ましてくださったのに違いない）

ニュートン司祭は思わずフレッドの手をにぎった。

「フレッド、ありがとう。そう感じていてくれたんだね。そんな人が一人でもいてくれて、なんとうれしいことか！　司祭は主の御《み》言葉を伝えようとして真剣に取り組み、会衆たちはそれを主からのメッセージとして受け止めようとして真剣に聴く。双方が真剣である時、そこに聖霊が下るような礼拝ができあがると思う。私はそんな教会を作り上げたいと、朝晩祈っているんだよ」

フレッドはそんな感謝の言葉を述べられてどぎまぎした。

「司祭さま、おらはこれまで礼拝は出席しなければならない決まりみてえなもんだとして受け止めていた。まったく受け身だったよ。司祭さまと信徒が一緒になって作っていくもんだとは知らなんだ。これからは聖霊下る礼拝になるよう、おらも信徒として努力すっからな。じゃあまた来週礼拝に行くよ」

そう言い残してフレッドは帰って行った。その後ろ姿が尊く見えて、ニュートン司祭は思わず手を合わせて拝んだ。

司祭はまた一人真摯《しんし》な信徒を得たと思った。


また別の日、朝靄《あさもや》が立ちこめている朝早い時間、農夫のケニーが教会のそばを通った。めったなことではこの方面に来ることはないのだが、この朝は収穫物の配達があって出向いてきたのだ。すると司祭の執務室のほうから何かうめくような声が聞こえた。怪訝《けげん》に思ったケニーは執務室の窓から中を覗いてみると、司祭が床にひざまずいて祈っていた。

祈りの言葉は定かには聞き取れないが、教会員の名前を一人ひとり挙げて祈っているようだ。しかも苦境にあえいでいる人のために、にっちもさっちもいかない状況を共に苦しんで、何度も声を詰まらせて祈っているではないか。

そのうち、自分の名前が出てきた。日頃あまり教会には足を運ばない不信心者なのに、である。実は頼りにしていた農耕馬が足を折ってしまい、畑を耕すことができずに困っていたのだ。いやそれだけでなく夫婦の仲もぎくしゃくし、ついつい妻のリズを怒鳴り、手をあげて殴ってしまうこともあった。だから子どもたちも変におどおどするようになった。これじゃいかんと思い焦っていたが、そのことをニュートン司祭は祈っていたのだ。

「主よ、ケニーのことを覚えてください。彼はなんとかしたいと奮闘しているんです。でもイライラしてついリズに当たってしまい、また不仲がつのってしまうという悪循環に陥っています。どうぞ農耕馬の問題が片付いてイライラが治り、夫婦仲が元に戻りますように……」

ケニーはそっと窓から離れた。

（自分たちのことをそんなにまで祈ってくれているなんて……。知らんかった。ちっとも知らんかった）

ケニーは家に向かって猛烈な勢いで走り出した。

（おらが悪かった。おらの苦しみをわかってくれないと、ついついリズに当たっていた。ああ、申し訳なかった……。リズ、ごめんな、まっ先に仲直りしような）

居酒屋の前をうろうろしていた犬が、速足で去って行くケニーを見かけて吠えた。でもケニーは起伏のある丘を足早に越えて、間もなく見えなくなった。


またある朝、早天祈祷会が終わると、村の中心部で八百屋を開いているマーラが訪ねて来た。とっくの昔に腰のくびれがなくなり太ってしまった気のいいおばさんだ。体を揺するように歩く姿が滑稽なので、みんなから「ビヤ樽おばさん」と呼ばれて親しまれている。

「司祭さま、おらはどうもお祈りに入っていけねえんだ。虚空に向かって独りむなしく唱えているみたいで、白けた自分が祈っている自分をあきれて見下ろしているような気分なんだよ。どうしたらよかっぺ？」

マーラは毎朝来ている熱心な信徒だ。それでも祈祷の時は糠《ぬか》に釘を打つような心もとなさを感じていたらしい。

「そうだねえ、マーラにとってはそういう感じがあるんだろうね。課題がまだ定かでない時は、そうかもしれないね。でも、私にとって祈りは口先でブツブツ唱えるようなものじゃないんだ。燃えるような教会、イエスさまの愛で満たされた教会を作っていきたいと思う私にとって、祈りは現状を跳ねのける力なんだよ」

「へえ、現状を跳ねのけると言ったって、おら、この教会はうまく行っていると満足しているだがね。なんぞ欠けたことがあるんかね」

「イエスさまの愛に比べたら、私たちの教会はまだまだ眠りこけているような教会だよ。私にはそれがわかるもんだから、変えていこうとして一生懸命なんだ。ところでマーラ、ゲッセマネの園って知ってるかい？」

「ああ、イエスさまがはりつけになる前の晩、神さまに『この苦杯を取り除いてください』と真剣に祈った場所のことだね」

「そうだ、よく知っているね。さすがに熱心な信徒だけあるね」

いやいや、それほどでもと、マーラは手を振った。それを引き取って、ニュートン司祭は真剣な面持ちで語った。

「ゲッセマネの園は今マーラが言ったように、イエスさまが十字架にはりつけになる前の晩、鬼気迫るような思いで神さまに祈った場所だ。しかしもう一つ意味がある、あの時のイエスさまのように、崖っぷちに立たされて後がない人間が真剣に祈る場所のことを指してもいるんだ。イエスさまの愛で満たされた教会を作りたいと祈る私にとって、教会の祭壇はゲッセマネの園以外の何物でもないんだ」

マーラは驚いて目を剥《む》いたまま黙ってしまった。

（こりゃ司祭さまが目指しているものが、まったくわかっちゃいなかった……。真剣に出直さなけりゃ、足手まといになっちまうずら）

マーラの目覚めにつながった短い会話だった。

四

季節は巡って、いつの間にか秋になっていた。

田舎の気のいい農夫婦が多い信徒の中に、ニュートン司祭は気になっている婦人がいた。その婦人はほっそりとした体に、赤みがかった髪を後ろで無造作に束ね、いつも元気で明るく振る舞っていたが、どことなく寂しさを感じさせていた。教会員の個々の事情がまだよくわからない司祭は、教会員の名簿の整理をしていた手を止めて、手伝ってくれている執事に訊いた。

「あの婦人はどういう人なんだい？」

すると「ああ、メイジー・オースティンのことですね。コックスの奥さんです」と返事が返ってきた。

「コックスの家は二十数頭の乳牛を飼っている農家です。でも息子のハロルドが十六歳で自殺したんです。ハロルドは落ち込んでいて、長いこと家に閉じこもっているとは聞いていましたが、まさか自殺するとは思ってもみませんでした。

メイジーはそれ以来、自分の殻の中に閉じこもってしまい、人と交わらなくなりました。ハロルドが自殺したのは自分のせいだと、自分を責めていたんです。そんな状態が一年近く続きましたが、ようやく立ち直って元気になりました」

「そうか、絶望の淵に沈んでいた人なのか。だからどことなく哀しみを感じさせるんだ。今度訪ねてみることにしよう」

そんな会話を交わして、司祭は再び名簿整理の事務に戻った。

翌々日の水曜日、司祭は村はずれにあるメイジーの牧場を訪ねた。このあたりはオルニーの村はずれで、牛や羊を放し飼いにしている牧草地が広がっている。大きなエプロンをかけて牛舎で夫のコックスと一緒に乳搾りをしていたメイジーは、司祭の訪問を受け、取りかかっていた一頭を搾り終わるまで待ってもらった。二人は手を拭きながら牛舎を出てくると、

「これはこれは司祭さま、よくお越しくださった。何もお構いできゃしませんが、お茶でも飲んで行ってくだせえ」

と居間に迎え入れて歓迎した。それを制して司祭は「お茶は他所《よそ》で呼ばれてきたから遠慮す

るよ」と断った。

「じゃあ、搾りたての牛乳はどうですか？　牛の体温が残っていてまだ温ったけえだ」

と勧められると、断わるわけにはいかなかった。

「それはありがたい。では一杯いただこうかな。オースティン家の牛乳は初めてだね」

「司祭さまに飲んでいただけて光栄だ」

オースティン家の居間に、団欒《だんらん》の花が咲いた。

「せっかくのいい機会だから、司祭さまに見ていただきてえものがあるんです」

そう言って、メイジーは引き出しから一通の手紙を取り出した。

「ご存じだと思うけんど、わしらは一人息子のハロルドに先立たれたんだ。それ以来、涙が乾く時がなく、時間が止まってしまった。おらたちにとってハロルドはかけがえのない存在だったと、つくづく思い知らされたよ。

これは息子がおらたちに書き残していった手紙だ。あの子は教会学校で文字を学び、字が書けるようになっていただ。本の間にはさまっていたので、長え間気がつかずにいた。それをつい前日発見し、またまたおらたちゃあ泣いちまった」

司祭は手紙を受け取って開いた。自分で自分の命を断つ直前のくやしい思いが、乱れた小さな文字で書き綴られていた。夫妻は何度も何度も読み直したのだろう、涙でにじんで、くしゃくしゃになっていた。

「ぼくが落ち込んで部屋に閉じこもってしまってから、どれだけの時が流れたのでしょうか。ものを言わなくなり、人との交わりを断ってしまったぼくを、はれ物にさわるように見ている両親にいつも申し訳ないと思っていました。両親につらい思いをさせたくはなかったんです。ぼくは、本当は負けたくなかった。いつかは幸せになれると信じていました。いつかは絶望の淵からはい上がれると思って、自分の心の中の弱さと必死に闘いました。

でも力尽きてしまいました。もうこれ以上闘えません。人生をもう終わりにしようと決めました。まさかこんなふうに破局を迎えるなんて思っていなかった。

パパ、ママ、お二人に何一つしてあげられなくてごめんなさい。こんな形で先立つ不幸を許してください。ぼくは両親と共に生きた日々を決して忘れません。二人の所に生まれてきて幸せだった。

パパ、ママ、心温まるたくさんの思い出をありがとう。今度は神さまの宝石が散りばめられている天国で会おうね。そして今度こそ一緒に幸せになろうね。きっと、きっとだよ。約束して！」

司祭は途中から読めなくなり、手紙を持つ手が震えた。コックスもメイジーもそんな司祭と共にすすり泣いた。そしてメイジーは目頭を押さえて語り始めた。

「ハロルドが首に縄を巻く直前に、おらのところに来て、『ママ、ぼくを抱きしめて！』と言ったんだ。何を甘えたことを言うんだろうと思って、おらは笑いながら抱きしめてやった。

でもあの時、ハロルドはすでに死ぬことを決めていたんだ。おらはそれに全然気づかなかった。なんと鈍感な母親だったんだろ。それが悔やまれて悔やまれてなんねえ」

そう言いながらメイジーは、声を張り上げて泣いた。

「あれがハロルドからの声にならないサインだとわかっていたら……。おらは抱きしめてキスをして、どんなことがあっても母さんはお前の味方だぞと言ってやったのに。ハロルドがドアを開けて出ていくのを見るのはこれが最後だとわかっていたら……。お前を愛してる、決して諦めちゃなんねえぞ、道は必ず開けるからと励まし、抱きしめた手を離さなかっただろうに……。

でもおらは、明日がまたごく普通にやって来ると思っていた。それなのに、それなのに……、その明日がやって来なかった。永遠にやって来なかったんだ。あの子は自分で自分の命をあやめてしまった」

コックスも両手に顔を埋めて泣いている。ニュートン司祭は天上を見上げて必死に涙が落ちるのをこらえた。

「そうだったのか。そんなことがあったのか……。つらかっただろうね。よくぞ耐えてきたね。独り子イエスを失った神さまの悲しみもそうだったんだろうね。今のあなたたちにはそんな神さまの気持ちがありありとわかるに違いない。悲しみを通してしか見えない世界があるんだよね。心をしっかり持って……」

そう言うのが精いっぱいだった。ニュートン司祭は暇乞《いとまご》いをして外に出てみると、牧草地には夕闇が迫っていた。あかね色に染まったあたりの景色は、司祭やコックス夫婦を温かく包んで慰めてくれていた。

ニュートン司祭が教区の巡回を終えて司祭館に帰ってくると、メアリーは夕食の支度にかかっていた。司祭が温まったキッチンに入っていくと、メアリーが明るい声で迎えた。

「ご苦労さま。巡回に行ってきたの?」

「ああ、コックスさんの所にね。亡くなったハロルドのことで哀しいことがあったんだよ。奥さんが哀しい胸の内を語ってくれた。早く気持ちが晴れてくれるといいが……。ただただ祈るばかりだね」

メアリーは紅茶を淹《い》れて、食卓に着いたニュートン司祭に差し出した。砂糖は西インド諸島から輸入されて出回るようになったが、まだまだ高価なので買うことはできない。司祭は暖を取るように両手で茶碗を包み、紅茶を口に含んだ。

メアリーも腰かけると、近所に住んでいる仲良しのジーンのことを話した。牧場の手伝いをしているジョニーとの間に、長男のフランクが生まれて一年になる。

「つい先日、フランクを連れて祖父母の所に遊びに行ったそうよ。驚きの連続だったって、ジーンが目をキラキラ輝かせて話してくれたの。子どもって両親や祖父母や周囲の人たちを和ませ、幸せな気持ちにしてくれるのね」

「理屈も何もいらないなあ。子どもがいると問答無用で幸せな気分になるんだから。神さまが作られた家族っていう仕組みはすごいね」

メアリーはいつになく饒舌《じょうぜつ》だ。ニュートン司祭も相好を崩して笑った。子どもの話題は二人をウキウキさせる。

つつましい夕食が終わると、二人はカップを持って暖炉のそばに移った。メアリーはチロチロ燃えている炎で暖まりながら、毛糸の編み物を始めた。フランクに着せるセーターだという。

「そうか、ジョニーとジーンが喜ぶだろうな。ハハハ、目に見えるみたいだ」

「そうでしょう。フランクは私にとっても自慢の子なのよ」

それを聞いて、司祭はカップを持った手を止めて、メアリーに話しかけた。

「メアリー、ぼくらに子どもが授からないのは、人さまの子を自分の子のように愛せよということじゃないか」

メアリーは何を言い出すのかと訝《いぶか》って、「人さまの子を?」と問い返すと、ニュートン司祭は確かな言い方をした。

「そうだよ、人さまの子だ。ぼくは聖職者として、多くの教会員や子どもたちに恵まれている。彼ら一人ひとりを自分の子として、もっともっと愛せとおっしゃっているんだ。それに気がついたら、なんだか心が軽くなったよ」

「そうね、そうだったのね。私もやっと踏ん切りがついたわ。あなたがおっしゃる通りよ。これからも教会員のみなさんを私たちに授かった子どもとして、もっともっと愛していきましょうね」

イギリスの秋は日が落ちると、急激に気温が下がる。木枯らしは窓の枠をがたがた鳴らしたが、寒さは家の中までは入って来なかった。暖炉はますます燃え盛って、二人に暖かさという願ってもないご馳走をもたらしてくれた。

広場ではまだ子どもたちがサッカーに興じている。雲があかね色に染まり、黄昏《たそがれ》を告げていた。

［注］

＊1 ジャコバイト＝一六八八年、イギリスで起こった名誉革命の時の反革命勢力の通称。彼らは追放されたスチュアート朝のジェームズ二世、およびその直系男子を正統な国王だとして、その復位を支持して行動を起こし、時の政権を揺るがせた。

第七章

「アメイジング・グレイス」の誕生

一

ある日、ロンドンからロック病院のチャプレンを務めているトーマス・ホーウィス司祭が五十マイル（約八十キロメートル）もの道をものともせず、乗合馬車に乗って訪ねてきた。彼はジョンが〈アフリカ号〉出航の直前、脳梗塞で倒れて静養していた時、クルーニー船長の紹介で交流するようになった司祭だ。

下船してから十年の歳月が流れ、一七六四年、ニュートン司祭がオルニー村のセントピーター・セントポール教会で司牧《しぼく》するようになると、ホーウィス司祭がわざわざ訪ねてきたのだ。病院で多くの患者たちの心のケアに身を捧げてきた年月が、白髪《しらが》交じりの頭髪と、深いしわが刻まれた顔に現れていた。再会を喜んで抱き合い、お互いの元気を感謝し合うと、ホーウィス司祭はさっそく本題に入った。

「私は生きる希望を見失って苦しんでおられる多くの患者たちを司牧していますが、病気の時って患者は精神的にずいぶん落ち込むものです。みんな自分たちを奮い立たせてくれる心の糧に飢えているんです。それも遠い昔のサマリヤやガリラヤで起きた出来事ではなく、私たちが生きている現代で起きたリアルな話を聴きたいんです。その意味でニュートン司祭の人生のような話は最適です。

どうでしょう、自伝を書いていただけませんか。奴隷船の船長が転身して司祭になったという特異な経歴の背後にあった神の恩寵《おんちょう》を書けば、多くの人々が神の愛を納得できるのではないでしょうか。あなたの教会での説教や司牧だけだと、オルニー村の一教区の信徒だけに限られてしまいますが、本だと全国の人々に影響を与えることができます」

ホーウィス司祭は何よりも病院の患者たちが必要としている状況を訴え、再び乗合馬車に乗ってロンドンに帰って行った。

ホーウィス司祭を見送ると、ニュートン司祭は教会脇の牧草地に続くひなびた司祭館の書斎で思いを巡らした。そして日曜日の説教の準備をしようと、『旧約聖書』の「申命記《しんめいき》」を読んでいる時、第八章二節のくだりで大いなる天啓（インスピレーション）を受けた。

「申命記」とはモーセ五書の最後の書で、死を目前にしたモーセがモアブの荒野でイスラエルの民に語った三つの説話が書かれている。第八章二節には「申命記」のエッセンスともいえる次のようなメッセージが述べられている。

「あなたの神、主がこの四十年の間、荒野であなたを導かれたそのすべての道を覚えなければならない。それはあなたを苦しめて、あなたを試み、あなたの心の内を知り、あなたがその命令を守るかどうかを知るためであった」

これはユダヤ教徒からキリスト教徒に至るまで、全聖書の民の根幹に関わる重要なメッセージだ。この言葉は次のような背景で語られた。

長年エジプトに抑留されていたイスラエルの民は、モーセという指導者を得て、とうとう乳と蜜の流れる約束の地カナン[*1]に帰れることになった。帰還を阻止しようとして追ってくるファラオの軍勢を振り切って、モーセとイスラエルの民はなんとか紅海を渡り、シナイ半島に着いた。

そこからエルサレムまでは二百五十マイル（約三百五十キロメートル）たらず。一日に二十五マイル歩いたとしても、わずか十日間の距離だ。ところが神はモーセとイスラエルの民をその道に導かず、逆にシナイ半島のシンの荒野を南下し、シナイ山の麓で宿営し、そこからアカバ湾に面するエラムに行き、さらにパランの荒野に進むなど、より困難な道を四十年間も導かれたのだ。当然民衆は理解できず、モーセに食ってかかった。

「紅海を渡ってここまで来ているのに、なぜ直接エルサレムを目指さないんですか。何を躊躇《ちゅうちょ》する必要があるんですか！」

そう言って抗議する民衆をなだめながら、モーセはイスラエルの民を引きつれて砂漠を放浪した。しかしなだめるのにも限界がある。爆発寸前になっているイスラエルの民を懸命に諭《さと》した。

「確かに私たちは四十年もの間、荒野をさまよってきた。でもそれは、私たちイスラエルの民を導いておられる神にとって、意図があってのことだ。シナイ山で芝が燃える奇跡を見せて、私たちの信仰を強くし、『十戒』を刻んだ石板を与えて、神の民イスラエルの信念を強くしようとされたのもその理由の一つだ。

この間、多くの困難に遭って、私たちは何度も挫折しそうになった。でもその困難さゆえに私たちは強くなった。道がわからなくて迷っていた時、神は私たちと共に苦しんでおられた。このように、私たちイスラエルの民と神との絆は、荒野でのつらい経験を通して、より強くなったのだ。

荒野の流浪生活は食べるものにこと欠く。だから私たちに天からマナ（油で揚げたパンのような食物）を降らせ、ウズラを与えて飢えをしのぐようにされた。その当座はみんな狂喜し、『神は偉大《ホサナ》なり！』と称え、私たちの先祖アブラハムの孫ヤコブを通して与えられた『信仰の勝利者《イスラエル》』の名称の通り、私たちの信仰は強くされた。

でも残念ながらその信仰は長く続かなかった。神の恵みへの感謝の思いが冷めてくると、あなたがたはまた不平不満をもらすようになった。そうしたことが何度もくり返されてきたのが、この四十年間の歴史だ。

私たちは状況によって、神への信仰が容易に揺らいでしまうことを反省しなければならない。そのためにも、出エジプト以来のわが民の歴史を克明に記し、神が私たちに何をしてくださったのかを私たちの魂にしっかり刻みつける必要がある」

民衆は指導者モーセから離れ、安きにつこうとしたことが何度もあったが、モーセはその度に民衆をなだめて導いたのだ――。

ニュートン司祭はそのくだりを熟読し、歴史とは神がイスラエルを愛してこられたことの証だとモーセが断言したことは、自分にも通じることだと思った。自伝とは自分がなし遂げたことを誇らしげに書くことではなく、神が私の人生に起きたもろもろの出来事を通して、私に何をしてくださったのか、私をどういうふうに導いてこられたか、その証を書くことだと確信した。そう思ったら、ホーウィス司祭の申し出に応えて、精いっぱい記述しようと思った。

しかしながら、自伝を書くことは初めての試みなので、筆が思うように進まない。するとホーウィス司祭はこんな提案をした。

「それでは私宛てに手紙を書くという形で、自分史を書きませんか。記憶が確かなうちに諸事実を正確に書き残しておいたほうがいい。それさえあれば、後はどういう形にでも書き改めることができますから」

ニュートン司祭は大西洋上の船からメアリーに手紙を書き送ったことを思いだした。それだとスムーズに筆が進む。自分の上にあった神の導きを発見するためにも、ずいぶん役に立つに違いない。まさにモーセが語ったように、歴史を俯瞰《ふかん》すれば神の導きが見えてくるはずだ。

こうしてニュートン司祭は、幼少から奴隷船の船長を経て司祭になるまでを、十四通の手紙にしたためた。

一七六四年八月、ホーウィス司祭は書名を『注目すべき真実の物語』、副題に「×××氏の人生に起きた出来事の詳細を語る」と付けて、十四通の手紙文をそのままの形で、匿名《とくめい》で出版した。和訳文にしてわずか百三十ページの薄い小冊子である。

ところがこの小冊子が出回るにつれ、筆者が誰であるか突き止められ、小冊子を読んでロンドンからわざわざ訪ねてくる人も現れた。こうしてニュートン司祭は次第に世に知られるようになっていった。

オルニーに着任して数年で片田舎の小さな教会が活気づき、日曜礼拝も満堂の盛況を呈するようになった。

二

ある時、ニュートン司祭はダートマス卿が紹介してくれたロンドンの有名な実業家ジョン・ソーントンに、自伝『注目すべき真実の物語』を送った。それを読んで感銘を受けたソーントンは、オルニー村を訪ねてきて司祭の司牧活動をつぶさに見た。

特に心を打ったのは、繊細過ぎて鬱病を病んでいる詩人ウィリアム・クーパーを励まし、気持ちを晴れさせようと、親身になって世話している司祭の姿だ。

ニュートン司祭がクーパーに出会ったのは、一七六八年、ケンブリッジシャーのハンティンドンに住むウィリアム・アンウィン司祭の家に泊まった時だ。そこに青白いインテリ青年ウィリアム・クーパーが居候《いそうろう》していた。クーパーはバーカムステッドの聖職者の家に生まれ、ミドルテンプル法曹学院で学んだ後、ロンドンの法律事務所で二年間年季奉公し、その後、英国議会の下院に就職することになっていた。

ところが精神的に不安定なところがあって、口頭試問がプレッシャーとなったのか、自殺を図った。その後三度も自殺未遂をくり返し、精神病院に収容されたが、病状は好転しなかった。そこでアンウィン司祭はクーパーを引き取り、自分の家に居候させた。なんとか助けて、自殺常習から救い出したいと思ったのだ。

ところがアンウィン司祭が落馬事故で亡くなってしまったので、ニュートン司祭はクーパーをオルニーに移り住ませた。クーパーは幼い頃に母を亡くし、初恋の人との結婚がかなわなくなって以来、人生の歯車がかみ合わなくなったのだが、ニュートン司祭も同じような経験を持っていたので、人ごととは思えなかった。オルニーで詩を創作する会を催していたので、それにクーパーを巻き込んで詩作に専念させれば、鬱病も好転するかもしれないと思ったのだ。

詩を作り始めたクーパーは、繊細な感受性ゆえ、めきめき腕を上げていったが、病気のほうは一進一退をくり返し、ある時、四度目の自殺を図った。病院に駆けつけたニュートン司祭は、クーパーのベッド脇の椅子に腰を下ろし、顔を両手に埋めて考え込んだ。病室はシーンと静まり返り、木々のこずえを渡る風の音が小さな窓から流れ込んでくる。死ぬに死ねなかったクーパーの軽い寝息が聞こえている。

（クーパーは確かな手がかりを得たかったんだ。その点は私と同じだ。私の場合はイエスさまと強い絆が結ばれ、妻が確かな岩となってくれた。しかしクーパーはまだ確かな絆を誰とも結び得ていないのだ……）

ニュートン司祭は祈るしかなかった。退院してから後、クーパーは時に落ち込むこともあったが、才能は次第に開花し、匿名で出版したバラード（短い叙事詩）が大人気となった。

イギリスは産業革命のまっただ中にあって、金儲けに狂奔していた時、クーパーは大自然の美を歌って自然への回帰を唱え、ロマン主義への先駆けとなった。それにドジな庶民の哀歓をユーモアたっぷりに表現して拍手喝采《かっさい》を得たのだ。

ニュートン司祭はクーパーと共に十二年間過ごし、死の影の谷間を一緒に歩いた。

有名な聖歌である「神と共に生きて」はクーパーが一七六九年に書いたもので、現在も歌われている。ニュートン司祭は二百八十篇の聖歌を書き、クーパーは六十八篇書いている。

ニュートン司祭はこの頃から聖歌の作詞者としても知られるようになった。

ニュートン司祭の心がけに心を打たれたソーントンは、本物の聖職者の姿を見た思いがした。

「あなたがクーパーにしていらっしゃることは、イエスが『私の兄弟であるこれらのもっとも小さい者の一人にしたのは、すなわち私にしたのである』と言われたことそのものではありませんか」

「いいえ、私自身がそうだったのです。私が迷える子羊だった時、主が私を探し出し、助けてくださいました。私はクーパーの中に、かつて途方に暮れていた頃の私の姿を見たものですから、手助けになれればと思ってお世話しているんです。お返しをしているだけです」

ソーントンは司祭の中に「教え導く」などという姿勢がまったくないのに感心した。

「司祭はいつも弱い者の味方であろうとされていますね。私はそこに共感します。実は私が信仰生活で最も重要視し、実践していることは、『マタイによる福音書』第二五章三五節から三六節に記されているイエスの次の教えです。

『あなたがたは私が空腹の時に食べさせ、渇いていた時に飲ませ、旅人であった時に宿を貸し、裸であった時に着せ、病気の時に見舞い、獄にいた時にたずねてくれた』

これを実践することによって、私も主に倣《なら》うものになりたいのです」

ソーントンは当時のイギリスで最も成功した実業家だが、個人の生活は信じられないほど質素だった。収入の多くを寄付に回していたのだ。

ソーントンはニュートン司祭に手紙を書き送って励ました。

「どうぞ、人々に親切にしてあげてください。援助を必要とする人たちがあれば、いつも温かい手を差し伸べてください。貧しい人々、困っている人々を助けてあげてください。私は年に二百ポンドあなたの教会にを拠出することにします。もっと必要とされる時は、いかほどでも即座に送金します」

そうして司祭がオルニーで司牧している間だけでも、三千ポンド以上支援した。主にあっての兄弟が見事な連携プレーをしたのだ。

ニュートン司祭のメッセージには一貫したものがあった。つまり「逆境や試錬としか思えないことが、実は恵みなのだ」というものだ。人々は日曜日の礼拝を心待ちするようになった。というのも説教から思わぬヒントを授かるからだ。

ある日曜礼拝で、司祭はこう訴えた。

「猜疑《さいぎ》心が強い私たちは、自分の弱さゆえに迷います。何度も何度も神の恩寵を経験しているのに、目の前に困難が立ちはだかると気落ちし、信仰が揺らいでしまいます。恩寵をいただいたその時は狂喜しているのに、長続きせず、物事がうまくいかないと、すぐ不満を持ってしまいます。

人生は山あり谷ありです。でも、じっくり取り組めば、必ず越えていけるものです。だから嘆くとしたら、自分の信仰の弱さを嘆こうではありませんか。

『旧約聖書』に記されているイスラエルの歴史を振り返ってみると、逆境であり災いだと見えたことが、実は天の恵みであったことが多々あります。今日、説教で述べたモーセの荒野路程もそうでした。

何事も原因なくして、私たちの身に降りかかることはありません。イスラエルの民の信仰を堅くするために、あの荒野の路程があったのです。イスラエルが乳と蜜の流れる約束の地カナンで、永久《とわ》に輝くはかり知れない栄光を確実に手に入れられるようにと、神が配慮して導いてくださっていたにもかかわらず、彼らは当面の困難に過ぎないものを、超えられない苦難としか受け止められなかったのです。

私たちの近視眼的な目には苦悩としか見えないことも、実は神の恩寵だとわかったら、もう鬼に金棒です。どんな困難も受けて立ち、切り拓《ひら》いて行こうという勇気を持てます。

愚かな人間はほとんど歯牙《しが》にもかけなかった出来事に、実は新しい未来の萌芽《ほうが》があると知ったら、物事を注意深く観察し、そこにある神からのメッセージを読み取ろうとするものです。そのような人間はへこたれません。さあ、現状に意気消沈することなく、信念を堅くして貫いてまいりましょう」

そして説教壇の上の水を飲んでひと呼吸入れると、一転して日常の現実的なことに触れた。

「私たちの日常生活にはさまざまなトラブルが付きものです。たとえばレースの編み物の取引先から入金されず、資金繰りに困っているとか、隣の住人がいつも難題を吹っかけてきて頭が痛いとか、結婚した息子夫婦が仲違いをして喧嘩がたえず、どうなることかと悩んでいるとか、です。みなさんも思い当たるでしょう。

そんなことに引きずり回されて暗くなってしまいます。それらのトラブルがどうしても神の導きだとは思えず、『あの人が意地悪だから、こうなったんだ』などと責めてしまいます。でも歴史が教えてくれていることは、目の前の出来事も神の導きの一環なんだということです。そうすると感謝して受けるしかない。感謝して受けたら、そこから状況が変わっていくのです。幸せだから笑うんじゃない。笑うから幸せになるんです。

みなさん、何があっても感謝して受け、笑いましょう。『笑う門には福来たる』は永遠の真理です」

そう言って説教を終えた。すかさず聖歌が沸き起こった。ニュートン司祭は説教壇を降りながら、今日の説教は聖霊が降りてくださったと思った。

礼拝が終わって教会の外に出た会衆は、顔をほころばせ満ち足りた顔をしていた。仕立て屋のテディが司祭の手をにぎり締めて感謝している。

「納入先の未収金の話が飛び出すなんて、思ってもみませんでした。あまりにもリアルなので、びっくりしました」

いつもは悲観的で、しょっちゅうグチをこぼしている八百屋のトロイも明るい声で言った。

「これでトラブルにも対処できます。礼拝に出席してよかった」

隣では女房連中が少し気取ったように扇子で仰ぎながら、しゃべっている。

「幸せだから笑うんじゃない。笑うから幸せになるんだって、いいことを教えていただいたわ。

わたしゃ、逆だとばかり思っていた」

ニュートン司祭はそんな会衆の肩を叩いて見送りながら、今日も幸せの種まきができたとうれしかった。教会員たちは明るくたくましくなった。少々のことでは音を上げない。みんなを送り出してふと空を見上げると、秋晴れの澄んだ空に、白い雲が二つ三つ浮かんでいた。

三

ニュートン司祭がオルニー教区に赴任して八年が経った。

一七七二年の大みそかを迎え、ニュートン司祭は教会堂から数百ヤードしか離れていない三階建ての石造りの司祭館の屋根裏部屋にある書斎で、明日の元旦礼拝の説教の準備をしていた。

暖炉の横には使い込まれたマホガニー製の机と小箪笥《チェスト》が置いてある。暖炉の上の壁には司祭が人生のテーマとしている『旧約聖書』の「申命記」第一五章一五節の聖句が貼られていた。

あなたはかつてエジプトの国で奴隷であったが、
あなたの神、主があなたをあがない出されたことを
記憶しなければならない

司祭の書斎は質素ながら、まさに天と地をつなぐ思索の場だ。外は深々と雪が降り積もり、暖炉には赤々と薪《まき》が燃えていた。先のとがった小さなシャベルや火かき棒が無造作に置かれている。雪で縁どられた窓は凍りついて独特の文様が入り、教会の尖塔《せんとう》は見えなかった。

書斎に紅茶を運んできたメアリーは、机の上にカップを置くと、細々と燃えている暖炉に薪を追加して、話しかけた。

「ねえ、ジョン。あなたは聖歌を作詞しているけど、それはとても大切なことだと思うわ。私たちが心の奥底で漠然《ばくぜん》と感じていることを、あなたが言葉で代弁してくれるから、私たちは『そうよ、そうなのよ』と共感し、主への思いはいや増しに高まっていくのよ。あなたはそれができる感性を与えられているわ」

傍《かたわ》らには読みさしのトーマス・グレイの詩集が置いてあった。メアリーは少し寒いらしく、まとっているショールを掻き合わせた。ジョンは読んでいた『聖書』を置いて、メアリーに答えた。

「私はそれぞれの出来事から得た着想を、そのたびに歌詞にしてきた。でもこれまでの経験をきちんと俯瞰《ふかん》できているかというと、まだ表現できていないように思う」

「あなたの経験は尋常一様じゃないもの。あの北アイルランド沖で遭難し、九死に一生を得た喜びを、アメイジング・グレイス！　と高らかに讃美してほしいわ」

ニュートン司祭はメアリーの研ぎ澄まされた感性に一目置いていた。メアリーは天啓（インスピレーション）をそのまま口にして、神からのメッセージを直接語っているようだった。

メアリーは立て続けに咳をした。悪寒がして背中が冷えるという。

「私はベッドに戻って先に寝るわ。少し冷えたみたい」

ニュートン司祭はメアリーを支えて一段ずつ階段を降り、二階の寝室に送っていった。

書斎に戻ったニュートン司祭は、以前から気になっていた「マタイによる福音書」第二五章の聖句について思索した。新しい年にこの聖句について語りなさいと言われているような気がしていた。

「あなたがたは私が空腹の時に食べさせ、渇いていた時に飲ませ、旅人であった時に宿を貸し、裸であった時に着せ、病気の時に見舞い、獄にいた時にたずねてくれたからである。（中略）あなたがたによく言っておく。私の兄弟であるこれらの最も小さい者のひとりにしたのは、すなわち、私にしたのである」

ニュートン司祭は暖炉の火だけの明かりの中で、その言葉を反芻《はんすう》した。すると書斎の壁に架けられた十字架の上から、瀕死のイエスが語りかけられた。

「これらの最も小さい者の一人にしなかったのは、すなわち、私にしなかったのである」

その声でジョンは黒人たちを奴隷貿易した頃のことを思い出し、心が痛んだ。彼らのうつろな眼差しがジョンの心を射た。ひと言も言葉を発せなかった。

「あ、あれは、つまり……」

理屈をつけて言い逃れしたかった。黒人たちは白人の農場主に食べさせてもらっているので、飢えないですんでいるではないか。アフリカでは食べるのにも事欠いていたのに、今は文明の恩恵を受けて、少なくとも飢えてはいないではないか。

産業は今や黒人たちの安価な労働力なしでは考えられない。アメリカの広大な綿花畑は、炎天下での労働に耐えられる黒人たちの労働力なしでは維持できない。優秀な白人が劣等な黒人を使役するのは資本の当然の論理だ。理由は枚挙にいとまがないほど浮かんでくる。

しかしイエスの澄んだ眼差しに接すると、ニュートン司祭はそれ以上、反論できなかった。あれはやっぱり理不尽なことだった……。

四

司祭はいつしか左手を頬杖にして考えにふけった。ユダヤ教徒がエルサレムの「嘆きの壁」の前で体を前後に揺すって祈るように、司祭も体を揺すって祈った。

そんな司祭の目に、遠いアフリカでの情景が浮かんだ。西アフリカで黒人狩りをしていた頃、心はまったく捨て鉢で、無気力な日々を過ごしていた。船員の中に信仰を持っている者がいると、生っちろい理想論を言うなと食ってかかり、言い負かして意気がっていた。まじめそうな人間をやり込めると痛快だった。

ところがイギリスに帰る途中、アイルランド沖で遭難し、危うく助かって一命を取りとめた。いや肉体的な命を助けられただけではない。精神的にも回心した。神を讃美しイエスを称え、ついには聖職者になり、人々を鼓舞して共に善行をしようと励ます人間になった。

私は道を踏み外していた男だったのに、何たる変わりようだ！　この変化はどこから起きたのか？　自分から起きたことではない。主のほうから働きかけがあり、励まし導いてくださったからこそ、立ち直ることができ、今日の献身の日々があるのだ。ここまで導いてくださった神は、これからも導いてくださり、私が考えもしなかったことを成就される！

司祭は心の底から叫ばずにはおれなかった。

アメイジング・グレイス！　驚くほどの神の恵み！

自らの来し方を思い返し、人生の劇的な変化を感謝した。そして羽根ペンを取ると、ほとばしるように書き綴った。

Amazing Grace how sweet the sound
That saved a wretch like me
I once was lost but now I'm found
was blind but now I see

驚《アメイジング》くほどの神の恵《グレイス》み、なんと甘美な響きだろう
私のような恥ずべき人間も救われた
かつては道を踏み外していたが、今は救い出された
かつては盲《めしい》だったが、今は見えるようになった

一節目を書き終わって、二節目に入った。羽根ペンの勢いは止まる気配がない。驚くほどの速さだ。

私の心に畏《おそ》れることを教えてくれたのは
神の愛《グレイス》だった
私から涙をぬぐってくれたのも
神の愛《グレイス》だった
私が最初に神を受け入れたとき
神の愛《グレイス》は私に貴重なものをもたらしてくれた

人を回心に導くのは教義でもなければ罰則でもない。自分に注がれている神の愛に目覚めた

時、再起できる。私の場合がそうだ。神の愛は私個人にも向けられていたのだ——。

司祭は暖炉でチラチラ燃える薪《たきぎ》の明かりで、何度も何度も読み返し、推敲《すいこう》を重ねた。最後に題名を「アメイジング・グレイス」と書いて羽根ペンを置いた。

「メアリーを通して主が語っておられたのは、この歌詞のことだったのだ」

最初から決まっていた題名だった。翌朝の元旦礼拝で、みんなでこれを詠唱することにした。


翌朝、人々は雪におおわれた牧草地を越えて、続々とセントピーター・セントポール教会に集まってきた。新しい年の最初の礼拝なので、みんな新鮮な気分だ。ニュートン司祭が新年にあたって投げかけるメッセージにも期待していた。

聖歌隊が歌う入堂聖歌に包まれてニュートン司祭は礼拝堂に入った。説教壇から見渡すと、百名を超す会衆が詰めかけて立錐《りっすい》の余地もない。

「みなさん、愛された日々を思い起こすと、私たちの顔はほころびます。愛された思い出が私たちを幸せにしてくれ、明日もまたがんばろうという気持ちになります。愛に包まれた日々の思い出は私たちを元気にしてくれますね」

寒さから身を守るため、会衆はオーバーを着たままなので、着ぶくれている。人々の吐く息が白い。

「私もまた来し方を振り返ると、そこにありありと主の足跡を認めるのです。私が絶望の淵に沈んで嘆いていた時、実は私は独りではなく、神が共におられ、私を温かく包んでいてくださっていたのでした。そのことを知らなかった私は、人生はこんなに生きにくいものなのかと途方に暮れていたのでした。

　私が聖職者になる前は奴隷船の船長として奴隷貿易に関わり、悪行《あくぎょう》の淵に沈んでいたことはみなさんご存知です。そんな私ですら神は見捨てずに導いて、救い出してくださったのでした。その経験からこんな聖歌が生まれました。みなさん、聴いてください」

　そう言ってニュートン司祭は昨夜書き上げた歌詞を読み上げた。ニュートン司祭は読み終わると、コップの水で喉《のど》をうるおして最後の言葉を述べた。

「神の恩寵をふり返ると、私たちは柔和になります。ところが相手がよこしまな人間ではないかと疑うと疑心暗鬼になり、その手に乗るものか、裏をかいてやれと、自分もよこしまな人間になってしまいます。

　だから自分に注がれている神の恩寵に感謝することです。この『アメイジング・グレイス』をこれからいつも詠唱して、私たちに注がれている神の愛を振り返る縁《よすが》にしていきましょう」

　会衆は真剣な眼差しで、司祭の説教に聴き入っている。

「『旧約聖書』の大部分は選民ユダヤの歴史書です。歴史を振り返ると、そこに神の御手《みて》を見ることができます。つまり歴史を振り返ることによって、私たちは〝選ばれし民〟であることを確信できます。どうぞ自分に注がれている神の恩寵に思いをいたし、愛あふれる人間になってください」

ニュートン司祭の説教はスケールが大きかった。普通の司祭なら、道徳律を語って終わるところだが、ニュートン司祭は歴史を振り返ることによって、鳥が大空を滑空しながら地上を俯瞰するように、自分に注がれている神のまなざしを発見させた。だから会衆は奮《ふる》い立った。


ニュートン司祭のオルニーでの司牧はすっかり定着した。着任した当初は閑散とした教会だったが、今は祈りと愛に満ちあふれた教会になった。近郊の村々から、遠くはロンドンやバーミンガムからも礼拝に参加するようになった。受洗者の数も三百人を超えた。

特に婦人会の充実は素晴らしく、しばしばバザーを開いて、その収益金を慈善事業に寄付した。信徒の家で病人が出るとすぐさま見舞いに行って世話するし、独り暮らしの老人も定期的に訪問して洗濯や掃除を手伝った。教会活動が活発になって家々が有機的につながってくると、ひっそりとしていた村も活気に満ちるようになった。

オルニーの教会の活動が軌道に乗ってくると、ニュートン司祭にも自由な時間が持てるようになった。婦人会のこと、子どもたちの日曜学校のこと、チャリティ・バザーのこと、水曜日夜の聖書研究会のことなど、みんなそれぞれに担当者がいて、がんばってくれている。長年の努力によって、打てば響くような教会に成長したのは喜ばしかった。

五

　ニュートン司祭は新たな使命を求めて祈るようになった。すると「創世記」第一二章一節から三節にかけて書かれている言葉が気にかかった。

「時に主はアブラムに言われた。『あなたは国を出て、親族に別れ、父の家を離れ、私が示す地に行きなさい。私はあなたを大いなる国民とし、あなたを祝福し、あなたの名を大きくしよう。あなたは祝福の基《もとい》となるであろう』」

　ニュートン司祭は再度読み返した。ユダヤ民族の開祖となったアブラハムの物語は「創世記」の冒頭に書かれていることもあって、これまで何十回も読んでいる箇所だが、自分の身に置き換えて、一字一字ていねいに読み返した。

「あなたは国を出て」――ということは、主が命じられるままに、私も十六年間も住み慣れたオルニー村を後にせよということなのか。

「親族に別れ、父の家を離れ」――教会員たちは親族以上の親族で、まさに「父の家」に共に住んでいる住人だ。その教会員と別れよということなのか。それは生木を引き裂かれるようにつらい。でも、主のご意志がそこにあるならば、私は従容《しょうよう》と従わなければならない。

「私が示す地に」――行く先は主が示される！　ということか。そこが見知らぬ土地であったとしても、主の御旨《みむね》を遂行するために、そこで一から出直せということか。それが主の意向なら、私はいさぎよく従うまでだ。それが主の下僕《しもべ》の役割だ……。

司祭は机を離れて窓辺に立ち、星々が散りばめられている星空を見上げた。数千年前の昔、アブラハムも砂漠の中でこの星空を同じように仰いでいたに違いない。自分のさらなる使命を求めて祈る司祭とアブラハムとが重なっていった。

(神の摂理において重要な役割を演ずることになったアブラハムは、自分の事情によってではなく、神の示しに従って国を出た！　あえて神の召命《コーリング》に従ったのだ。

神に従うということは、自分を捨てて従うことだ。自分を百パーセント捨てて神に預け切らなければできることではない。逆にいえば、岩のように揺るがないアブラハムの信仰があったからこそ、神はアブラハムを中心として新しい民族を興すという摂理を展開することができたのだ！)

ニュートン司祭の額《ひたい》は星空からの淡い光に照らされていた。

どこかで犬が遠吠えしている。底冷えする静かな夜だ。

(誰が主体なのか！　神なのか、それとも私なのか！　そこを曖昧《あいまい》にしてしまうと、神が私を地上に遣《つか》わされた意図も曖昧になり、自分が営々として築いていた教会に安住してしまう。でも神のご意志を優先させるべきなのだ……)

「創世記」の記述は、ニュートン司祭に信仰の原点を思いださせてくれた。

（神のご意志はオルニー村の教会の司牧だけではあるまい。それも大事なことだが、私にしかできないこと、いや私だからこそやれることがあるはずだ。では、私の役割とは何だろう……）

ニュートン司祭の思索は続いた。紅茶はとっくに冷え、暖炉の火は小さくチロチロと燃えていた。司祭は目を再び『聖書』に戻し、読みながら思索した。

（アブラハムは親族と別れてハランを出て、まだ見ぬ異邦人の地へ旅立った。でもそれはアブラハムの意向ではなく、神の願いによったからだ。神には大きな計画があったが、人間のアブラハムには最初からそれがわかっていたわけではない。神の意向に従って旅に出たとしても、どういうことになるのか、さっぱりわからなかったに違いない）

その時アブラハムはすでに七十五歳になっていた。とっくに引退して、隠居している歳だ。見知らぬ地へ旅立つことは不安だったはずだ。でも神の声に聞き従って旅を続け、ようやく約束の地カナンにたどり着いた。

アブラハムはそこに祭壇を築き、定着しようとしたが、そこは乳と蜜が流れる肥沃《ひよく》な土地ではなかった。飢饉《ききん》に見舞われたので、やむなくエジプトに逃れ、異邦人の地でさらに苦労する羽目になってしまった。目論見《もくろみ》は外れてしまった。

後々、神はアブラハムの末裔《まつえい》を中心に救いの摂理を展開されるのだが、当初はこのように、これでもかこれでもかと試練が襲った。一族の中には、アブラハムの見通しの甘さを指摘する者もあった。

「なぜこうも試練が続くのだ？　われわれはいつまで耐え忍べばいいのだ？　神は約束を裏切られたのだ！」

怨嗟《えんさ》の声が上がり、アブラハムのリーダーとしての資質が疑われた。彼とて人間だから弱気になり、自分の判断は間違っていなかっただろうかと自問したに違いなかった。

深々と夜がふけていく。ニュートン司祭の思索はますます深くなって行き、はたと膝を打った。

（そうだ！　あの時アブラハムは、神のひそやかな声に聴き入ったのだ。そして確信を得たはずだ。その確信がみんなの動揺をなだめ、当初の目的に向かわせることができたに違いない）

ニュートン司祭はきっと夜空を見上げ、それまでにも増して覚悟を新たにした。

六

以来、ニュートン司祭の祈りはより具体的になった。オルニーの教会を去り、次に何をすべきなのか、祈り求めた。するとさらに内なる声が迫った。

「ジョン、お前は『アメイジング・グレイス』という素晴らしい歌を書いた。お前の聖歌を歌う者たちは、それぞれの出来事の背後に、自分にも投げかけられていた〝神の恵み《グレイス》〟があった、と共感し、神の愛に感謝するだろう。

　しかし、それだけでいいのか？　もっとすべきことがあるんじゃないのか？」

「えっ、今なんと言われました？」

「それだけでいいのかと言ったんだ。主の導きをアメイジング！　と称えることは始まりに過ぎないのであって、その上でお前は何かしなければならないのではないか？」

　ニュートン司祭もそれは考えないでもなかったが、ずるずる時間が経っていたのだ。内なる声は畳み込むように、さらに臨んだ。

「差別され酷使されて、みじめな状況にある黒人たちを解放するために、お前ができることを最大限する必要があるのではないか！」

「私に何をしろとおっしゃるのですか？」

「それを私に言わせるつもりか？」

「……」

「お前はよく知っているはずだ。自分自身に問うてみろ！」

「黒人たちを奴隷状態から解放しろとでも……」

「その通りだ」

「でも、それは私にはあまりに大それたことです。私は田舎の一介の聖職者でしかありません。一国の政策を決定する首相でもなければ、首相の政策決定に大きな影響力がある諮問機関の著名な大学教授でもなければ、産業界のリーダーでもありません。そんな私にいったい何ができるというのです。イギリスやフランスなど世界の主要国はどこもかしこも奴隷制社会であるというのに、それを変革しろというのは土台無理な話です」

内なる声は極めて冷静沈着に問い続けた。

「現状はそうかもしれない。じゃあお前は現在の社会のあり方を認めているのか？」

「いえ、決して……。変わるべきだと切に思っています」

「では誰か現行の奴隷制社会を変革しようと立ち上がり、奮闘している者がいるか？」

「いえ……。クエーカー教徒[*2]以外、誰もありません。今はまだ少数意見でしかありません」

「お前はどうするのだ？　黒人の悲哀を見て見ぬ振りをするのか？　黒人解放運動を誰かが起こさなければいけないのじゃないか？　世界の奴隷貿易の四割をイギリスの船がやっているという現状だぞ」

「そう言われても困ります。私は非力なただの聖職者に過ぎないんです……」

「今は非力かもしらん。しかし決意した一人の人間は遂には社会を変革するに至るんだ。ニュートン司祭、ひるむんじゃない。私はお前が立ち上がってくれることを信じている。お前以上に黒人たちの悲哀を知っている者はいない。これまで奴隷貿易に携わった人間はごまんといるが、お前のようにそれを疑問視し、変革を願っている者はいないのだ！」

そこまで言われて、司祭はそれ以上抵抗することはできなかった。

　ある日曜日の午後、ニュートン司祭の教会は、ロンドンの大火災で焼け出された人々に義捐《ぎえん》金《きん》を送ろうと、バザーを開いた。みんなが持ちよった品物が売れつくされ、何がしかの収益を得た。忙しい時間が終わってやっと休息の時間が取れると、ニュートン司祭は執務室で遅い午後の紅茶を飲んだ。

　窓から射しこむ夕方の光がニュートン司祭の横顔を照らしている。そこには信念が深く刻み込まれた五十三歳の横顔があった。

　放牧されている牛の鳴き声が遠くから聞こえてくる。教会の庭でサッカーに興じる子どもたちが、時折り歓声を上げている。メアリーは膝の上に置かれたボンネットを手入れしながら訊いた。

「ジョン、オルニーの教会での司牧は、もうそろそろ終わりじゃないかしら？」

「ほう、君もそう感じているのかい？」

「ええ、そんな気がするの。神さまは私たちに、新たな課題に立ち向かわせようとしていらっしゃるんじゃないかしら」

「私もそれを祈り求めているんだ。主のご用を教えてくださいって」

「あなたにしかできないこと、あなただからできることと考えたら、今イギリスが関わっている奴隷貿易をやめさせるってことじゃないかしら？」

なんとメアリーは、先日に聞いた神の言葉と同じことを言い出した。

「そんな大それたことはできないよ。私の手に余る大仕事だ。現実問題として、国会があるロンドンから遠い片田舎にいて、奴隷貿易の非を訴えたとしても、ごまめの歯ぎしりでしかないんじゃないか」

ジョンは自分の中にある無力感をあえて口にした。メアリーは口にしようとしていた紅茶を止めて、ジョンを見た。

「あら、私はそうは思わないわ。黒人たちの悲哀をつぶさに見てきたあなただからこそ、この改革を提言できる理由があるの。それにあなたには幾多の難関を乗り越えていける粘りもある。オルニーの田舎ではその活動に支障があるなら、主はあなたをロンドンの教会に移されるはずだわ。主はあなたに教会活動以上のことをさせようと思っていらっしゃるに違いない。だからこそ、これまで過酷な人生を歩まされたのよ」

メアリーは微動だにしなかった。声を大にして叫びださなければいけないと確信しているのだ。ニュートン司祭はもはや反論することはできなかった。新しい使命とはイギリスに奴隷貿易を廃止させることなのだ。

（主はメアリーを通して答えていらっしゃる！　これが私の祈りに対する主の答えだ。政治家たちを動かして、奴隷貿易を廃止する法律を成立させよう！　そのためにもロンドンに出て行こう！）

ニュートン司祭には新しい方向性が見えてきた。

ニュートン司祭が新たな使命に目覚めつつある時、実業家のソーントンも執務室に備え付けられた大理石のマントルピースの前を、行きつ戻りつしながら、同じことを考えていた。(ニュートン司祭を片田舎の司祭で終わらせてはいけない。オルニーの教会が見事に栄えていることを見ても、彼は大変な力量を持っていることがわかる。

ニュートン司祭に新たな活動の場を与え、イギリスに奴隷貿易という悪習を放棄させるという歴史的事業に、邁進してもらうべきではないか。そのためにもニュートン司祭を、国会の近くの権威ある教会の聖職者に推薦しよう)

調べてみると、シティの由緒あるセントメアリー・ウルノス教会の聖職者の席に近々空きが出ることがわかった。願ってもないことだ。ソーントンはニュートン司祭をそこに推薦しようと動きだした。

一人の人間の信念が確立してくると、彼を支援すべく、いろいろな人が連動し始める。この場合もまさしくそうだった。

［注］

＊1　カナン＝地中海とヨルダン川・死海に挟まれた地域一帯を指す古代の地名。『聖書』で「乳と蜜の流れる場所」と描写され、神がアブラハムの子孫に与えると約束した土地であることから、約束の地とも呼ばれる。

＊2　クエーカー教徒＝十七世紀、イギリスでジョージ・フォックスが起こしたキリスト教の一派で、〃内なる光〃を大切にする。クエーカーには聖職者が設けられていず、個々人の霊感を尊重し、集会では霊感を受けた者が立ち上がって話をする。『聖書』も丸呑みせず、盲信もせず、「いったいキリストとはどういう方か」と問い続ける。新渡戸《にとべ》稲造も留学先の米国フィラデルフィアでクエーカー教徒に影響され、入信している。

第八章

決意と不安の果てに

一

一七七九年、五十四歳になったジョン・ニュートン司祭はジョン・ソーントンの推薦によって、ロンドンの中心部、ロンバード街にあるセントメアリー・ウルノス教会とセントメアリー・ウルチャーチホー教会の合同教区に司祭として任命された。

ジョン・ソーントンに案内されて教会の視察に訪れ、教区を見て回ってニュートン司祭は驚いた。教区はロンドンのまっただ中にある。数ブロック西に行くと、直径一一一・五フィート（約三十四メートル）の大ドームを持つイギリスを代表するセントポール大聖堂や、道路を隔てた反対側にはロンドン市長が住んでいるマンション・ハウス、北西には中世の同業組合の統治の中心であったギルドホールがあり、北には世界の経済を支配しているイングランド銀行、その向かいにはギリシャ建築風のファサードを持つ王立証券取引所、各銀行の本店など、イギリスの重要な機関ばかりだ。ロンドン市長は代々セントメアリー・ウルノス教会の信徒でもある。

セントメアリー・ウルノス教会があるロンバード街を東南に下ると、二〇三・五フィート（約六十二メートル）の高さを誇るモニュメントがまわりを睥睨《へいげい》するようにそびえている。一六六六年、四日間燃え続けたロンドンの大火の復興記念碑として建てられたものだ。

「威厳といい、荘厳さといい、ここはまさに世界に君臨する大英帝国の首都ロンドンの心臓部だ。牛や羊がのどかに草を食んでいたオルニーの田舎とは全然違う！」

ニュートン司祭はしばらく圧倒されていたが、我に返ると、ロンバード街を南東に下り、その通りが左折するところに建っているセントメアリー・ウルノス教会の分厚い扉を押して中に入った。

司祭の執務室に入ると、ソファにソーントンと向かい合って座った。教区の様子が新しい任務の重大さを語っていた。ニュートン司祭は奥歯をかみしめ、目を見据えて言った。

「新たな教会で、司牧と国会への請願運動の両方をがんばるということですね。教区内の司牧だけですんだオルニーからすると、次元が数段上がりましたね」

数々の風雪が不屈の面貌を刻んでいるジョン・ソーントンが、ニュートン司祭を励ました。

「産業界がこぞって反対している奴隷貿易廃止法案を通すには、議員を一人ひとり説得しなければいけません。それは至難のわざでしょうが、あなたならきっとやり遂げてくださると確信しています。これはイギリスが世界に先駆けて成立させなければならない法案です。全面的に応援しますから、がんばってください」

ニュートン司祭は、それが神からの要請でもあると感じていた。

ホックストンの一画、チャールズ・スクエアの司祭館に移り住んだニュートン司祭は、早速就任の説教を準備し始めた。

街にはジングルベルが鳴り響き、すっかりクリスマス・ツリーに飾られた十二月十九日、新任の司祭の初めての説教だというので、朝十時からの礼拝に教会員は続々と詰めかけた。

三百人は入る礼拝堂の正面には質素な祭壇がしつらえられ、イエスがはりつけにされた十字架がかかげられているのみで、カトリック教会の祭壇のようにきらびやかではない。

祭壇の左右にはオリンポスの神殿を思わせるようなコリント式の円柱が三本ずつ立っている。三十数フィート（約十メートル）はあろうかと思われる高い円柱は礎盤の上に立ち、柱頭は葉にトゲがある葉アザミの一種アカンサスがデザインされ、高尚でかつ華麗さを演出している。オルニーの素朴な礼拝堂からは想像できないほど威厳のある造りである。

ニュートン司祭は、左側の列柱の横にしつらえられているマホガニーの天蓋《てんがい》がついている荘重な説教壇から、「愛をもって真理を語る」と題して会衆に語りかけた。

ロンドン市長も王立証券取引所の会頭も幾人かの国会議員も列席していた。会衆はみんなジョン・ソーントンの推薦で就任したという新任司祭を通して、どんな主のメッセージが告げられるのかと興味津々だ。

ロンドンの最も富裕な土地で、大きな事業を営んでいる会衆にニュートン司祭は、「エペソ人《びと》への手紙」第四章一五節を引用して語りかけた。

「この聖句は私たちに『愛にあって真理を語り、あらゆる点において成長し、頭《かしら》なるキリストに達するのである』と語りかけています。私たちの日常生活は愛の実践であり、真の喜びを感じるものでなければなりません。

カトリックの信仰復興運動の先駆けとなったアッシジのフランシスコは、ポルツィウンコラにある天使の聖マリア教会で、兄弟レオナルドにこう語りました。

『パリ大学の博士や高位の聖職者たちが私たちの修道会に入会したとしても、それは真の喜びではありません。イギリスやフランスの王たちが私たちの修道会に入会したとしても、それも真の喜びではありません。私の兄弟たちが非キリスト教徒のところに伝道に行き、彼らを全部キリスト教徒にしたとしても、まだ真の喜びとはいえません。

それでは真の喜びとは何でしょう。私がペルージャから帰るのが遅くなって、真夜中にここポルツィウンコラに着いたとしましょう。寒い冬の日で足は泥だらけ、修道服は濡れて凍り、つららが下がって、それが足を突き刺して、傷口からは血が流れています。

私は寒さに震えてドアを叩きました。しばらくして「誰ですか？」という声が返ってきました。「フランシスコです。中に入れてください」と頼むと、その門番はつっけんどんに「こんな遅い時間に何ごとです。門は閉じました。ここには入れません」と断りました。

私がなおも頼むと、

「しつこいですね。修道士は大勢いるんです。もう年老いたあなたなどいりません。病人の看護をしているクルフチェリ修道士のところにでも行って頼むんですね」

とつれない返事が返ってきました。

こんな時にも忍耐し、取り乱さずにおられるとしたら、ここにこそ真の喜びがあり、魂の救いがあります。キリスト者の目指すものはこういう心境です』

頭《かしら》なるキリストに到達するとはどういうことか、アッシジのフランシスコはこんな具体的な事例で語っています。心の深いところで満たされておれば、無視され、否定されたとしてもイラつきません。

私たちの人生をふり返ってみると、ああ、あそこで守られていたなあとか、こんなに愛されていたんだと思えることが多々あります。そんな神からの愛の思い出で心を満たしましょう。内的に満たされている者はせっつきません。許すことができます。私たちはそんな大らかな人柄になることを目指し、なごやかな教会を作り上げていこうではありませんか」

成功して権力や富をにぎるようになると、人々がそれを認め、慇懃《いんぎん》に振る舞ってくれないとムカッとなる。そこに新たな落とし穴が出現しているのだが、ニュートン司祭はアッシジのフランシスコの例話を通して、どんな時でも怒らないでいようと説いた。

ニュートン司祭ならではの具体的な指摘に、居並ぶ会衆は改めて身を引き締めた。

司祭が『聖書』を閉じて説教壇を降り始めると、パイプオルガンが鳴り響いた。聖歌隊が退堂聖歌を讃美し、その歌声が天空に昇っていく。

礼拝が終わって三々五々、会堂の入り口の階段を下りて行く人々の顔には、力のある司祭が着任したなと納得するものがあった。

その後、ニュートン司祭は長老に案内してもらって、早速教会員の家庭訪問を始めた。一人ひとりの顔を一日も早く覚えたかったし、それぞれの事情を知りたかったのだ。

司牧は公式的な説教よりも、日常の家庭訪問から生まれる親しさによって、二倍も三倍も効果が上がる。司祭は誰よりも足で歩き、汗をかかなければならないというのがジョンの信条だ。

そんな頃、ニュートン司祭の家庭に変化が起きた。子どもに恵まれなかった二人は、姪《めい》のエリザ・カニンガムを引き取って育てることにした。あどけない天使が舞い降りたようなエリザの挙措《きょそ》は、二人に笑いをもたらし、チャールズ・スクエアの司祭館は華やいだ。

「エリザって、神さまが私たちにプレゼントしてくださった天使だわ」

エリザを寝室に送った後、五十三歳になったメアリーがしみじみとジョンに語りかけた。額にはしわがより、心持ち小さくなった感じがする。メアリーは子どもが飛び跳ねている楽しい家庭を知らなかったので、毎日ただただ目を見張るばかりだった。

日中の司牧が終わると、樫《かし》の木で作ったロッキング・チェアを揺らして、同時代の作家たちの小説を読むのが楽しみであるニュートン司祭は、鼻メガネの奥からメアリーに答えた。

「私もまったくそう思うよ。エリザは私たちの心に潤いを与えてくれた。どんなに疲れて家に帰ってきても、あの子の笑顔に接すると、疲れなんか吹き飛んでしまう。神さまはそうやって私たちの気分を若くして、みんなのお役に立てるようにしてくださっているんだね」

メアリーは暖炉のそばのカウチに座り、オルニーで覚えたレース編みをしている。

「こんなことだったら、もっと早く養女をもらえばよかったわ。子どもが一人いるだけで、家庭がこんなに明るくなるんですもの。エリザはみんなを楽しくする賜物を授かっている子ね」

エリザがやってきたお陰で、ニュートン家はすっかり若返った。

二

奴隷貿易廃止に向けての国会請願運動は一七七〇年初頭、主にクエーカー教徒によって始められ、一七七四年にはメソジスト派のジョン・ウェスレーも加わった。

そして同年、国会に奴隷貿易廃止法案が提出されたが、国民の無関心ははなはだしく、「奴隷貿易は神の法と人権に反するものである」という主張は一顧だにされなかった。議員の大方は、奴隷制はイギリスの産業にとって必要だと見なして葬《ほうむ》り去った。

そんなところに新たにニュートン司祭が加わり、国会議員一人ひとりを訪ねて説き始めた。ところが、「それは正論かもしれないが、現実を知らない理想論に過ぎない。時期尚早《しょうそう》だ」と反論され、誰もまともに相手にしてくれなかった。来る日も来る日も説得に回ったが、同調してくれる国会議員は一人もいなかった。

ニュートン司祭は疲れ果てて司祭館に戻ると、執務室の壁にかけられた十字架に額《ぬか》づいて真情を吐露した。

「主よ、国会議員たちの反応は白けています。私の顔を見るだけで、また来たのか！　と嫌な顔をします。司祭は教会という温室にいるから、そんな理想論が言えるんだと、みんな笑います。私はこれ以上、馬鹿にされたくありません。もう嫌です。この運動から下ろさせてください……」

しばらくしてニュートン司祭の胸の内に凛《りん》とした言葉が迫った。

「奴隷制社会は人類の歴史と共に、数千年間続いて、今では堅固な城塞のようになっている。その悪習をお前はたった四、五年の努力で突き崩せると思っているのか！　お前がおめでたい人間だとしても、そこまではおめでたくないだろう。

現行の奴隷制社会はお前が全生命をかけて取り組んでも、四、五十年でも微動だにしないだろう。いやお前が生きている間には突き崩せないかもしれない。そういう歴史的課題に、お前は取り組んでいるんだ。普通の人間だったら、三、四年で諦めてしまうだろう」

「私は普通の人間なんです。勘弁してください」

「いや、お前ほど黒人たちの悲哀を知っている者はいない。ということは、お前ほど簡単にはギブアップできない人間もいないということだ」

「そんな……私を買いかぶり過ぎています。私はただの弱い人間です」

「お前がギブアップしたら、奴隷貿易廃止法の成立は十年遅れてしまう。ましてや黒人差別撤廃運動は二十年も三十年も遅れてしまうだろう。お前はそれでいいのか？」

ニュートンは問い詰められ、額に脂汗《あぶらあせ》が光った。喉はからからに渇き、表情はこわばった。

「私にはできません。非力な人間なんです。これ以上私を責めないでください」

しかし、心の内に響く声は容赦がなかった。

「ジョン、覚悟を決めろ！　黒人差別撤廃運動の牽引車になるんだ。汗をかけ！　必死になるんだ」

執務室からジョンのうめき声がもれた。メアリーは中で重大な出来事が起きていると感じ、執務室の前の廊下を行ったり来たりして、気をもんだ。マホガニー製の重厚なドアの隙間から、ジョンのしゃくりあげる声が聞こえてくる。メアリーもドアの前にひざまずいて、両手を合わせて祈った。

「主よ、夫を強くしてください。ペテロを不動の岩として、その上に教会をお建てになったように、夫を志操堅固な勇士に変えてください。そして国会議員の中に同志を作ってください」

ドアを挟んで内と外で、共に主に乞い求めた。司祭館の窓の明かりはいつまでも消えなかった。

そんなある日、国会議員のウィリアム・ウィルバーフォースから、「内密にお会いしたい。

できれば十二月七日に」という書翰《しょかん》が届いた。

「内密に会いたい？　どういうことだろう」

ニュートン司祭はいぶかしがったが、実はこういう事情があった。英国国教会に所属している上流階級や国会議員は、ジョン・ウェスレーやジョージ・ホワイトフィールドらの福音主義者に対して、批判的だった。悔い改めと改宗を過度に強調し、時に運動が熱狂的になり過ぎて、イギリスの社会秩序を破壊しているというのが理由だ。ウェスレーたちを四角四面でまじめ過ぎる「几帳面屋《メソジスト》」と嘲笑の意味を込めて呼んでいた。そういう雰囲気があったから、ウィルバーフォースもニュートン司祭と親密にしていると思われたくなかったのだ。

とはいえ、ウィルバーフォースにはニュートン司祭に会って相談したいことがあった。司祭館の近くまで来ながら、会うべきか、それとも引き返すべきか、まだ迷っていたが、意を決して飛び込んだ。

「ニュートン司祭、しばらくぶりです」

ニュートン司祭を訪ねたウィルバーフォース議員は黒い山高帽を被り、フロックコートを着て、胸元にも袖《そで》にもひだのある飾りが付けられている。服装にも時代の寵児《ちょうじ》と呼ばれる華やかさがあった。

出迎えたニュートン司祭は満面の笑みを浮かべていた。数々の社会経験を経て、すでに六十歳を越えて人生の酸《す》いも甘いもなめつくし、円熟味がいや増していた。厚手の綿布で作った飾らない服装が、人柄を表していた。

「国会でのご活躍の様子、さまざまな方から伺っております。貴重なお働きぶり、心から感謝しています。不思議なご縁があって、私はあなたを幼い頃から知っています。あなたが叔母さんに連れられて初めてオルニーにやって来られた時、私は少年のあなたを見て確信しました。モーセが杖で岩を打って水を出し、イスラエルの民を導いたように、あなたも同じように大きな仕事をなさるだろうと叔母さんに伝えたことをはっきり覚えています」

ニュートン司祭の声になつかしさが表れていた。ウィルバーフォースもうれしそうに答えた。

「そのことはかつて叔母から聞いていました。だから今日、相談に来たのです」

ウィリアム・ウィルバーフォースは一七五九年、イギリス中東部ハルの裕福な貿易商の家に生まれた。八歳の時に父を亡くし、ロンドンの叔母さんに引き取られて育てられた。幼い頃から神童と呼ばれるほどの聡明さを発揮し、わずか十四歳でケンブリッジ大学に進んだ。ケンブリッジ大学ではセントジョンズ・カレッジに通い、ここで後に史上最年少の二十四歳で首相になるウィリアム・ピットと生涯にわたる親交を結んだ。

大学卒業後、ウィルバーフォースはイングランド中東部のハルから国政選挙に打って出て、一七八〇年、二十一歳で最年少の下院議員に選出された。しばしば新聞や雑誌に「若くして国会議員になったサラブレッド」と取り上げられていた。

この時まだ二十六歳で、若く溌剌としていた。細面の顔に秀でた額、端正な鼻筋、薄い唇、小さな口、スポーツマンのような引き締まった体が、才気煥発《かんぱつ》さを発散させている。幼い頃から神童と呼ばれていた聡明さが雰囲気に現われていた。

また、ウィルバーフォースの叔母はジョン・ソーントンの血縁者でもある。これまでも説明したように、ソーントンはロンドン商工会議所会頭を務め、早くからニュートン司祭の支援者でもある。叔母はソーントンから司祭を紹介され、深く尊敬するようになり、よく相談に乗ってもらっていた。

ウィルバーフォースは国会議員になってから、ロンドンの叔母の家で偶然ニュートン司祭に行き会ったことがあった。その頃ニュートン司祭は叔母にジョン・バニヤンが書いた十七世紀最大の清教徒文学といわれる『天路歴程《てんろれきてい》』を講釈していた。

信頼を寄せてニュートン司祭の講釈に聴き入っている叔母の姿を見て、ウィルバーフォースはニュートン司祭への尊敬を強くした。そんな関係であったので、政治の世界で行き詰まって、誰かに相談したいと思った時、真っ先にニュートン司祭のことを思い浮かべたのだ。

三

挨拶が終わると、ウィルバーフォースは早速切り出した。

「私は国政に関わるようになって五年になりました。この五年は政界の裏表を見せられた期間でした。国家の舵取りを行っているはずの国会議員たちの多くは、選挙区や業界団体の利害のために動く輩《やから》に過ぎず、失望したというのが本音です」

新芽のように若々しいウィルバーフォースがため息をつくのを見て、ニュートン司祭は痛々しく思った。若者が挫折する姿を見たくなかった。葛藤を打ち明けるウィルバーフォースは、若い頃の自分の姿を想起させた。

「私は青雲の志を抱いて政治に進出したつもりでしたが、現実の政治はさまざまなしがらみでがんじがらめに縛られており、力関係で特定の政策が決定しているのです。決して大所高所に立って最善の政策が決定されているとは言えません。私はそういう駆け引きの多い政治に嫌気がさしました。それで国会議員を辞めて聖職者の道に進むべきではないかと真剣に悩んでいます。

ニュートン司祭、あなたはさまざまな社会経験の末に聖職者の道を選ばれ、今では多くの人に尊敬され、極めて充実した人生を歩いておられるようにお見受けします。私も世俗の世界から身を洗うべきではないかと思うのです」

青年が一度は経験する悩みである。早急に一切合財を否定するあまり、自ら命を絶つか、世捨て人になるか、あるいは修道院で隠遁《いんとん》生活を送りたいと思ったりするのだ。

ニュートン司祭は自分の青春時代の懊悩《おうのう》を述べた後、こう切り出した。

「私たちは『マタイによる福音書』の第六章や『ルカによる福音書』の第一一章に記されてい

る『主の祈り』を、『天にまします我らの父よ。願わくは御名《みな》をあがめさせたまえ。御国《みくに》を来たらせたまえ。御心《みこころ》の天になるごとく、地にもならせたまえ』と常々唱えていますよね。これがどうして『主の祈り』と呼ばれているか知っていますか？」

ウィルバーフォースはかぶりを振った。その聖句はあまりにも有名なので、当たり前のこととして受け入れており、深く考えてもみなかったのだ。

「イエスご自身がいちばん『御心の天になるごとく、地にもならせたまえ』と願っておられました。つまり地における現実が理想とかけ離れていることは神に申し訳ないことであって、イエス自身が誰よりも努力して、地における現実を変えていこうとされていたからです。

社会的ルールを更新することは政治がやっていることであって、政治は御国建設の重要な一翼を担っています。そういう意味合いにおいて、政治家も聖職者も同じように、主の御手として働いているのではないでしょうか」

ニュートン司祭の観点は、ウィルバーフォースが予想もしていなかったものだった。

「国会議員を辞して聖職者として奉仕する――これも一つの生き方です。しかし国会議員として御旨《みむね》成就に邁進する――こういう生き方もあっていいのではないでしょうか。要はその人が、自分はどう行動することが主の御心なのかと感じて決めることです。

国会議員は願ったからといって、誰でもなれるものじゃありません。もちろん政治家にもいろいろあるでしょう。でも中には主のご用を果たすために国会議員になっていると、深く決意している人だってあるはずです。

ウィルバーフォース議員、あなたはピット首相の信頼を勝ち得ている有力な国会議員の一人です。あなたしか果たせないことがあるはずです。どうぞ国会の中にあって、主のご用を果たす人になってください」

そう言われてウィルバーフォースは迷いが解けていくのを感じ、晴ればれした気分になった。

「ニュートン司祭、私はこれまで聖職者は聖なる職業で、政治は世俗的な職業と分けて考えておりました。でも今日お話を伺っていて、取り組む人の心がけ次第で、聖にも俗にもなることを知りました。これからは、政治を私の聖使命として取り組みます」

そこで司祭は自分の意図するところを話した。

「ウィルバーフォース議員、私がロンドンのセントメアリー・ウルノス教会に転任したことは、残りの人生を司牧と奴隷貿易廃止法の成立の両方に賭けようという主のご意志だと思います。

私は若い頃、なりゆきから奴隷貿易に手を染めてしまいました。そしてそのむごたらしい実態を見てから、常に私の魂に呼びかける声を感じていました。世界中どこを見渡しても、まだ奴隷制度を廃止している国はありません。むしろ奴隷制度の上に産業を構築しています。これを何としてもやめさせなければなりません。

イギリスが先鞭《せんべん》をつけずにどこがするのですか。どんな犠牲を払ってでも成し遂げなければなりません。あなたも国会議員として奴隷貿易廃止法の成立に尽力してください。私は全面的に応援します」

それはウィルバーフォースにとっては願ってもない提案だ。イギリスの良心にかけて、奴隷貿易廃止法を成立させなければならないと決意した。

「今日、司祭に相談して、こういう結論を得るとは思ってもみませんでした。これこそ主の御心だと確信します。私も誠心誠意がんばりますから、よろしくお願いします」

こうして二人はがっちり握手した。「それではこれで失礼します」と立ち上がりかけたので、ニュートン司祭は奥に声をかけた。

「メアリー、ウィルバーフォース議員がお帰りになるよ」

急いで見送りに出てきたメアリーは、訪ねて来た時とは別人のように生き生きとして輝いているウィルバーフォースを発見して驚いた。

「奥さま、司祭に相談に来て本当によかった！　新しい目標を発見しました。これからは国会にあって、司祭の同志として働きます」

「まあ、それは素晴らしい。主人がどんなに喜ぶことか。よろしくお願いします」

メアリーは相好を崩して喜んだ。こうしてウィルバーフォースは二人に見送られて、馬車に乗って帰っていった。

馬車がチャールズ・スクエアの角を曲がって見えなくなるまで手を振っていたニュートン司祭は、メアリーに向き直り、その両腕をつかんで満面の笑みを浮かべて言った。

「メアリー、とうとうウィルバーフォース議員が決意したよ。最初の一人を得るのに六年かかったよ」

「ついに同志を得たのね。あの方のお顔、輝いていましたよ」

「大きな山を乗り越えて、とうとう岩が坂を転がり始めた。いろいろな人を巻き込んで、どんどん大きくなっていくだろう。もう誰にも止められない」

メアリーは喜々として語る夫を見て、国会請願運動が新しいステージに入ったことを感じた。

四

一七八六年、学者のグランビル・シャープによって奴隷貿易廃止促進協会が設立されると、ウィルバーフォースも早速入会した。翌一七八七年、下院議員の中に、ヘンリー・ソーントンなど有力な同志もできた。説教師のトーマス・クラークソンはイギリスの主要な港を回り、船長や水夫から黒人奴隷に関する貴重な証言を聴きだした。また奴隷貿易業者から何度も命を狙われながら、手かせや足かせなどの拘束道具や拷問器具を証拠品として丹念に集めた。リヴァプール港にあるマージーサイド海事博物館に収められている手かせ・足かせなどは、その一部である。

自由黒人でありながら、苦闘の末に実業家となったオラウダ・エクィアノも奴隷制度廃止運動に参加し、貴重な経験を証言してくれた。

エクィアノはアフリカ・ナイジェリアの東南部に住む部族長の息子だった。ところが奴隷捕獲によって、彼の家族全員が奴隷となった。しかし、商才があったエクィアノは商売を始め、小金を貯めて、一七六六年に七十ポンド（現在の約百万円）で自分の自由を買い取った。彼の回顧録は奴隷制度廃止運動の大きな武器となった。

また海軍の退役軍人で、政治家でもあるチャールズ・ミドルトンとその夫人も、有力な推進者となった。

こうして奴隷貿易廃止論者の活動は歯車がかみ合ったように進み出し、一七八七年が事実上の奴隷貿易廃止運動のスタートとなった。司祭たちはさまざまな集会場を借りて啓蒙活動をした。

ある会合では自由黒人となった六十過ぎのナンシーが、自分の体験談を話した。顔はしわくちゃで、すっかりごま塩頭になって薄くなったボンネットの髪が、尋常でなかっただろう半生を物語っていた。

「アフリカからキューバやジャマイカ、プエルトリコなどの西インド諸島やアメリカ大陸につれて行かれた黒人たちは、陸揚げされた港で競売《せり》にかけられただ。競売は次々に進み、おらたちの家族の番になっただ。大きい兄ちゃんたちから順々に競《せ》り落とされていった。おっかあは悲嘆のあまり腰が抜けたようになっただ。

最後が一番幼いおらの番だった。おらはまだ五、六歳でしかなかった。おっかあは競売人の両ひざにすがりついて、『どんぞこの子をおらと一緒に売ってくれ。この子はまだ幼過ぎて何にもできねえだ』と哀願した。でも競売人はおっかあを激しく殴って足げにすると、泣き叫ぶおらをおっかあから引きはがして売っ払ってしまった」

何度も証言したのだろうが、ナンシーはこのシーンにさしかかると、いつも涙声になった。

「五人の子どもたち全員を引きはがされたおっかあは、半狂乱になった。それがおらがおっかあや兄ちゃんたちを見た最後だった。みんなそれぞれ新しい主人に買われていって、別れ別れになっちまった。競売はおらたち黒人には、家族の解体と同じことだっただ。

白人の家庭には起きない悲劇が、なぜおらたち黒人の家庭では起きるのか。神さまは白人だけを祝福し、おらたち黒人の悲しみは見て見ぬふりをしておられるのか。おらはどうしてもそれがわかんねえ。納得できねえんだ」

ナンシーは売られていく者の悲哀を、引き離される親子の痛みとしてリアルに伝えたので、白人たちの心を打った。奴隷制度は血も涙もない社会制度というだけではなく、犠牲にされる者たちの悲哀抜きで語ることはできないのだ。国会請願運動と共に、市井《しせい》でのこうした啓蒙活動は、人々の意識を徐々に変えていった。

そんなある日、ニュートン司祭は再び脳卒中に襲われた。リヴァプールの時に続いて二度目だ。今度は右手足に麻痺が残り、右足を引きずって歩くことになった。このことからニュートン司祭は元気に活動できる日は少ないと思い知らされた。

ロンドンの底冷えするような冬が過ぎ、スイセンが黄色い花弁を広げて、春の到来を告げる三月となった。ニュートン司祭は信徒の家庭訪問を終えた帰宅途中、バービカン・センターの交差点の近くまで来ると、馬車が女の子を跳ねたようだと言って通行人が走り出した。

ニュートン司祭もつられて走り、現場に駆けつけると、黒山の人だかりがしていた。司祭は大声で叫んで、人混みをかき分けた。

「すみません、中に入れてください。私は昔船乗りだったので、多少の手当てはできます。応急処置をさせてください！」

分け入ってみると、小さな女の子が血だらけになって倒れていた。御者は気が動転して、おろおろしている。ニュートン司祭は上着を脱ぐと手際よく少女の脈を診《み》た。女の子は馬車に巻き込まれて頭を強打したらしく、耳、鼻、口から血や脳脊髄液《のうせきずいえき》が流れ出していた。頭蓋《ずがい》の骨折部が重篤《じゅうとく》な損傷を受けているようだ。女の子は激しく嘔吐《おうと》し、ショックと痛みで顔面が蒼白《そうはく》になっている。

ニュートン司祭は首を曲げないよう注意して、頭部の傷口にハンカチを当てて圧迫止血した。そこに母親が駆けつけて、狂乱して女の子にしがみついた。

「ルイス！　しっかりして！」

すると、女の子はうっすらと目を開けて、弱々しい声で母親に答えた。

「ママ、ごめんね。でも、ピクニックには……、行けるよね……」

「大丈夫よ！　しっかりして！　パパと一緒に行こうね」

家族みんなでピクニックに行く矢先だったのだ。

「こんなことになるなんて……。ごめんなさい、ママが悪かった、ママの不注意のせいよ。許して……」

母親の泣き声はニュートン司祭の胸に突き刺さった。しかしなす術《すべ》がなかった。女の子の意識は次第に薄れていった。

「残念ながらご臨終です」

そう言って、司祭は天空を見つめたままのルイスのまぶたを閉じ、十字を切った。

その後、担架に乗せて運び込んだ病院で、母親が泣きながら話した。

ルイスと呼ぶその子はまだ六歳で、ママが作ってくれたクマのリュックを背負って大はしゃぎし、リュックを友達に見せると言って、玄関から走り出たのだという。うれしそうにスキップを踏んで交差点にさしかかり、もう少しで渡り終えようとした時、右折してきた馬車に巻き込まれてしまったのだ。

病院で医師に子どもの遺体を渡すと、ニュートンは司祭館への道をたどったものの、あまりにも生々しい出来事だったので、悲しみにうめいた。

（ああ、なんと痛ましいことだ。わずか六歳の女の子の命が突然奪われてしまった。この悲しい事故は、いつまでも時間があると思っちゃいけないという私への警告だ。果たさなければならないことは、命をかけてでも果たさなければいけないと諭《さと》しているようだ……）

以後、ニュートンは奴隷貿易廃止法を成立させるべく、いっそう真剣に国会議員に働きかけた。

五

奴隷貿易の実態を広く国民に明らかにすべきだと感じたニュートン司祭は、自分が奴隷貿易船の船長として見聞きしたものを公表しようと、一七八八年、『アフリカ奴隷貿易についての考察』として体験談を出版した。表紙にはローマの喜劇作家テレンティウスの言葉、「HOMOSUM（わたしは人間だ）」を掲げた。

ニュートン司祭がキリスト生誕以前のローマ時代のテレンティウスの言葉をあえて載せたのは、奴隷貿易はキリスト教の教えを持ち出すまでもなく、人間の基本原理に反することだと訴えたかったからだ。

ニュートン司祭のこの本は、奴隷貿易廃止促進協会によって全国に配布され、奴隷貿易賛成論者を狼狽《ろうばい》させた。それは社会問題にもなったので、枢密院《すうみついん》が動いて奴隷貿易の実態調査に乗り出した。

そこでニュートン司祭は枢密院に招かれて証言することになった。奴隷貿易に携わっていた当事者が証言するというので、枢密院には下院からも上院からも議員が押しかけた。ニュートン司祭は証言席に立てることを感謝し、祖国が奴隷貿易を禁止して、主に顔向けができるようにと、乾坤一擲《けんこんいってき》の思いで訴えた。

「私は一七四六年二十一歳から一七五四年二十九歳まで、足かけ八年にわたって奴隷貿易に従事してきました。船長に任ぜられたのは一七五〇年で、それから三度航海し、アフリカからアメリカ植民地に黒人奴隷を供給してきました。

この間に見聞したことを黙して語らないとすれば、私は犯罪者以外の何者でもありません。この枢密院で公に証言するということは、私の道義上の恥を公にさらすことになってしまいますが、私は敢えて自分の恥をさらし、祖国が黒人売買を容認しているという犯罪を阻止しなければならないと考えております」

枢密院議員の大部分は貴族や上流階級なので船主たちの意見、つまり産業界の意見を支持しており、ニュートン司祭の証言を必ずしも良く思っていない。ニュートン司祭は敵意に満ちた冷ややかな視線を感じたが、意を決して、奴隷貿易に従事していた当時、感じていたことを話した。

「奴隷貿易はいついかなる時でも正当化できるものではありません。白人は黒人の悲哀に対して無関心を装い、利益を優先させて現実に目をつぶり、邪悪さを感じまいとしてきました。しかし、現在では事情が変わりました。奴隷貿易がもたらした害悪が、近年否定できない圧倒的証拠によって示されてきましたし、今では広く一般の人たちにも知られるようになりました。もはや奴隷貿易禁止を願う何百万の人々の願いを無視することはできなくなりました。

イギリスの国家歳入の主要な部分が奴隷貿易に依存しているといいますが、これはまったく事実に反しています。仮にそれを信じたとしても、国庫への歳入は、『マタイによる福音書』第二七章六節が断言しているように、『神殿の金庫に入れるのはよくない。血の代価だから』と拒否すべきです。

その点、農夫は健全な判断能力を持っています。彼らは腐ったリンゴを健全なリンゴと一緒にしたら、健全なリンゴも腐敗してしまうことを知っています。貧しいアフリカの黒人のうめき声や苦悩や血から得られた利益を、正当な経済活動によって手に入れた財産に混ぜることによって、正当な経済活動すら否定することになってはいけません」

ニュートン司祭の不退転の決意を込めた訴え、中でも特に、悪業に身をゆだねるとその人自身が倫理的に麻痺していくという訴えは、聴く者の肺腑《はいふ》をえぐった。

「私自身の経験から、奴隷貿易はそれに従事する人たちの心に恐ろしい影響を与えていると証言します。追いはぎをして金品を奪い取ったとしても、奴隷貿易ほど道徳心を鈍麻させません。奴隷貿易は人の心からやさしい人間的特質の一切合財を消し去り、細やかな人情の機微を破壊し、人間の心をまるで鋼鉄《はがね》のように硬化させてしまうのです。

黒人奴隷をムチ打ち、鬼のように厳しく当たっていると、いつの間にか自分が鬼のような人間になり下がってしまうのです。ロンドンやリヴァプールにいる実業家たちは直接的影響からまぬがれているように見えますが、先ほど申し上げた腐ったリンゴが健全なリンゴを腐敗させていく例のように、いつしか彼らも道徳的に麻痺し、利益だけを追う守銭奴になり下がっていくのです。つまり、奴隷貿易を放置していたらイギリス社会そのものが腐ってしまうと、私は声を大にして言いたいのです」

そしてさらに具体的なことに言及した。

「貿易船には通常奴隷の積み荷――積み荷という言い方に、黒人たちは人間として扱われていないことが現れていますが、積み荷の三分の二は黒人奴隷です。百トンほどの船だと、アフリカから無理やり拉致《らち》された二百二十人から二百五十人の黒人たちが詰め込まれています」

ニュートン司祭の微に入り細にわたった報告は、居並ぶ枢密院議員たちにショックを与えた。いや、みんなうすうす知っていたが、見て見ぬふりをしてきたことがあからさまに語られたので、ショックだったのだ。

「私はここに正確なデータを持ち合わせていませんが、アフリカの海岸から毎年百数十万人の黒人が連れ去られ、その半数はイギリスの船が運んでいるのです。これでもイギリスは黒人たちに何も悪いことをしていないと白を切るんでしょうか。このままではわが祖国は世界最悪の犯罪者集団になってしまいます。それをしてはいけません。

一方で主を礼拝しながら、一方ではこのまま奴隷貿易を続けるとしたら、イギリスは嘘偽りの国家になってしまいます。断じてそうなってはなりません」

そう言って証言席を下りたニュートン司祭は、もう一度証言席に戻って念を押した。

「最後に私は言いたい。イギリスは世界一豊かな国になりましたが、途中で大切なものを失ってしまったような気がしてなりません」

証言台を下りるニュートン司祭に、最初は躊躇《ちゅうちょ》したような拍手がぱらぱらと贈られたが、そのうち割れるように大きな拍手に変わった。ニュートン司祭の訴えは枢密院や上院下院の国会議員の心に響いたのだ。

六

しかし、王族の一員で、奴隷制度維持を表明している貴族院議員のクレランス公爵は、真っ正面から噛みついてきた。ケンブリッジ大学出身らしく、鼻にかかった発音をしている。手に持った白いハンカチをひらひらさせて、潔癖さを示そうとしているらしい。

「ニュートン司祭、子ども騙《だま》しのような道徳論議はやめなさい。奴隷貿易には、何千何万という人たちの生計が関わっているんです。それにイギリス帝国の経済もアメリカの綿花畑も西インド諸島のプランテーションも、もはや黒人の労働力なしには成り立ちません。そのことをわきまえなさい。理想論では食べていけないんです。

黒人たちにも人権があると言うんですか？　地を這いずり回って生きている無知で無能な黒人連中と、われわれを一緒にするんですか？　われわれはちゃんと教育を受け、神の栄光を表しています。しかるに黒人どもはどうですか？　読み書きすらできない豚ではありませんか。豚に基本的人権を与えたら、われわれの社会がかき乱されてしまいます。『悪貨は良貨を駆逐する』とは永遠の真理です。われわれの社会の尊厳性を保つために、彼らは下等な人種として、われわれに奉仕させたとして何が悪い。彼らも恩恵を受け、それで生活できているんです」

クレランス公爵は吐き捨てるようにそう言うと、傲然《ごうぜん》と椅子に座った。その勢いでカールした白いかつらが横にずれた。クレランスは両手でそれを正すと、両腕を組んでニュートン司祭をねめつけた。何人かの議員が走り寄って、何かひそひそと話している。

一方、ニュートン司祭のところにも若手のマイケル・ナイト議員がやってきて慰めた。

「気にしないで。クレランス公爵は酒と女とパーティに興じている自堕落な人間です。仲間の議員からは金満家の代弁者に過ぎないと見くびられているんです」

ナイト議員の言葉でニュートン司祭はいくらか慰められた。現実主義者はどこの世界にもいる。彼らにとっては、現実が大切であって、目指すべき理想など検討に値しないのだ。

続いて、バーミンガム出身のエリオット・フォートナム議員が弁論に立った。フォートナム議員は誠実が衣を着ている人と評され、とても信仰深い議員として知られている。出身地のバーミンガムは産業革命によって綿工業が機械化され、近代工業の中心に躍り出た新興工業都市である。聖書的倫理感と繊維産業の振興という点で、フォートナム議員がどういう意見を述べるか、注目された。

「ニュートン司祭はかつて奴隷貿易に従事した者として、黒人奴隷たちにしたことを黙して語らないとすれば、私は犯罪者以外の何者でもありませんと言われました。その姿勢は高く評価します。しかし現実に返って、無知な黒人たちの実情を見た時、『創世記』第九章二五節の『カナンは呪われよ。彼は下僕《しもべ》の下僕となって、その兄弟たちに仕える。セムの神、主はほむべきかな。カナンはその下僕となれ。神はヤペテを大いならしめ、セムの天幕に彼を住まわせられるように。カナンはその下僕となれ』という記述を思わざるを得ません。

ヤペテは白人の祖先、セムはアラブ人の祖先、ハムは黒人の祖先といわれていますが、ハムがノアの怒りを買って激しく叱責されたのには理由があるのです。ハム、つまりカナンの末裔《まつえい》である黒人たちは過去犯した罪科があり、それを支払うために現在のような境遇に置かれているのです。われわれの黒人蔑視には聖書的根拠があると思います」

必ずしも白人至上主義者ではなく、温厚な信仰者のフォートナム議員が、『聖書』を根拠に奴隷貿易を擁護したのでみんな驚いた。フォートナム議員は咳払いすると、さらに弁論を進めた。

「ローマ法王は黒人問題をどう見なしておられるでしょうか。ある時、『黒人は人間と見なすべきですか。それとも動物に過ぎないのでしょうか』という質問に対して、こう答えておられます。『黒人は人間に近い動物です。しかし、彼らがキリスト教に改宗したなら、人間と見なしてもいいでしょう』

私はローマ法王の見解を尊重します。黒人は人間よりも一等低い動物と見なしてもいいのではないでしょうか」

フォートナム議員の指摘に、賛同の拍手が起こった。フォートナム議員もまた、黒人は産業革命を支える新しい労働力と見なしているのだ。黒人には人権を認めないフォートナム議員の見解に、ニュートン司祭はがっかりした。

枢密院でのニュートン司祭の証言には、西インド諸島の富裕な実業家から、植民地経済に深刻な打撃を与えるとして猛反対が寄せられた。ロンドンやリヴァプールの貿易商からは奴隷貿易を廃止しないようにと嘆願書が提出された。

七

一七八九年、ウィルバーフォースは奴隷廃止を議題に、下院で最初の三時間半に及ぶ大演説を行った。広く出回っていた同志トーマス・クラークソンが書いた『アフリカ奴隷貿易に関する小論』をベースにして論を展開し、奴隷廃止に関して十二の提案をした。

しかしながら一七八九年、フランス革命の後、フランス社会が激変した様子に直面したイギリスは、もし奴隷貿易を廃止すれば、パンドラの箱を開けるようなもので、貴族制や王制までも危うくなると懸念し、奴隷貿易廃止法案を否決した。

でもそれに屈することなく、翌一七九〇年一月、ウィルバーフォースは議会の審査委員会を動かし、彼が提出した膨大な証拠を審査することに成功した。国会の動きは一進一退をくり返し、気を許せなかった。

ロンドンの南西部クラパムにあるジョン・ソーントンの邸宅には、いつも国教会の福音主義派の聖職者たちが集い、貧民救済、過酷な刑罰の停止、奴隷貿易廃止法の推進などを話し合った。そこにウィルバーフォースなどの国会議員も集うようになり、いつしかクラパム派と呼ばれるようになった。そんな集まりで、ニュートン司祭はみんなを励ました。

「今後黒人も教育を受けて才覚が磨かれると、あるいは実業家として、あるいは学者として、また教育家やスポーツマンとしてどんどん頭角を現す者が出るようになるでしょう。そしてイギリスやアメリカ社会を二倍にも三倍にも活性化させるでしょう。彼らを無能な人種として偏見の世界に閉じ込めておくべきではありません。

憐れんで黒人を解放するのではない。彼らの能力が開花するようになれば、イギリスやアメリカも恩恵を受けるのです。昔から『情けは人のためならず』と言う通り、自分のためにもなるのです」

道徳論からだけではなく、社会の活性化のためにも、黒人を解放しようという訴えは極めて新鮮だった。そんな励ましを受けて、多くの議員たちは確信を持つようになっていった。

一七九一年四月、ウィルバーフォースは奴隷貿易廃止のための最初の議案を提出した。しかし、八十八対百六十三の圧倒的な差で否決された。

議員控室に帰ったウィルバーフォースは両手で顔をおおい、失望を隠さなかった。窓からはテムズ川の流れが見え、ウエストミンスター橋を越えた東岸には、プラタナスの街路樹に囲まれたランベス・パレスが見えている。十三世紀以降、カンタベリー大司教のロンドンにおける邸宅として使われてきたところだ。

議会の傍聴に駆けつけていたニュートン司祭は、議会が終わると、ウィルバーフォースの議員控室を訪ね、落ち込んでいるウィルバーフォースを励ました。

「『ローマは一日にしてならず』だ。今日の否決は、大英帝国史に特記すべき出来事になるだろう。私たちは歴史的闘いを開始したのだ。これに気落ちすることなく、毎年法案を提出しよう。議員たちを一人ひとり説得して、賛成に回ってくれるように頼むんだ」

窓際に立って励ます長身のニュートン司祭は、窓から射す光でシルエットになっている。吹き込んでくるそよ風に乱れて顔にかかった髪をかき上げた。

「主はわれわれの根気強さを見ておられる。来期も再来期も同じ法案を提出し続け、ついに法案を成立させて、偉大な大英帝国を作っていこう」

ウィルバーフォースがやっと両手から顔を上げて、微笑みを投げ返した。

「闘いの幕は切って落とされたばかりです。前進あるのみ！　決して負けません」

「その意気、その意気。やってやり抜こうじゃないか」

以後、ニュートン司祭やウィルバーフォースたちは、議員たちの根気強い説得を続け、一七九二年、一七九三年、一七九五年、一七九七年と、議会の会期ごとに議案を提出し続けた。しかしその度に否決された。既存体制派の抵抗は想像以上に強かったが、その都度、ニュートン司祭はみんなを励ました。

「今年も敗れ、もう七年も結果が出せずにいます。つらくて苦しいが、諦めるわけにはいかない。大英帝国の将来はわれわれの双肩にかかっている。この法案を大英帝国が成立させ、各国の規範になっていくんです」

クラパム派の議員たちは、ニュートン司祭の粘り強さに驚いた。ニュートン司祭は自分の胸を叩いて自信を表明した。

「そりゃそうです。私はまともな教育も受けていない元船乗りで、幾多の嵐を経験し、どん底から這い上がってきた男ですからね。少々のことでは挫《くじ》けませんよ。それが私の持ち味でもあるんです」

ニュートン司祭やウィルバーフォースたちは、クラパムのソーントンの屋敷に集まっては戦術を練った。一気に奴隷制廃止に向かうのが無理なら、奴隷船で輸送される時の奴隷たちの過密状態をせめて解消しようという提案がされ、一つひとつ改善されていった。

このクラパムでの集まりで、一八〇六年、海事弁護士のジェームス・スティーヴンが戦術の変更を提案した。

「最近の奴隷船は大多数がアメリカ船籍ですが、運用はイギリス人船員が行っています。従ってイギリス国民が奴隷貿易に関わることを禁止すれば、奴隷貿易の三分の二を禁じることができます。まずこの法案を通しましょう」

名よりも実を取ることにしたこの法案は国会を通過し、奴隷貿易の三分の二の削減に成功した。廃止法成立まであと一息だ。クラパム派の士気は高まった。

第九章 守られ赦《ゆる》され、生まれ変わる

一

国会で奴隷貿易廃止法を巡って駆け引きが激化していた頃、メアリーにひとつの問題が持ち上がった。ある朝、顔を洗っていて、左胸に痛みがあるのに気づいた。「あれっ？」と思い、左乳房を抑えてみるとしこりがある。でも夫には黙っていた。心配させたくなかったのだ。

ところがそのうち痛みに耐えられなくなり、夫の友人の外科医エドワード・エドリントンに診察してもらった。聴診器を当て、呼吸音の乱れを聴き、左胸の触診をすると、メアリーは痛がって身をよじった。エドリントン医師は再度触診して顔が曇った。

「ニュートン夫人、左胸の腫瘍《しゅよう》はずいぶん大きくなっています。なんでもっと早くいらっしゃらなかったのですか？　早い段階だったら、まだ他に手の打ちようがあったのに」

そう言われてメアリーは返事のしようがなかった。素人の浅知恵で、寝ていれば治ると思っていたのだ。

「夫が留守の間に気づかれないようにこっそり手術したいのですが、そのように段取りしていただけませんか」

しかし、エドリントン医師はやんわりと断った。

「この段階まで来たら、奥様の命に危険がないよう腫瘍を摘出するのは至難の業です。私も司祭に隠して手術することはできません。今はできるだけ安静にしてアヘンチンキを服用し、痛みを緩和するしかありません」

アヘンチンキはケシの未熟果実を傷つけて得られる乳液をエタノールで浸出して作る液剤で、痛み緩和には即効性があるものの、習慣性があった。メアリーはそのことを知っていたため、痛み緩和に使いたくなかったのだ。

エドリントン医師からメアリーの容態を聞いたニュートン司祭は、その時初めてメアリーが深刻な事態に至っていることを知った。

ウィルバーフォースはニュートン司祭からメアリーの健康状態がすぐれないことを聞いて絶句した。

「そんなばかな。ニュートン司祭の活動は一にも二にもメアリーによって支えられているんだ！　口数が少なくて控えめだから目立たない人だけど、大変な功労者だ。何かお返しをしたい、何がいいだろうか……」

時間的余裕はなかった。そこで司祭夫妻でコヴェント・ガーデンにあるロイヤル・オペラ・ハウスで行われる当代一流の声楽家セシリア・ヤングの音楽会に誘うことにした。

セシリア・ヤングは、イギリスの愛国歌「ルール・ブリタニア」の作曲家としても知られるトーマス・オーガスティン・アーンの妻でもある。当代最高の声楽家が、音響効果抜群のステージで歌う――これ以上のもてなしはないとウィルバーフォースは思った。

招待状が届いてメアリーは狂喜したものの、冷静になるといささか慌ててしまった。司祭の妻としてつつましい生活を送ってきたので、これまで一度もロイヤル・オペラハウスのような晴れがましい場所に行ったことがなかったのだ。

「あれまあ、どうしましょ。英国一のロイヤル・オペラハウスでの音楽会に招待されるなんて。困ったわ、そんなところに着て行く服なんて持っていないの」

「そんなこと心配するなよ。聖職者の妻はつつましい服を着ていったほうが似合ってるんだ。豪華な夜会服を着ていったら、それこそおかしいよ。ウィルバーフォース夫妻も私たちに気遣って、質素な服装で来られるはずだよ」

「それならいいけれど……」

メアリーはすっかり痛みを忘れて、頭を悩ましている。それでもうきうきしているメアリーを見て、ニュートン司祭はウィルバーフォースの気遣いに感謝した。

音楽会の当日、お迎えの四頭立ての馬車がチャールズ・スクエアの司祭館に到着した。その馬車は、キャノン・ストリートのセントポール大聖堂の南側に沿って進み、新聞社が軒を連ねるフリート・ストリートを抜け、湾曲した町並みが美しいストランドを北へ折れて、ボウ・ストリートのロイヤル・オペラハウスの玄関に横づけになった。迎えてくれたのは、今や国会の花形になっているウィルバーフォース議員と若き妻バーバラだ。

案内されてホールに入ると、四階吹き抜けのステージを取り囲むようにして、四層の観客席が広がっている。フランスやドイツを代表するオペラハウスに負けないほど豪華な造りだ。ウィルバーフォース夫妻の横のロイヤル席に通されたメアリーは、居心地が悪そうにそっと夫にささやいた。

「私たちの日常生活とあまりに異なる世界なので、とまどってしまうわ。いいのかしら、こんなにしていただいて」

「これは君に対するウィルバーフォース議員からの感謝のプレゼントだよ。ありがたくお受けしよう。私からも長年ご苦労だったと君をねぎらいたい。ほんとうにありがとう、よくやってくれたね」

「そんなことを言って……。恥ずかしいわ」

そこに開演を告げるベルが鳴った。宮殿の庭園に咲いた深紅の大輪のバラのようなセシリア・ヤングは、二千名を超える聴衆を魅了して歌った。当代一と言われるだけあって、その声量は満堂を揺るがした。

最後にセシリアは静かな出だしで、ジュリオ・カッチーニの「アヴェ・マリア」を歌い出した。カッチーニは十六～十七世紀のイタリアのルネッサンスを導いたメディチ家の代表的な宮廷歌手で、作曲家としても活躍し、ヤコポ・ペリと並んで同時代の代表的音楽家と称えられた人だ。

セシリアが歌い出した瞬間、ニュートン司祭は「あっ！」と叫んだ。

（この歌は……聴いたことがある！　私がアイルランド沖で遭難しかかった時、天上から響き渡ったあの歌だ！　あれはカッチーニが作曲した曲だったのか！　荒れ狂う嵐の怒号の中に天上から舞い降りてきた澄んだメロディーだった）

瞑目したニュートン司祭のまぶたに、往時がよみがえった。セシリアの歌声はスパイラルとなって、ニュートン司祭を天上の世界に導いていった。

（私はあの時、確かに神に出合った。あの困難の中で死に直面し、恐れおののいていたのに……、あのメロディーが響いてきた時、恐怖が消え、天上からの声と一緒になって「アヴェ・マリア！」と称え、感謝で満たされていた。歓喜しかなかった！

それから私の人生は変わり、私は神のものになった。それ以来、神が私にしてくださったことを証してきたのだ……）

セシリアの絶唱が終わると、ニュートンは興奮してメアリーに伝えた。

「遭難しかけた嵐の中で聴いたのは、カッチーニのこの歌だったんだ！　この歌が私を回心に導いたんだ。その曲にここで再び合えようとは！」

「ジョン、私もあの歌に感動したわ！　私たちは『アヴェ・マリア』を聴くために招かれていたのね」

二人は手を取り合って喜び合った。

音楽会が終わって廊下に出ると、ニュートン司祭はウィルバーフォース議員が出てくるのを待ち、「家内がこんなに喜んだ姿は見たことがありません。最高のプレゼントでした」と心から感謝した。

ウィルバーフォースはこのコンサートへの招待が夫妻の心を打ったと知って、神の計らいに感謝した。

観客で満員だったロイヤル・オペラハウスを出ると、街路樹に数千のムクドリが集団ねぐらを形成し、ジュルジュルとかまびすしい。月明かりを浴びて時折飛び立ち、夜空を舞ったかと思うと、ザーッと羽音がして、マントをひるがえしたように一群となって舞い降りてくる。ムクドリの騒がしさにはロンドン子は慣れていて、誰も振り返らない。出迎えの馬車でごった返していたボウ・ストリートは、半時間もすると静けさを取り戻した。

コンサートの興奮がまだ冷めやらぬある日、養女のエリザが熱病で倒れた。ニュートン司祭も病身のメアリーも気が気ではなかった。病気で動けないメアリーにかわって、ニュートン司祭が病床に付き添って看病した。

エリザは何度か死の淵まで行き、そのたびに持ち直したが、ついにしょぼ降る雨が続いている十月六日、娘として花開く直前の十四歳八か月で天に召されていった。ニュートン司祭は冷たくなって物言わなくなったエリザにしがみついて慟哭《どうこく》した。

（主はなんとむごいことをなさるのか！　私たちに喜びを運んできてくれたエリザを、私たちから奪ってしまわれるなんて。ああ、生木が引き裂かれるような痛みだ）

メアリーもベッドにうずくまって激しく声をあげて泣いた。二人にとって初めての肉親の死だ。親にとって子どもに先立たれることがどんなにつらいことか、身をもって味わわされた。これまで司祭として数多くの葬儀を執《と》り行ってきたが、その一つひとつにこれほどの悲しみがあったと改めて思い知らされた。

二

エリザの死はメアリーの生きる希望をへし折った。手術できないほど悪化していた乳ガンは、メアリーの体を急速にむしばんだ。一七八九年の晩春になると、メアリーの痛みは間断なく続き、しかも激烈だったので、一時間もまどろむことができなかった。それでも夏には小康状態を得て、夏の終わりには気分転換に、ドーバーまで小旅行をすることができた。ところがそれ以後急速に悪化し、床を踏みしめるかすかな音にも、ひそやかな話し声にも耐えられなくなった。

一七九〇年十二月十二日、日曜日の朝、メアリーは説教を準備していたジョンを呼んだ。メアリーはかすかな声で、「私のいとしい人」と呼んで、ジョンの顔をまさぐり、それから手を差し伸べてジョンの手を弱々しくにぎりしめた。

「ジョン、覚えている？　夏の終わりにドーバーに連れて行ってくださったのを。もう休暇の時期は終わっていたから、静かな海辺だった。二人してまっ白な崖の上をどこまでも歩いたわね。頬に当たる風が心地よかったわ。

あの時、あなたは海風に抗して崖の端にすっくと立ち、白波が立っている海峡の青い海を見つめていらっしゃった……。光が波に反射して、きらきら光っていた」

遠くを見つめているようなメアリーの目には、ドーバー海峡の光の海が見えているようだ。

「海軍の強制徴募隊《プレス・ギャング》に急襲され、海軍に入ったことから海の生活が始まり、流れ流れて西アフリカにたどり着き、大西洋を股にかけて貿易に従事するようになった。あなたの後ろ姿を見ながら、海にはあなたの思い出がいっぱい詰まっているんだと思い、心に迫るものがあった……」

そこまで言うと、メアリーは激しく咳き込んだ。ジョンは慌てて背中をさすり、「あまり長くしゃべると疲れるから……」と制した。しかし、メアリーは制止を断って、「どうしても話しておきたいことがあるの」と話を続けた。

「海の思い出……。それは奴隷貿易にもつながる。あなたの心の中にはそれがずっと滓《おり》のように溜まっていた。ロンドンに転勤してから、国会請願に奔走するようになったのも、あなたには罪をつぐないたいという意識があったからだわ」

「君……」

「私はそんなあなたを見ながら、背後で手を合わせて祈ったの。神さま、お願い。ジョンにこの法律を通させてあげて……。彼は過去の罪をつぐなおうとしているの。どうぞ、この祈りを聴いてくださいって。

あなた、壁がどんなに厚くっても諦めないで、必ず奴隷貿易廃止法案を成立させてね。あなたの勝利を遠く天国から祈っているわ」

ジョンは何も言うことができず、メアリーの手をにぎりしめて、掛け布団につっぷして嗚咽《おえつ》した。メアリーはジョンの手をにぎり返した。ジョンは涙の顔を上げると立ち上がった。

「メアリー、もう礼拝に行かなければならない。説教が終わったらすぐ戻ってくるから待っていてくれ」

そして執務室に戻り協会に向かおうとすると、執事のマイケルが止めた。

「奥さまは今日が山場です。どうぞ、そばにいてあげてください。礼拝は副司祭がやります。あるいはと思って、説教の準備もしているそうです」

長引いている看病で寝不足がたたり、すっかりやつれたニュートン司祭は、その言葉を聞かなかったように、祭服に袖を通しながらはっきり断った。

「マイケル、それは私もわかっている。メアリーのそばにいてやりたいのは山々だが、それはできないのだ。聖職者の役目に私的なことを優先させるわけにはいかない」

「でもこの状況です、主は許してくださるはずです」

首に真紅のストールをかけながら、ニュートン司祭はオルニーでの早天祈祷会のことに言及した。

「私が聖職者を目指して準備していた時、主に牧者の役割を尋ね求めた。その時、主が示されたのが『主よ、どこに行かれるのですか？《クオ・ヴァディス・ドミネ》』のシーンだった。イエスはローマから逃げるペテロの前に現れて、『お前が信徒たちを捨てて逃げるのであれば、私がローマに入り、彼らを最後まで守ろう』と言われた。

主が信徒の一人ひとりを命がけで守ろうとされているのであれば、ペテロは逃げるわけにはいかない。ペテロは敢然とローマに引き返し、信徒たちを司牧した末に、ローマ兵に捕えられてはりつけにされた。ペテロはあの時、司牧に命をかけるとはどういうことか教えられた。そして今、私はそれを実践しようとしているんだ」

「でもそれとこれとは違います」

「いや、違いはせん。今日の礼拝でも私を必要としている人があるかもしれない。メアリーが明日をも知れない状況にあるように、霊的に生きるか死ぬかという状況で説教を聴きに来る人があるかもしれない。それを思うと私は説教壇に立ち、渾身の力を振り絞ってメッセージを送らなければならないのです」

鬼気迫るようなニュートン司祭の意気込みに、執事は黙って道を開けた。執事の目に涙がたまっていた。

思い詰めた顔をしたニュートン司祭が礼拝堂に現われると、会衆から割れるような拍手が巻き起こった。会衆は司祭夫人が臨終の床にあるのを知っていたので、司祭がそれでも登場したことに感動したのだ。

司祭は右手に『聖書』を抱えて壇上に上がった。会場は水を打ったように静まり返っている。司祭は『聖書』を静かに説教台の上に置くと、両手を合わせて合掌した。

沈黙が流れた。

司祭は何も言わず、立ち尽くしたままだ。わずかにうつむいて合掌している手が、小刻みに震えている。司祭の目が虚空を仰ぎ、

「アメイジング……グレイス……」

と、かすかな声で言った。その声が会衆の耳に届き、会場からすすり泣く声が聞こえた。

司祭は感極まって、それ以上何も言えない。会場のすすり泣きはいつしか嗚咽に変わり、あちこちに広がっていった。

かくして極めて短い礼拝が終わった。説教壇を降り、礼拝堂を去っていく司祭に再び割れんばかりの拍手が起こった。

ニュートン司祭が急いで司祭館に引き返すと、メアリーは呼吸困難に陥《おちい》って、激しい息遣いをしていた。それがまるでうめき声のように部屋に響いている。

「愛するメアリー、今説教が終わった。これからは君のそばにいてあげられるよ」

ニュートン司祭は、寝返りすることができず、床擦《とこず》れを起こして痛がっているメアリーの痛みを少しでもやわらげようと、そっと抱きしめた。そして顔にかかった髪をやさしく払いのけて、すっかりやせてしまった頬、深くしわが刻まれている額、気高くとがった鼻、しわが寄って乾いてしまった唇をやさしくなで、両手で包むようにし、涙の痕《あと》を指の腹でぬぐった。もはや意思表示できなくなっていたメアリーは、涙をこぼして気持ちを伝えた。

「君のお蔭で楽しい一生だった。君はほめるのが天才的にうまかった。そのお蔭で私はどんなにやる気になったことか……。君がいなかったら、こんなに生きがいのある人生は送れなかった。メアリー、ありがとう。ほんとうにありがとう」

ニュートン司祭はシーツの上に置かれたメアリーの手をまじまじと見つめた。

(日曜学校では子どもたちの世話をし、司祭館では相談に来た人たちに料理を作り、私の説教準備を手伝って書棚の本を探してくれた手だ……)

静脈が青く浮き、指は節くれだって鍵型に曲がり、シミだらけだ。司祭はその手をなで続けた。

そして夜十時、メアリーは潮が引くように、静かに旅立っていった。六十二歳の別れだった。

ニュートン司祭はメアリーの指輪をはずして自分の子指にはめ、主が妻を痛みから解放して旅立たせてくださったことを感謝した。

メアリーの埋葬を終え、夜になると、ニュートン司祭は一人でテムズ川の川岸に散歩に出た。司祭館からは歩いて行けるほどの距離だ。道路は時折り馬車が通り過ぎ、馬の蹄《ひづめ》の音がパカパカと寒天に響いた。ニュートン司祭は河岸のレンガ塀に背中をもたせ、静かな夜空に向かってため息を吐いた。

すっかり黄色くなったプラタナスの街路樹越しに、北斗七星が輝いていた。森の公園から寂しげにアオバズクがホッホウ、ホッホウと鳴いているのが聞こえる。

「ああ、お前もメアリーの死を悲しんでくれるのか……」

足元の路上の落ち葉が風に吹かれて、カサコソと転がっていった。遠くの森で一羽のナイチンゲールがわびしく鳴いている。遠くで犬が遠吠えし、それに呼応してあちこちから遠吠えが聞こえている。夜空に浮かんだ下弦の月は霧にぼうっとかすんで、ロンドンの街を静かに見下ろしていた。

三

ニュートン司祭は奴隷貿易廃止法案を成立させるべく奔走していた。司牧活動はそれを後押しし、成立させるために欠かせないことだと思っていたので、いっそう心を込めて熱心に行っていた。ところが七十九歳の七月二十四日、誕生日を過ぎたあたりから視力が弱ってきた。

夕方の五時、家庭訪問を終えてウォルフ街の信徒の家を出て外に立った。薄汚れたレンガ造りのうらぶれた家並みが続いている。豪華な石造りの壮大な建物が立ち並んでいる華やかなシティに隣接していながら、ここは忘れ去られたような裏町で、子どもたちがきゃあきゃあ言いながら走り回っている。細かい雨が降っているが、誰も気にしていない。道路がそのまま遊び場だ。

「司祭さま、こんばんは」

サッカーボールを蹴って遊んでいた子どもたちが、司祭の姿をいち早く見つけて挨拶した。

「おお、元気にやっとるな。わしも子どもの頃は熱中したもんさ。みんながんばれよ。でもなあ、日曜学校はさぼっちゃいかんぞ。ちゃんと来るんだよ」

言われた子が頭をかいている。と、そこに蹴られたボールが司祭の顔面を襲い、あっという間もなく道路に叩きつけられた。

「わあ、司祭さんに当たっちゃった！　どうしよう」

五、六人の子どもが駆けよって司祭を助け起こして、口々にごめんなさいと謝った。ジョンの黒服は泥で汚れてしまった。

「なあに、ちょっと転んだだけだよ。心配しなくていい。さあ、サッカーを続けなさい。行った、行った」

子どもたちを遊びに返し、ニュートン司祭は汚れた服を拭きながら頭をかしげた。

（おかしいな、右から飛んできたボールが見えなかったなんて……。そんなはずはない……。どうしたんだろう、視界がぼうっと霞《かす》んでいる……）

首を回し、目を閉じて、もう一度見開いた。でもやっぱり霞がかかっている。

ジョンは不思議に思いながら、小雨の中を歩いていった。

その翌日、ニュートン司祭はデボンシャー街に住むポール・ラーキン医師を訪ねた。ここはロンドンの医学界で名を馳せている医者たちが診察室を構えているところだ。ラーキン医師もまたセントメアリー・ウルノス教会の信徒で、内科が専門だが眼科にも詳しい。

金色の縁飾りがついた暗緑色のドアを開けて中に入ると、受付嬢がジョンを認めて診察室に飛んで行った。

「これは司祭さま、どうされましたか？」

診察室から出てきたラーキン医師は驚いた様子で尋ねた。

「どうも、目の調子がおかしいので、診てもらいにきたんです」

「そうですか、司祭の前に三人ほど患者さんがおられますから、少しお待ちになってください。三十分もすれば順番がやってきます」

「それはどうも。待たせてもらいます」

そう言ってニュートン司祭は患者の控室で待った。ほどなくして司祭を診察室に通すと、詳しく症状を聞いた。目を診察すると、案の定白濁《はくだく》が始まっている。

「うーん」ラーキン医師は唸《うな》った。

「以前、同じような症状を訴えてきた患者さんを診たことがあるんです」

マホガニー製の肘かけにゴブラン織りのクッションをつけた重厚な回転椅子に腰かけ直したラーキン医師は、司祭を正視して言った。胸には頭から外した診察用のミラーが下がっている。

「ここは希望的観測を述べて安心していただきたいところですが、私はニュートン司祭の性格を知っているので、安直に気休めは言えません。進行状況を診なければまだ何とも言えませんが……、その患者の場合、結局失明しました」

ニュートン司祭の頬がぴくりと動いた。目が座り、色白の顔面が真剣になった。来るものが来たという感じだ。年を取ると、さまざまなところに故障が出る。若い頃のようにはいかないと観念した。

「率直に話していただいて感謝します。で、その方はどれくらいの期間で完全に失明しましたか」

「進行は早く、あれよあれよという間に失明されました。半年ぐらいだったでしょうか」

ラーキン医師は喉が渇いたのか、紅茶をすすった。何ともきまりが悪く、しきりに左右の肩を持ち上げて回している。ジョンはそれ以上何も質問しなかった。心を決めたのだ。

ラーキン医師は診察室のドアのところまで送ってきて、

「これからしばらく通ってください。できるだけのことをします」

と言い、司祭の手を取って励ました。ニュートン司祭は短くありがとうと返事して、診察室を出た。白衣姿の受付嬢は玄関まで案内し、丁寧に送りだした。

ニュートン司祭は玄関前の階段の上にたたずんで、深く息を吸い込んだ。階段の上から朝の光に満ちた落ち着いた街路を見渡した。誰も彼のことを気にかけることなく、それぞれの生活を抱えて道を急いでいた。それぞれに目的があり、活気に満ちている。

ニュートン司祭は一歩一歩確かめるように階段を降りると、セントメアリー・ウルノス教会に向かった。

視力は徐々に悪化していった。日中はまだいいが、太陽が沈んであたりが暗くなると、極端に視力が落ちた。ランプの光に照らしても、文字が霞んでしまって読めない。すべてが乳白色のベールに閉ざされて何も見えなくなる日は近いようだ。

ニュートン司祭はそれから三か月後、完全に視力を失った。医者の予想より三か月も早かった。

早速困ったのは、説教の準備に筋書き《プロット》が書けないことだ。ここであの話を引用しようと思っても、その逸話が載っている書物に当たって探し出すことができない。人に頼んで探し出してもらわなければならず、メモを取ってもらってもそのメモが読めない。記憶しておくしかないが、その記憶力も低下している。

（やれやれ、八方ふさがりだな。しかし、晩年のガリレオ・ガリレイも失明したそうだが、弟や秘書のヴィンチェンツォに口述筆記してもらい、それから死ぬまで四年間活動したという。老齢になると、身体的にはいろいろ故障が出てくるが、精神はますます成熟していく。せめてその恵みを人々と分かち合おう……）

セントメアリー・ウルノス教会の説教壇は回り階段を登らなければならない。右手を手すりにかけ、一段一段ゆっくり階段を登る姿は会衆の心を痛めた。しかし含蓄の深い説教はますます深みを増したので、会衆はこれまでにも増してニュートン司祭の説教を聴きたがった。

不幸にめげないニュートン司祭だったが、次第に聴力も落ちてほぼ聞こえなくなり、無音の世界に閉じ込められていった。

四

年が改まって一八〇七年になった。昨年一月、ウィルバーフォースにとって盟友だったピット首相が急逝《きゅうせい》し、代わってウィリアム・ウィンダム・グレンヴィルが首相となり新政権を率いた。ウィルバーフォースはいち早く新政権を全面的に支援することを表明したので、グレンヴィル首相も奴隷貿易廃止法成立に協力することを約束し、これで懸案の法案が一気に成立しそうになった。

ウィルバーフォースは、彼やジョンやクラークソンなどクラパム派と呼ばれる奴隷貿易廃止法推進派が二十年以上にわたって集めてきた証拠を要約して『奴隷貿易廃止に関するレター』として出版し、キャンペーンの最終段階に拍車をかけた。

グレンヴィル首相は貴族院に奴隷貿易廃止法案を提出し、自ら熱弁を振るい、法案は四十一対二十で通過した。二月二十三日には下院に提出され、二百八十三対十六で可決された。後は国王が裁可すれば、奴隷貿易廃止法が成立する。

ウィルバーフォースとクラパム派の議員たちは馬車を飛ばして、ニュートン司祭の病床に駆けつけた。失明後はすっかり体調を崩し、ベッドに伏せるようになっていたのだ。

議員たちは司祭が生きている間に何としても成立させようとして奮闘していた。

病室に飛び込むと、司祭の聞こえなくなっていた耳に口を当てて大声で叫んだ。

「ニュートン司祭、ようやく奴隷貿易廃止法が成立しました。これでイギリスは忌まわしい奴隷貿易を廃止します。人類の輝かしい一歩を刻むことができました！　ニュートン司祭、聞こえていますか！」

ニュートン司祭は狂喜しているウィルバーフォースの様子から、二十八年続けてきた国会請願運動がとうとう実を結んだことを知った。

「あなたはかつて枢密院で涙ながらに訴えられました。あの言葉が枢密院議員や上下両院議員たちの心に突き刺さっていたのです。あれから九年かかりました。でも、ようやく成立しました。あなたはイギリスの良心を救ってくださったのです」

ニュートン司祭にはウィルバーフォースの顔も見えなければ、声も聞こえていない。でもウィルバーフォースの顔をなでさすると、狂喜し、顔が涙で濡れているのがわかる。

「ありがとう、ありがとう、ウィルバーフォース議員。みなさんのおかげで、イギリスは主に顔向けできるようになりました。この法律がスタンダードになり、フランスやスペインやポルトガルにも波及し、全世界から奴隷制が消えてなくなるでしょう。これで私は霊界で黒人のみなさんにもお詫びできます」

ニュートン司祭の目から涙が吹きこぼれた。その顔にウィルバーフォースは頬を寄せ、互いに涙で濡れた。ベッドの脇に詰めかけたクラパム派の国会議員たちも泣いている。

「司祭！　とうとう成立しました。人類の新しい門出です！」

誰かがそう叫び、みんなが喜びにむせんだ。それはニュートン司祭の人生の最後に届いた朗報だった。

ロンドンが各家々から立ち昇る暖炉の煙の影響で、濃霧がいっそう濃くなった十二月二十一日、早朝から国会議員や市長や商工会議所のお歴々や教会員が続々とニュートン司祭のもとに集まってきた。部屋に入りきれない人たちが廊下に、階段にたたずんでいる。誰も帰ろうとはしない。最期の時間を司祭と共有したいのだ。

ニュートン司祭は別れを惜しんで集まっている人たちのことがもうわからなくなっていた。話しかけても返事が返ってこない。

主治医のロバート・ヘニングがチョッキのポケットから懐中時計を取りだして覗き見た。老いた司祭のベッドの枕元の壁に飾られた真鍮《しんちゅう》製の金色の十字架が、窓から射している光を反射してにぶい光を放っている。

ニュートン司祭は最期の力を振り絞って叫んだ。

「イエスは永遠の勝利者です。闇の力はついに勝つことができなかったのです。私は今こそ高らかに讃美します、アメイジング・グレイス！　主の御名はほむべきかな」

みんなが愛と感謝で満ちあふれた。誰かが至福感に満たされて叫んだ。

「ああ、司祭さま。ありがとうございました。私たちに大切なものを呼び起こしてくださいました。心から感謝します」

それとともに、司祭に最後のお別れをしようと駆けつけた人々で埋まっていた部屋や廊下や階段、そして司祭館の外にまであふれた人々にすすり泣きが広がっていった。

「先生、さようなら」

「今度は天国で……、主イエスのもとでお会いしましょう」

「安らかにお眠りください」

一八〇七年十二月二十一日、ジョン・ニュートンの奮闘した八十二年の生涯に幕が下ろされた。窓の外には鳩が二羽、樫《かし》の枝にとまって鳴いていた。


思えばジョン・ニュートンの人生は波乱万丈だった。しかしその局面局面で真摯な対応をし、人類初めて奴隷貿易廃止法を成立させ、とうとう歴史の地平を切り開いた。

ニュートン司祭の死後、書斎の机の引き出しから日記が発見された。その最後のページに聖句が記されていた。見えない目で書いたためか、行が不揃いで右肩上がりで重なっていた。そこにはこう記されていた。

私は裸で母の胎《たい》を出た
また裸でかしこに帰ろう
主が与え、主が取り去られたのだ
主の御名はほむべきかな

末尾に「ヨブ記」第一章二一節と書き添えてある。

神の前に人間は小さな存在でしかないことを重々わきまえていたニュートン司祭は、人生の最後にこの聖句を選んでいたのだ。「大いなる存在」の前に敬虔に額づき、栄光はすべて神に返していた――。

五

ニュートン司祭が書いた「アメイジング・グレイス」は、夢を抱いて新大陸に移民した人々と共に大西洋を渡った。

アメリカには苦渋を飲まされていた黒人たちがいた。彼らはこの歌に共鳴し、自暴自棄になりがちな自分たちを押しとどめ、「明日に希望を持つ」という信仰の原点に立ち返ることができた。この曲は彼らが好んで歌ったので、黒人霊歌《ニグロ・スピリチュアル》と思われたほどだがそうではなく、五音階で書かれたスコットランドのメロディである。そしていつしかアメリカの「第二の国歌」と呼ばれるようになった。

「アメイジング・グレイス」はその後も、アメリカが危機に遭遇した時、精神の荒廃を何度も救った。例えばベトナム戦争に対する反戦運動が全米に燎原《りょうげん》の火のように広がり、ついに一九七三年、ベトナム戦争に敗北した時だ。アメリカは自信を失い、深く傷つき、人々は精神的な流浪の民となった。

追いかけるように、ウォーターゲート事件が起こった。ニクソン大統領が大統領選挙にからんで敵陣営を盗聴していたことが発覚した。さらに策を弄《ろう》して、もみ消し工作までしていたことが明るみに出た。その是非を巡ってアメリカの世論は沸騰し、ニクソン大統領はとうとう辞任に追い込まれてしまった。

現職大統領が辞任に追い込まれるという前代未聞の不祥事に、アメリカ国民は何もかも信じられなくなって、人々の心は荒廃の極みに達した。寄るべきものを失ってしまったのだ。

そんな時、ジュディ・コリンズが、伴奏を付けないアカペラで、この歌を歌いだした。彼女のシンプルな歌唱は、投げやりになっていたアメリカ市民を蘇生させた。一九七一年、ビルボード・ホット一〇〇では十五位になり、イギリスでは六十七週連続でチャートインした。

この現象は第二次世界大戦の終戦後、ドイツで起きた出来事と酷似している。この戦争の間、ナチスは六百万人のユダヤ人をガス室で虐殺していたことが発覚した。同じ人間であるナチスが悪魔的な所業をしでかしていたことを知って、人々は人間を信じられなくなった。

そんな風潮の中、ユダヤ人の精神科医ヴィクトール・フランクルが、苦渋の体験を綴った『夜と霧』（みすず書房）を出版した。

フランクルはテレージエンシュタット、アウシュヴィッツ、そしてチュルクハイムの三つの強制収容所で、二年七か月もの間、おぞましい体験をした末に、辛くも生き残ったユダヤ人である。しかし『夜と霧』はナチスの残虐性を告発したものではなく、その極限状況の中でもつ

ぶされなかった人間性を証したものだ。フランクルは、

「それでも私は人生にイエスと言う」

と言い、人間性への信頼を失わなかった。それが人々をどれほど勇気づけたかわからない。

名曲「アメイジング・グレイス」が人々にもたらしたものは同じものだ。どんな時でも人間を等しく導かれる神の愛を高らかに賛美している。

この歌詞の作者ジョン・ニュートンが多くの困難を乗り越えてつかんだ確信は、それから二百四十年もの歳月を経た今もなお人々を奮起させ、敬虔な気持ちに導いている。そのことを知って、ニュートンは神にひざまずいて感謝しているに違いない。

ジョン・ニュートンの生涯

ジョン・ニュートンの出来事	年号	世界の状況
7月24日　ジョン・ニュートン、ロンドンに生まれる	1725年	享保の改革（徳川吉宗）
7歳　母エリザベス死去	1732年	
	1740年	オーストリア継承戦争始まる
17歳　海軍に強制徴募され大英帝国軍艦〈ハリッジ号〉に乗る　メアリーと出会う	1742年	
	1744年	英仏植民地争奪戦争始まる
20歳　〈ハリッジ号〉から奴隷貿易船に交換要員として乗船する	1745年	
21歳　奴隷貿易に従事	1746年	
23歳　〈グレイハウンド号〉が難破し4週間漂流する	1748年	オーストリア継承戦争終結（アーヘンの和約）
25歳　〈デューク・オブ・アーガイル号〉の船長となる　メアリーと結婚する	1750年	
29歳　奴隷貿易をやめ、リヴァプールの税関職員となる	1754年	
	1756年	英仏間の植民地争奪　七年戦争始まる

ジョン・ニュートンの生涯

1764年	39歳	オルニー村のセントピーター・セントポール教会の司祭になる 自伝『注目すべき真実の物語』出版	
1772年	47歳	「アメイジング・グレイス」の歌詞が誕生	
1775年			アメリカ独立戦争が始まる
1776年			独立宣言（アメリカ） アダム・スミス『国富論』刊行
1779年	54歳	セントメアリー・ウルノス教会の司祭になる この頃から奴隷貿易反対運動を始める	
1786年	60歳	グランビル・シャープによって奴隷貿易廃止促進協会設立	
1788年	62歳	『アフリカ奴隷貿易についての考察』出版 枢密院で奴隷貿易について証言	
1789年			フランス革命勃発
1790年	65歳	妻のメアリーが死去	
1796年			ナポレオンのイタリア遠征
1807年	82歳	奴隷貿易廃止法成立 ジョン・ニュートン死去	
1853年			ペリー、日本に来航
1861年			リンカーン大統領就任（アメリカ）
1863年			奴隷解放宣言（アメリカ）

おわりに

平成二十二（二〇一〇）年十一月、私は名曲「アメイジング・グレイス」の誕生秘話を書くべく、作詞者ジョン・ニュートン司祭のゆかりの場所を取材した。ロンドンの下町ワッピングの生家、黒人奴隷貿易のため出航したリヴァプールのマーシーサイド海事博物館、最初の赴任地オルニーのセントピーター・セントポール教会、ロンドンの海事博物館、それに国会の歴史的資料を保存しているランベス・パレス図書館などである。

そしてイギリス取材の最後の日、私はニュートン司祭が二十八年間司牧し、八十二年の生涯を閉じたセントメアリー・ウルノス教会を訪ねた。ロンドンの中のロンドンといわれるシティにある大きな教会だ。ニュートン司祭はこの教会を拠点として国会に根気強く働きかけ、臨終の直前に奴隷貿易廃止法を成立させている。

昼過ぎの教会には誰もいなくて、閑散としていた。私は取材を手伝ってくれたジョン・ニュートン研究家のマリリン・ローズさんとロンドン在住の奥京子（旧姓森田）さんと一緒に、回廊の壁にはめ込まれているニュートン司祭を偲ぶ石版を見ていた。すると突然パイプオルガンが鳴り響いて荘重な「アメイジング・グレイス」が演奏された。振り仰ぐと二階に据え付けられたパイプオルガンからだ。

パイプオルガンの響きにのせて、神の愛と見守りを讃美するメロディーが、天の高みにスパイラル状に昇っていく。それにつれて私の思いも浄化され昇華していった。

（――確かにそうだ。私はけっして不遇だったのではない。見捨てられていたのでもなかった。苦しみにあえいでいたあの時も、悲嘆に暮れていたあの時も、私はいつも神の御手《みて》の中にあり、神は私を導いてくださっていたのだ……）

私の心はいつしか感謝で満たされ、生きとし生けるものすべてにありがとうと言いたい気持ちでいっぱいになり、至福の時間が流れていった。


イギリスでのジョン・ニュートンの取材を終えた私は、翌（二〇一一）年十一月上旬、西アフリカ・セネガルの首都ダカールを訪ねた。自動車レースファンならずとも知っているパリ―ダカール・ラリーで有名な町である。この町はサハラ砂漠の西端に位置するので、砂塵が砂漠から飛んできて、街路樹の葉にも砂が厚く積もっている。窒息しそうになってあえいでいる木々の姿に心が痛んだ。

その町の沖合三キロメートルのところに、東西三百メートル、南北九百メートルの小さなゴレ島がある。一八一五年、統治国フランスが奴隷貿易を廃止するまで、奴隷貿易の拠点として栄えた島で、一九七八年には負の世界遺産として登録されている。この島の東側に、交易船がやって来るまで黒人を閉じ込めていた奴隷収容所が残っている。

奴隷収容所に入ると十メートル四方の広場があり、石造りで堅固な二階建ての建物が建っている。一階には奴隷たちを閉じ込めていた七つの牢獄が並び、半螺旋《らせん》形の階段を昇った二階には奴隷商人たちの事務所がある。

両側に八畳ぐらいの牢獄が並んだ通路の奥には、「ノーリターン・ゲート」と呼ばれる出口があった。奴隷貿易船がやって来ると、ここから黒人奴隷たちが運び出された。奴隷船に積み込まれたら二度と再びアフリカには帰れないから、奴隷たちは必死の抵抗をした。その抵抗を阻止するためムチが振るわれ、血しぶきが飛んだ。

船に積み込まれまいとして、海に飛び込んで逃げようとしても、鉄の手かせをはめられているから泳げないので溺れ、サメの餌食となって死んだ。だからそのドアは死につながる「ノーリターン・ゲート」と呼ばれて恐れられたのだ。

二〇一三年六月二十七日、セネガルを訪れたオバマ大統領はこの収容所を訪ね、「ノーリターン・ゲート」にたたずんで紺碧の海を眺め、往時の悲劇に思いを馳せた。その姿はテレビニュースで全世界に放映された。

こうした奴隷貿易の拠点で、負の世界遺産として登録された場所は、ガンビアやガーナなど、アフリカ各地に存在する。私は隣国ガンビアの中央を流れるガンビア川の中流に設けられたジャンジャンビレ島の奴隷収容所にも足を運んだ。川といっても対岸は見えないほどの大河で、かつてはイギリスやフランスの大型貿易船もジャンジャンビレ島までさかのぼっていた。

ガンビア川の渡河地点に設けられたレンガ造り二階建ての収容所にも、壁に埋め込まれたボルトが残っていた。奴隷の手かせに鎖《くさり》を通してボルトに固定し、逃亡を防いでいたのだという。今ジャンジャンビレ島は多くの欧米人がバードウォッチングのツアーで訪れる島だが、そういう形で歴史の傷跡が残っている。

エジプトやローマの昔から人種差別はくり返されてきた。人間はその一つひとつを乗り越えて、万人が平等に機会を与えられる社会を築いてきた。

黒人に市民権や選挙権が与えられ、彼らも自由な市民生活が得られるようになったのは、ジョン・ニュートン司祭たちの尽力によって、一八〇七年、イギリスの国会で奴隷貿易廃止法が成立したのを嚆矢《こうし》とする。それは人類の歴史に燦然《さんぜん》と輝いている金字塔だといえよう。

平成二十七（二〇一五）年九月十九日、私は米国サウスダコタ州ラピッドシテイからルート十六を南西に十八マイル（約二十九キロ）、約三十分走って、ラシュモア山の岩壁に刻まれた四人の大統領の巨大な顔の彫刻を見に行った。花崗岩でできた岩壁に、建国の父ワシントンや、黒人を解放し、米国を分裂の危機から救ったリンカーンなどの十七メートル大の巨大な顔が彫られている。

この国定記念物を見に訪れる人は多いが、圧巻は夜八時からのライトアップだ。ライトアップに先立ち「アメイジング・グレイス」が流れ、国歌「星条旗」が演奏された。すると三百人ぐらいいた観客が一斉に立ち上がり、胸に手を当てて斉唱した。その歌声はラシュモア山の谷に、高く低く響き渡った。私はその場面を目撃し、「アメイジング・グレイス」はアメリカの第二の国歌だといわれる理由がわかったような気がした。この歌詞の作者ジョン・ニュートンが困難を乗り越えてつかんだ確信は、それから二百四十年もの歳月を経た今もなお、人々を奮起させ、敬虔な気持ちに導いているのだ。

聖歌「アメイジング・グレイス」は不思議な歌だ。聴いているうちに心が清められていき、一切に感謝し、すべてのものにお詫びしたいという気持ちになっていく。生きとし生けるものと和解し、再出発しようという力を与えてくれる。ジョン・ニュートンが言うように、私たちの人生は「大いなる存在」によって、見護られ導かれているのだ。

仏教詩人の坂村真民さんが、宇宙と人生をこう詠んでいる。

人生の晩年になって
何をバタバタするか
静かに座して
宇宙無限の恩恵に感謝し
日の光、月の光、

星星の光を吸飲摂取して
明るく、楽しく
生きてゆけ

私も人生の晩年を迎えた。日常のことにまだくよくよばたばたしてしまう私だが、居住まいを正して「宇宙無限の恩恵」に感謝し、全生命を傾注して、いい作品を書き残したいと思っている。この本は真民さんに叱責されるような思いで書いた作品である。

この本にオペラ歌手のアイカさんが歌うカッチーニ作曲の「アヴェ・マリア」と、「アメイジング・グレイス」を収録したCDを付けたのには大きな理由がある。それはジョン・ニュートンが嵐に遭って遭難の危機に瀕したシーンや、オルニー村の司祭館の書斎で「アメイジング・グレイス」の歌詞を執筆するシーン、そしてロイヤル・オペラハウスで当代一のオペラ歌手、セシリア・ヤングが「アヴェ・マリア」を熱唱するシーンを書く際、私の書斎に流れていたのは、アイカさんのこの曲だった。

それで読者に各シーンのイマジネーションを膨らませてもらうために、CDを付けた。この紙上を借りて、アイカさんの厚意に心から感謝したい。

編集者は一番最初の読者である。この本の出版を担当してくださった廣済堂出版の真野はるみさんの感想によって描き込んだシーンも多かった。紙上を借りて心から感謝申し上げたい。
私の人生は波乱万丈だったが、それらのこともこの本を書き著すために経験しなければならないことだったと思う。人生で起きる出来事に意味のないものはない。それすらも天の導きなのだ。この本が私たちの原点について考える契機になれば幸いである。

著者識

【参考文献】

『「アメージング・グレース」物語　ゴスペルに秘められた元奴隷商人の自伝』ジョン・ニュートン著　彩流社　２００６年

『奴隷と奴隷商人』ジャン・メイエール著　創元社　１９９２年

『新訳 アンクル・トムの小屋』ハリエット・ビーチャー・ストウ著　明石書店　１９９８年

『「アンクル・トムの小屋」を読む　反奴隷制小説の多様性と文化的衝撃』高野フミ編　彩流社　２００７年

『アメリカ黒人解放史』猿谷要著　サイマル出版会　１９６８年

『アメリカ黒人教会』E・F・フレイジャー著　未来社　１９７２年

『黒い積荷』ダニエル・P・マニックス著　平凡社　１９７６年

『ルーツ』アレックス・ヘイリー著　社会思想社　１９７７年

『アメリカ文化と黒人音楽』ヨハネス・リデール著　音楽之友社　１９７８年

『聖母マリアからのメッセージ』菊谷泰明著　PHP研究所　２００９年

『奴隷とは』ジュリアス・レスター著　岩波新書　１９７０年

Aitken, Jonathan, John Newton From Disgrace to Amazing Grace, by Continuum, 2007

Cecil, Richard edited by Marylynn Rouse, The Life of John Newton, by Christian Focus 2000

Rouse, Marylynn, 365 days with Newton, by Day One Publications, 2006

Hindmarsh, D. Bruce, John Newton and The English Evangelical Tradition, by Wm.B.Eerdmans Publishing. 1996

■付属CDについて

本書にある「アメイジング・グレイス」の歌詞は、著者が訳したものを掲載していますが、付属したCDに収録されている「アメイジング・グレイス」は、歌唱しているAikaさんにより意訳されたものです。優しく厳かな歌声に癒されてください。

■プロフィール

Aika　橋本恵子

サウンドセラピスト・心音道講演家・歌手・作詞作曲家。
兵庫県宝塚市出身。10月2日生まれ。大阪音楽大学大学院オペラ科終了。

Aikaとは「愛の言の葉　歌に乗せ、天まで響け」という祈りからつけられたステージネーム。国内外で50万人が涙した「魂に響く魔法の声」でアジア・ヨーロッパ・アメリカ各国で日本の伝統美と言霊、音霊を伝え、高く評価されている奇跡のサウンドセラピスト。

阪神大震災のトラウマやがんを自らの治癒力で快復した体験を通して、2011年5月「福島チャイルドサポート」を立ち上げ、被災地にて心身の癒しと再生に尽力。

自分の内から響く声や言葉をサウンドセラピーに取り入れ、命あるすべてのものに「ありがとう」の心を託したサウンドセラピーコンサートを全国で展開中。伊勢神宮・出雲大社式年遷宮をはじめ、神社仏閣で「大和いにしえの響き」奉祝奉納演奏を行う。

これまでに指導した人には芸能人やオリンピック選手、経営者など多数いる。企業や教育、病院など各方面でメンタルトレーニングや講演会、ワークショップを多数開催。「人の魂を鼓舞でき、日本再生の一助となれる音相・声相を磨く心音道」として感動の輪は全国に広まっている。これまでにCD、DVD書籍など多数発売。

オフィス・アイカ　ホームページ　http://www.aika-dream.com

著者紹介

神渡 良平（かみわたり りょうへい）

1948年鹿児島生まれ。九州大学医学部中退後、雑誌記者を経て独立。取材国は50数カ国に及ぶ。38歳のとき脳梗塞で倒れ一時は半身不随となったが、必死のリハビリで再起。

この闘病生活中に、人生はたった一回しかないこと、またどんな人にもなすべき使命があってこの地上に送られていることを痛感し、この宇宙には大きな仕組みがあり、それに即した建設的で前向きな生き方をしたとき、実りある人生が築けることに目覚めていく。こうして闘病中に起草した『安岡正篤《まさひろ》の世界』（同文舘出版）がベストセラーに。

近作に『苦しみとの向き合い方 言志四録の人間学』『中村天風人間学』『敗れざる者 ダスキン創業者鈴木清一の不屈の精神』『一隅を照らす生き方』『星降るカミーノ』（以上、ＰＨＰ研究所）、『安岡正篤「珠玉の言葉」』『安岡正篤「人生を拓く」』『中村天風「幸せを呼び込む思考」』『孤独になる前に読んでおきたい10の物語』『安岡正篤 人生を変える言葉 古典の活学』（以上、講談社）、『宇宙の響き中村天風の世界』『静寂の時間がいのちの根を養う』『天《あま》翔《か》ける日本武尊《やまとたけるのみこと》（上下）』『下坐《げざ》に生きる』『安岡正篤 立命への道』（以上、致知《ちち》出版社）、『安岡正篤の世界』『安岡正篤人間学』『安岡正篤の風韻《ふういん》』（以上、同文舘出版）、『マザー・テレサへの旅路』（サンマーク出版）などがある。

〒285-0831 千葉県佐倉市染井野5丁目26-11
電話 043-460-1833 FAX 043-460-1834
e-mail：kami@kb3.so-net.ne.jp
http://kamiwatari.jp

アメイジング・グレイス
魂の夜明け

2016年 4月 1日 第1版第1刷
2016年 5月10日 第1版第2刷

著 者 神渡《かみわたり》 良平《りょうへい》

発行者 後藤高志

発行所 株式会社 廣済堂出版
〒104-0061
東京都中央区銀座3-7-6
電話 03-6703-0964（編集）
03-6703-0962（販売）
Fax 03-6703-0963（販売）
振替 00180-0-164137
URL http://www.kosaido-pub.co.jp

印刷・製本 株式会社廣済堂

装幀 岡 孝治

カバー写真 ©Bridgeman Images/アフロ

ISBN 978-4-331-52014-7 C0095